2209 三年级运动会观众席

2211 运动会“赶猪跑”

2301 窗边的仙人掌

2301 五叶五花茶

2210 “蓝蜜蜂”活动

2210 树屋

2306 夏日墙皮和黄色杨树

2306 中秋歌唱比赛

2301 玉兰花

2301 柳荫公园

2302 美术教室外

2303 荡起双桨

2302 景山牡丹

2302 五月的燕园

2408 小人洲的游戏

2405 “穿越雷阵”

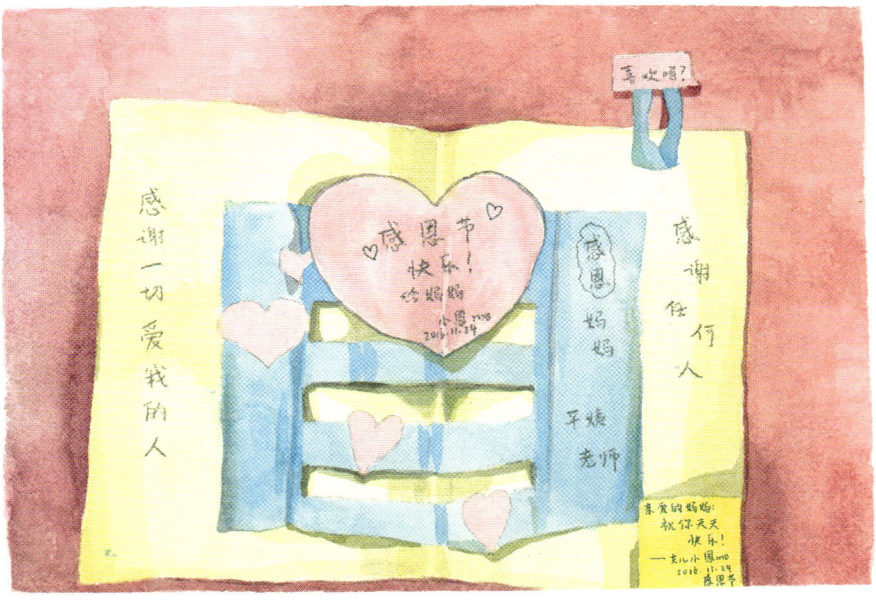

2405 感恩节贺卡

2407 海边的梦

2401 校园里的草与校服

2401 窗外的QZ街风景

2305 和小芮mo一起

2411 北海公园

小恩mo的新学校

小恩mo 著绘

江苏凤凰文艺出版社
JIANGSU PHOENIX LITERATURE AND ART PUBLISHING

图书在版编目（CIP）数据

小恩mo的新学校 / 小恩mo著绘. -- 南京 : 江苏凤凰文艺出版社, 2025. 3. -- ISBN 978-7-5594-9219-7

Ⅰ. I247.5

中国国家版本馆CIP数据核字第2025RT8701号

小恩 mo 的新学校

小恩 mo　著绘

选题策划	北京记忆坊文化
责任编辑	白　涵
装帧设计	小贾设计
排　　版	段文婷
出版发行	江苏凤凰文艺出版社
	南京市中央路 165 号，邮编：210009
网　　址	http://www.jswenyi.com
印　　刷	北京中科印刷有限公司
开　　本	880mm × 1230mm 1/32
印　　张	9.5
字　　数	220 千字
版　　次	2025 年 3 月第 1 版
印　　次	2025 年 3 月第 1 次印刷
书　　号	ISBN 978 - 7 - 5594 - 9219 - 7
定　　价	49.00 元

目录

CONTENTS

三年级

四季常青的街道

夏天的阳光渲染了
淡绿白杨叶
沙沙沙地响着
孩子们围成一个圈
玩起了活泼的游戏
伴随着京韵的音乐声
清脆的脚步在
绿色的地面上 响
这是某一个早上

秋日的阳光带点暖
模糊在每棵树梢头 像凤凰
伴随着来自遥远天际的微风
我向校舍走去
耳畔传来了欢声
篮球打在地上
柿子和梧桐树的笑语
我愈行愈远
这是某一个午后

立春前冰雪初融

高远蔚蓝晴空 忽然

闪现金色的光芒

甚至夹杂着粉色

纯洁的冰雪沾染了

尘土，高冷的蓝天

变得平易近人

万物都亲切地笑了起来

我给予他们笑容以回应

然后

带着四叶苜蓿上路

在这样的轨迹上

即使黑夜降临

所有过去的赠予都居住在

四季常青的街道

让人活下去的往往只是

一些不经意的恩赐

这条街道里居住着我的童年、我的爱好、

我的梦想、我的信仰和我的未来。

小恩mo

二〇二二年十一月五日

二年级

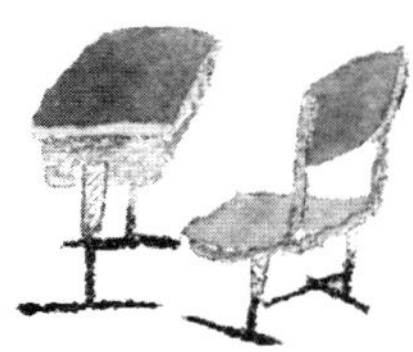

01 序

小恩mo是个八岁的女孩。她的发型很傻很奇怪，两条辫子扎在太阳穴旁；她的服装也很奇特，花里胡哨的。

六月份的时候，妈妈带她来参观了QZ街的学校。这个学校里有很多很多的树，有玉兰树也有杨树。还有许多学生正在上课。

小恩mo很清楚妈妈带自己来看这个学校的用意，不过她自己不是很想转学。转来转去的也没什么意思。这天，她做了入学考试的测试题，在校长室里做的，做得不太好，尤其是英语，基本上都不会。

她觉得在操场上上体育课的孩子们看起来“高级”极了，和自己居住的地方的人很不同。她还在校门口看见黄色的校车。

妈妈知道自己的孩子不想转学，所以就说“只是来看看嘛”。虽然说“只是看看”，但过了几天，转学的事情就定了下来。这样的话，小恩mo作为一个八岁小孩也只能接受了，而且她并没什么怨言。

小恩mo之所以没什么怨言，是因为她以前已经去过很多学校了。不过，这次不一样。因为她以前住在郊区，现在直接来到朝阳区了。而且这次要上的是人比较多的、不是私人开办的那种学校！

并没有人对她说过什么，但是，她一直觉得自己“不是城里的人”。一旦跑到了北五环以内，就会被那些不一样的楼房所吸引。并且，看到“城里的”孩子们，也觉得，他们好吓人呀，一定是很流里流气的！

奇怪的学校

她几乎上过所有类型的奇奇怪怪的学校。才八岁，加上幼儿园就已经上过八所学校。三岁的时候她开始上第三个幼儿园。（虽然说应该是两岁半或三岁才开始去幼儿园的，不过一年之内就换了三家幼儿园）。

郊区的学校、农场学校、请家教到家里上学、老师搬到自己家里来教学……甚至还去澳大利亚看过学校——只见不同颜色的几个小孩在很高的草之中跑来跑去。

或许，很多人都对新式教育充满向往。很多人看过《窗边的小豆豆》，很想体验这样的教育。于是就有一些人开始创办这种学校。但多数人只学过去一个壳，里面却是一片虚空……总之就是模仿失败了。

当然，也有人是办得比较好的，这主要取决于教育者是否真的有心。小恩mo所上的第三家幼儿园的园长就是比较有心的。

她的幼儿园在一个“农场”内，房子有两层，还有一个大大的院子；房子里有许多大家亲手染的丝绸、玩偶，端午节时会制作五色绳；院子中有可爱的兔子。小恩mo在这里度过了愉快的幼儿时光。

当时也有些不愉快的事，但无伤大雅。有一个小朋友，比小恩mo小一岁，叫瑶瑶mo。瑶瑶mo总是让小恩mo演“光头强”（小恩mo那时都不知道“光头强”是谁，只知道是个坏人），让小恩mo冬天站在风口、夏天站在太阳地里。她强行抢走小恩mo的头花，还躲在窗帘后面掐人。小恩mo有疝气不能跳（哦，就是小时候生气大哭，所以得了疝气），她却要小恩mo跳起来去摘梧桐树的叶子。

小恩mo当时非常讨厌瑶瑶mo。不过，瑶瑶mo那时只有四岁，她之所以在那个年纪就欺负人，恐怕也有说不出的痛苦。

幼儿园时，小恩mo就发现了自己讨厌吃肥肉和茄子的事实。她吃饭时，逼迫自己先吃不爱吃的东西，一鼓作气赶紧吃下去；但她经常最后一个才吃完，因此很害怕集体吃饭。有一阵子，她也不想再吞茄子和肥肉，就在饭后把它们压在碗底下，或者把它们含在口里，等集体漱口时吐在洗手池里，但又怕后面的小孩告状，于是就用手把它们捅进下水道。

幼儿园时，她认识了园长的女儿阿映mo——比小恩mo大两岁的姐姐，人很好。

兔子、传统佳节时的木偶戏、端午的香包、天然泥塑、沙坑里的水城……这些都是小恩mo童年的底色。

幼儿园毕业后，她陆续接触到一些奇怪的人。A学校是她上的第一个小学。这学校的校长很假，班主任倒是蛮和蔼，学生也挺可爱。

那时，小恩mo和A学校的义振mo、小伊mo比较熟悉。义振mo每天都惦记小恩mo家的“零食柜”。他为了去吃零食，总是在放学后追着小恩mo家的车猛跑，甚至哭了起来，随后被班主任拉回去。此时，平姨（小恩mo三岁时就来到家里的阿姨）就在车里小声对司机说：“快走！”若是义振mo去了小恩mo家，他就心不在焉地玩着，嘴里不断念叨“我饿了我饿了”——其实是催促小恩mo到楼下打开零食柜。他去过几次她家后，对零食的喜爱更加高涨，于是学会了“偷拿”（也不是真的偷，别多心）。据说有一次他“偷拿”了母亲的钱，去楼下的小卖部买零食，这使他母亲很不满。至于小伊mo，是个聪明活泼的女孩。这三人后来一起转学去了B学校。

小恩mo快要离开A学校时，还交了个朋友叫小薇mo。小薇mo就是从B学校转来的。她在B学校被一些大姐姐欺负了。那些姐姐撕坏她的作业，还把她的手挠出血。她来到A学校，与小恩mo一起浇花，一起踩死了一堆毛毛虫。

小恩mo、义振mo和小伊mo他们，当时并不了解B学校的这些事。B学校的创办人是一个英语很好的女士，她与一个西欧人结婚又离婚了，留下一个混血女儿小琴mo。小恩mo他们转学到那里时，小琴mo九岁，她长得蛮漂亮，又显得很友善，还表现出大姐姐的风范，所以小恩mo那时对她印象还挺好的。

后来，B学校实在没钱了，创办人就带着小琴mo和两只猫搬进了小恩mo家里办学。这时，B学校变成了只有小恩mo、小伊mo和小琴mo三个女生的女子学校。

创办人的英语口语教得很好。但是她很严厉很古怪，不到六点就一定不允许吃晚饭，即使平姨的饭菜都已做好。小恩mo的妈妈那时很忙，总是晚回家，于是创办人就掌握了家里的“实权”。有一天晚上，小恩mo在自己房间里因为想妈妈而哭泣，创办人就破门而入，大声呵斥。

她禁止孩子们在家里看电视。小琴mo也把小恩mo家当作自己家，胡乱改动家具的位置，吹嘘着“自己家”是多么好，还嘲笑小伊mo的家虽有两层但有一层是地下室。她知道小恩mo不吃肥肉，还故意当着一群人的面给她夹肥肉，脸上带着好心的笑。因为许多人在场，小恩mo也不好拒绝，就把肥肉放在嘴里，像吞药一样用水把肥肉涮下去了（危险行为，不要模仿）。真幸运，她居然没因此噎死。

而且不知为何，创办人和小琴mo都很崇尚“贵族”。她们说全身上下的服饰，颜色不多于三种的才算是贵族。

再后来，小恩mo的妈妈也知道了这些事，就让她们离开了，从此和她们再未谋面。

那之后，小恩mo和小伊mo还是一同上学。妈妈请了一位家教，教她们功课。那位家教是一个年轻的姐姐，从菲律宾留学回来。那段日子还算开心。只是那位家教为了教导孩子有爱心，总是在大晚上播放残疾人公益视频，还讲了关于白化病的事。

小恩mo看了残疾人的照片，很害怕。她六岁时去韩国旅游，在某条步行街见到了在地上爬的人，从此就很害怕。她晚上睡觉时如果想起来也会害怕，但在白天就不会感受到深深的恐惧。所以某个白天，她告诉了表妹小淥mo这些事，就像讲述奇闻轶事一般。其实这种行为的深层缘由就是她内心深处的恐惧——把恐惧讲给他人可以减缓自己的恐惧。结果是，小姨对小恩mo妈妈说："让她别给妹妹再讲这些了，妹妹都做噩梦了，梦见残疾人来找她。"

大家可不要学习小恩mo的这种行为。

从菲律宾回来的中国家教也没能待长久。因为妈妈觉得，总是让孩子在家念书也不太行。

在二〇一五年的寒假，妈妈、小恩mo和爷爷（其实是姥爷，一直称为"爷爷"），去澳大利亚走了一趟。他们对什么教育都很怀疑，因此产生了"要不要去国外看看"的想法。可是，貌似也不太行。

从澳洲回来，小恩mo又进入了幼儿园园长新办的小学。这所学校在沙河旁的一个小村庄里，那时学校仅有一年级，已经上二年级的小恩mo又变成了一年级学生。她在那里还算快乐。

那时的小恩mo坐校车上学。每天路上看到的风景不同于城里。校车先行驶在一条宽阔的大道上，一些梧桐树和别的树郁郁葱葱向身后飞去，然后不知何时，就行驶在村庄里的小路上。旁边有许多小卖部，小卖部的牌匾总是那样的大纸板，鲜艳的蓝色和红色，还有那些室外的小冰柜，明星的脸在柜子上露出兴奋的神情，推荐着某一品牌的雪糕。有种东西，或许叫作"摇摇机"，长着卡通的头，小孩子拿着棒棒糖坐在上面一晃一晃的……

然后又到了河边，高大的树并排挺立着。

神奇的生活

小恩mo的妈妈是一个创业者，工作很忙。不过在小恩mo八岁这年，妈妈已经打算卖掉公司，好好陪孩子了。

以前，妈妈的公司换过好几个不同的地方，二〇一三年时就开在家里。小恩mo家的一层客厅里堆满了电脑和各种箱子，还有些叔叔阿姨在办公。

家里是个有点大的复式房，所以如果只有小恩mo和平姨待在家里，小恩mo就会觉得害怕。她总是死缠烂打一位公司里很老实的叔叔，让人家留下来吃饭。

虽然住着复式房，但小恩mo还是向往北边的大别墅。在她居住的那一带的路口，如果车停下来还正好开着窗户的话，就会有发小广告的要塞进来那些别墅的广告。车里的大人都不想收，但小恩mo总是着急收下来。甚至在打车时，她还要询问司机有没有之前收到的小广告。她竭尽全力地收集小广告，并把它们装订成册。总之，那时她是个虚空庸俗的小女孩。

小恩mo隔壁的小区有滑滑梯，而她自己的小区只有荡秋千的。她特别羡慕有滑滑梯的。

因为她总是和很少的人做同学，再加上在外人面前太内向了，所以她有着极强的自娱自乐的能力。她会自己发明很多游戏。而且妈妈也会给她买很多玩具，家里的玩具堆积如山。

后来妈妈的公司搬到小区里一个更大的联排别墅去了。有时小恩mo也去那个房子玩。那房子对面有一个“大橘门”，门里有好几只凶猛的大狼狗和弱小的泰迪狗。大狼狗每次都对着外面狠狠地狂吠。作为一个资深怕狗人士，小恩mo一开始是很害怕的。不过后来也就渐渐习惯了，而且她还学会了狗叫技能，几乎可以以假乱真。所以“大橘门”里的大狼狗就是她的“狗叫导师”！

小恩mo和平姨也是不错的玩伴。平姨看的电视节目她都看。中老年人看的节目她了如指掌。而且她还会跟着一群保姆跳广场舞。

虽然小恩mo的生活听起来有些奇怪，但她并没有任何焦虑和不爽。她有着很好的家人，也遇到了不少好人。

发现QZ街的时候

小恩mo在沙河旁上学的那一阵子，有传言说，这种学校可能会被取缔。妈妈只好开始查询了解其他的学校。

有一天小姨突然发现了QZ街的小学，说是这学校里有很多小建筑，像童话世界一样。小恩mo对所有“城里”的学校都很惧怕和怀疑，但是因为有些被“童话建筑”吸引，所以才同意去看一看。

之后的事情进展十分快速。妈妈带着小恩mo和平姨把家搬到了朝阳区的果子城小区。果子城小区这一带新开发不久，居住环境很安静。附近的花邻城步行街，小恩mo倒是比较熟悉。那里有一家港式餐厅，还有一家陕西菜馆，是她经常去的。

搬家的那一天，小恩mo最喜欢的玩具——从韩国泰迪熊博物馆买来的粉色泰迪熊——太迪mo，还有从陕西买的长颈鹿毛绒玩具等，都被装进了搬家公司的卡车里，越过一条河，来到了果子城小区。小恩mo是个很念旧的小孩。以前，她甚至不舍得扔掉喝过的饮料的瓶子。她觉得，在以后的日子里如果看到那个瓶子，就会想起喝饮料那天的快乐时光。可是她也清楚，不可能一辈子都留着那些瓶子。所以有一天，她一股脑把瓶子们都扔掉了。

现在她坐在汽车上前往一个新的住所，离开她已经生活四五年（四五年对于一个八岁小孩来说很长）的地方。她模模糊糊地知道，她将要迎接崭新的生活了。

02 新学校的第一天

九月七日，是小恩mo去QZ街上学的第一天。

清晨，太阳还没有完全出来，但是小区的西门已经有人了。小恩mo穿着绿色的格子裙，扎着两个小辫子，戴着一对黄色花朵发卡，背着粉色大书包，包里装着一个又大又宽的文具袋，还有一只长着翅膀的凯蒂猫玩具。之所以带一个小玩具，是因为妈妈说了，有个小动物陪着，就不会害怕了。反正，只要不拿出来，就应该不会被责备。

小恩mo坚信，在“正常”的学校坐校车，每天都必须很准时地到达，要不然，车就会冷酷无情地开走了。

果子城西门还有另一个小女孩在等校车。她校服上的校名竟然和小恩mo新学校的校名一样！“你也是这个学校的？”这句话是小恩mo妈妈问的，因为小恩mo根本不可能主动和陌生人说话。

“我是YC校区的。”那人回答。小恩mo的校区在QZ街。

从街道拐角处驶来了一辆贴着黄色标语条的校车。

车停了下来。

妈妈把头伸进去，问司机："请问您是梁师傅吗?"如果不是梁师傅，那就不能上了。

"不是。"

那个小女孩上车走了。后面那辆就一定是了。小恩mo上了车，妈妈和平姨都在车外站着。

车上差不多已有几个人了。小恩mo的样子显然比他们都傻。两个小辫子、两朵黄花、一个粉色书包。但她并没有太去在意这些。

她的右边是一个双人座。那里坐着一个有点胖胖的女生和一个头发茶棕色的女生。

校车飞速（是在初来乍到的小恩mo眼里看来很飞速）地穿梭在一条条陌生的街道里。小恩mo根本不知道自己在哪。

不知过了多久，车停在了一条绿树成荫的街道上。但是，一直没有人上车。车就这么一直停着。

"哎，果然，又是这个止一mo。他呀，真是的，天天都晚。难道从来都没有睡饱过吗？真是，能不能有点公共道德。"

"是吗？那也是，真的挺烦的啊。"

小恩mo听见校车司机在向跟车女老师抱怨。貌似是在抱怨这一站的那个一直没来的人。

等了十分钟左右，门终于打开了。走上来一个头发浓密的男孩。他昏昏欲睡，连眼睛都没有完全睁开，晃来晃去的！

"你可终于来了！"司机大声对那人说，"我可告诉你，以后再来这么晚可就不行了！明天早一点啊！"

小恩mo看到那人，感觉希望顿时破灭——怎么会有这种人啊！她觉得这个人一定不正经！小恩mo对“正常”学校有一些误解，她认为那里的学生都非常不单纯。啊呀，总而言之就是不好！

那人上了车，便立刻倒在第二排，继续睡觉。

校车继续行驶。途中，从一个别墅区内接上来两个男生。一个高高的，一个稍微矮一点。他们直接走向了最后一排。小恩mo觉得，他们显得又不单纯又冷酷。

在一个窄窄的街道内，几个小小孩在等车。其中一个女孩被妈妈哄着上了车，然后开始哭，表示自己不想去上学。妈妈在车外哄，司机和跟车老师在车内哄。车开了以后，她还在哭。从司机和家长的对话中，可以得知这群小孩是学前班的新生。

从窄窄的街道出来后，过了大约十分钟，校车拐进了QZ街。

“好了，宝贝们，马上要到学校了，拿好东西哦。记住了，我们这是27号车，下午四点半在操场找车牌哦。别忘了，27号车。”跟车的年轻女老师说，“还有，二年级的跟我过来。”

小恩mo和那两个坐在自己旁边的女生跟随着女老师，从后院的停车场走到了教学楼门口的主席台上。

小恩mo现在八岁的年龄，按照很多人的观念，其实应该上三年级。但她之前转学太多了，课本内容也都没怎么学，所以现在又来上二年级。

“你们几个分别都是哪个班的？”跟车女老师问。

“一班。”那个茶棕色头发的女生答道。

“三班。”有点胖胖的女生答道。

“二班。”小恩mo扫视了一下她们。

“啊，一二三班。”女老师说，“嗯，那么，谁需要我带到班里呢？”

只有小恩mo需要。

她跟着跟车老师上了二楼，来到了一间朝南的教室。一个穿着黑色长裙、头发长长直直的女老师站在门口。她回过头来。

“您是余老师吧？这是您班的学生。”跟车老师说。

“哦，你就是小恩mo吧。赶紧进来。”

小恩mo跨进了班门，一眼就看见了一个光头男孩。

——不好！果然有光头！

她认为光头的孩子一定“不正经”。

她呆呆地站在讲台旁边，想看看哪里有座位。一共就只有五行五列的位置。最后一排有一个高高的女生，她旁边有两个座位，一个靠墙，一个不靠墙。小恩mo心里想坐那个不靠墙的，她似乎认为靠墙的很脏。

可是余老师让小恩mo坐在靠墙的位置上，然后说：“彩迎mo，你坐在小恩mo旁边，可要帮助她啊。小恩mo，她是班长，人可好啦！”

那个叫彩迎mo的班长，正是小恩mo刚刚看见的那个高高的女生，她扎着马尾，留着齐刘海。小恩mo发现，从校车到班里，大家都穿着很漂亮的校服——女生是一个粉色的短袖，掖在一条深色裙子内；男生则是蓝色短袖掖在深色裤子内。唯独自己与那些学前班和一年级的没有穿校服。

“小恩mo，起立！”余老师说。

她立刻站了起来。她听说“正常”学校里的人必须做什么都服从命令。

“从此，她就是我们班的一员啦！”

课本发了下来。除了英语书小恩mo以前用的是别的，语文书和数学书什么的以前都见过。语文书的第一课还是熟悉的《秋天的图画》。而且作业本用的也是《黄冈小状元》，只不过多了一个题型差不多的《目标检测》。以前那个女子学校创办人教过小恩mo“自然拼读法”，所以小恩mo虽然英语不太好，但是发音还不错。不过，这里用的英语书除了国本，还有进口的教材，所以，对于小恩mo来说，是挺难的。

在上第一节课之前，余老师带领同学们下楼参加开学典礼。九月初的天很蓝很蓝，在湛蓝的天空下，有一群傻傻的小学生。在这群小学生中，有一个扎着两个小辫、穿着格子裙的小姑娘正在东张西望——妈妈说了，她会来参加开学典礼的，那么她现在在哪里呢？唉，没有找到。她又把头转向了前面。此时，学校正在给新生颁发“新生欢迎卡”。小恩mo觉得自己也是新学生，怎么没有发给自己呢？会不会是忘记了呢？她的思绪到处乱飞，又突然想到余老师好像并没有带大家一起在食堂吃早餐……充满了对新学校的疑惑，而没有好好听校长讲话。不过，在典礼结束、准备走进教学楼的时候，小恩mo终于看见了妈妈——她站在一边，笑着朝自己挥手。她好像对于小恩mo在这个学校上学感到特别满意。

第一节课是语文课，由班主任余老师来上。数学课则由一位年纪较大但是和蔼可亲的橙老师来上。虽然教学方式比较陌生，不过小恩mo觉得知识并不怎么难。课间的时候，小恩mo观察了一下坐在自己附近的同学们。彩迎mo的前面，是个高高的男生。他皮肤有些发黑，据说叫善久mo，是副班长。彩迎mo经常和他比个子，说："哈，你是男生，七岁了。而我是女生，六岁，都比你高！"

——哇，她竟然才六岁！

小恩mo大吃一惊。

而且，彩迎mo还喜欢和其他女生比个子。大家似乎都很崇拜这种年龄小个子高的女生。

但是副班长善久mo经常表现出一种很厌烦彩迎mo的态度。

然后，小恩mo把目光移到了坐在自己前面的女生身上——她叫嘉允mo，这组的组长，是个文静的女孩。

这时，一个身材微胖、发型是蘑菇头的女老师出现在了门口。她抱着厚厚一沓本子，走进了班里。奇怪，她走进来的时候，一直微笑地盯着小恩mo。啊，她就是英语老师！

"那个就是新来的小恩mo。"余老师指着小恩mo，对英语老师说。

上课的时候，小恩mo分神了。她可不是故意分神的。分神是因为一句也没听懂。虽然这位姓林的英语老师并非一句中文也不说，但小恩mo还是觉得，她就像在说"鸟语"。

英语老师让同学们和旁边的同学一组，互相朗读课文。

小恩mo很多单词都不会，于是总问彩迎mo。彩迎mo也教小恩mo读。不过，过了一会儿，彩迎mo突然皱起眉头，说："你读错了。这个读‘it's’，要发出‘一’的音。”

小恩mo想起了以前女子学校创办人教自己的“自然拼读法”，说：“不是，不能咬得那么紧。”

“不对！就该像我这样读。”彩迎mo依然坚持自己的想法。

“嗯，好吧。it's。”

“你怎么那么多都不会？你在偷懒吧？”

啊？小恩mo觉得莫名其妙。

“没有啊。”

“不可能，你就是在偷懒。”

“我没有！”

“你就是偷懒！”

“我真的没有！”

小恩mo认为她非常没有耐心且不细心。

很快地，到了放学的时间——下午四点半。小恩mo背上书包，来到操场等校车。这是妈妈告诉她的程序。可她根本没看见有校车司机。这时候很凉爽，因为有风。小恩mo喜欢风。她就在教学楼主席台的台阶上坐下。

从门廊里涌出的人源源不断，他们纷纷对坐在平台台阶上的女孩说“请让一让”。小恩mo暂时没去想校车是否走了这件事。

慢慢地，除了一些要在吃完饭后上晚自习的人，大部分同学都走了。而小恩mo还是坐在那里。

这时，一位女老师走了过来，问坐在台阶上的小恩mo：

“你怎么坐在这里啊？大家不是都走了吗？你是家长接吗？”

“我是坐校车的，但我的校车好像走了……”

“走了？！”女老师露出一副很惊讶的表情。她平静了一下，对眼前这个奇怪的小姑娘说：“啊，怎么会走了呢。这样，你先跟我去招办一趟。我觉得你应该不是坐校车的吧。你是不是要上晚自习啊？如果查到你是上晚自习的，那么就只好留下先吃晚餐了。”

女老师带小恩mo来到了招办，查学生资料。小恩mo站在一旁，她肯定自己是坐校车的，和晚自习一点关系都没有。

“你根本不是坐下午校车的。你得先吃饭，再上晚自习，然后才能坐校车回家。”

“就说嘛。那好，我带你去食堂吃晚餐吧。”那位女老师说。

小恩mo吃饭时并不开心，她根本没听说自己要上什么晚自习，她也不想上晚自习，更不知道怎么上。不过，晚饭吃的是疙瘩汤。疙瘩汤是小恩mo非常喜欢的食物。

她回到班里，发现所有人都坐好了。当然只是上晚自习的。他们这些人小恩mo一个也不认识。在班里，她只认识一个妈妈怕她在新学校没朋友而让她专门在暑假托管班认识的小芮mo，小芮mo是坐下午校车的，她此时已经回家了。

这是一个英语晚自习，小恩mo是习以为常地都不会。英语林老师派了好几个人辅导小恩mo做英语作业，可是小恩mo一句也不明白。人家讲了好几遍，她还是不明白。

“叫一下小恩mo，该坐校车走了。”一位老师推开门，说。

小恩mo迅速收拾了书包，很开心地出去了。如果再听那些英语讲解，头都要大了。

她们又去一年级接了一个小男孩。

03 小话痨

小恩mo、女老师和那个小男孩走出了教学楼。九月的傍晚七点钟天也怪黑的。这三个人在校园里走了两圈才在正门找到校车。

在找到校车之前，女老师一手拉着小恩mo，一手拉着那位一年级的小男孩。她先问了小恩mo的名字，然后又问那个一年级小男孩："你叫什么名字啊？"

"沐生mo。"他在前面跳来跳去。小恩mo认为自己自然是没见过他的。其实他们见过一面，就是在早上的校车上。因为不管你什么时候回家，总得和大家一起去上学。现在小恩mo一直盯着这个沐生mo，他一定和大多数幼稚的一年级学生都一样吧。

夏天的时候，小恩mo来学校参观，第一次见到学校的校车，就是在正门里面。女老师把小恩mo和沐生mo送上校车后，就离开了。

上了车，小恩mo坐在了第三排，沐生mo也坐在第三排，和她隔一个过道。校车里面黑乎乎的，小恩mo看不清这个一年级小男孩的脸。刚才在外面的时候，也是黑乎乎的一片。一声巨响，司机梁师傅坐在了驾驶座上。校车驶出了学校。QZ街是个单行道，车向东开去。

“嗯！回家又能和妹妹玩啦。”坐在旁边的沐生mo突然说。

“他肯定是想和我说话。”小恩mo想，“因为他觉得我会问：‘你有妹妹？’”不过她的嘴有点张不开。

而且她现在更想休息，甚至在心里想：“可别对我说话。”

小恩mo看了沐生mo一眼。因为现在已经行驶在有路灯的大路上。沐生mo是个眼睛明亮的男生。他和小恩mo一样，也没有穿校服。

沐生mo看小恩mo没有反应，问：“你是几年级的哎？”

“二年级。”她勉强张开了嘴。如果别人问问题的话，她也不能不回答。

“哇！二年级！好大哎！”沐生mo惊叹道。

小恩mo什么都没说，呆头呆脑地盯着窗外。她觉得这个小男孩觉得二年级的人好大——太好笑了。

不过他们还是很快就说上话了。因为沐生mo让小恩mo教他识字。“那你们二年级的是不是认识好多字呢？”

“我好像认识的字还挺多的。”小恩mo是这么想的。她幼儿园的时候，就把一本“红老鼠绿老鼠蓝老鼠黄老鼠”的绘本背下来了，虽说那个绘本的内容有点“细思极恐”。而且，五岁的时候，她就突然对写日记产生了兴趣。于是就买了一个日记本。

日记的第一篇是关于“平姨在和面烙饼”，乱七八糟，全是错别字。

“那些路标上面不是有很多字吗？你可不可以教教我呢？”沐生mo说。

“行。”

于是，小恩mo开始慢慢地给这位一年级的孩子念路标上的字。偶尔，沐生mo也会问小恩mo一些字。有一次，他指着一个路边餐厅的牌匾问：“那是什么字呢？写得好乱啊。”

“嗯？那可不是写得好乱哦。那叫连笔字！”小恩mo解释说。

“哦！连笔字，我知道了。”

小恩mo慢慢地放开了。也许是被旁边这个人活泼开朗的性格影响了吧。她就像上瘾了一样，见到字就说。眼睛飞快地扫着路标和商店、餐厅的牌匾。沐生mo也十分开心地重复着。

快到家的时候，沐生mo指着路边的一个家具商场兴奋地说：“哇！我一看到这个，就知道快到家了。”

“我也是！”小恩mo已经搬到果子城一段时间，对附近的建筑也有一些了解了。这句话她只是在心里说，没讲出来。

“你家住哪？”沐生mo问。

“果子城。”小恩mo简短地说。

“哦！我以前也住那！后来又搬到了海洋城。”

“我住在十七层呢。你以前在果子城住在几层？”

“十六层。”

“你几号楼？我十五号。”小恩mo问。她想，沐生mo以前会不会就住在她家楼下。

“我忘了。”沐生mo说。过了一会儿，他又说：“那我还有五分钟就到，小恩mo还有十分钟！对不对，老师？”

“她先到，你后到。”梁师傅说。

小恩mo也觉得是，海洋城可比果子城远几百米，就几百米。

“啊？是吗？”沐生mo思考着说。

校车拐进了一个路口，旁边全是“北郊际广场”的广告牌。车绕来绕去，像是绕不出去。其实现在完全可以看见小恩mo家所在的小区了，就是这里还在建设，有点儿乱。

小恩mo倒觉得挺高兴。这样，就可以多和沐生mo聊一会儿。虽然说他们的聊天没有什么含金量。

她觉得和他聊天还挺有意思的，尽管沐生mo比她小，而且挺幼稚的。不过，小恩mo也很幼稚，所以，他们两个比较合得来。

正好，这条路上有许多广告牌，上面写着：“北郊际广场”。这大概是一些正打算建房子的空地。听说以后还想建商场呢。小恩mo看着那些破破烂烂的牌子和空地，想：“又可以教沐生mo认字啦。”

她大声说了一声：“北郊际广场！”沐生mo听了，觉得很好玩，也重复了起来。小恩mo坐到了沐生mo旁边，接着说：“北郊际广场！”沐生mo又重复了一句：“北郊际广场！”他俩就这样扒着校车的窗户，一遍又一遍地说着“北郊际广场”。外面的天好黑好黑，但路灯的黄色的光是那样的闪亮。闪亮的光一道接一道地扫在两个人的脸上，慢慢滑了过去。他们两个都很开心地笑着。

那个年纪的小孩都特别喜欢“一边忙得不可开交一边开心地大笑”的感觉。

小恩mo回到家里，对妈妈讲了校车上的事。“他好能说啊！”

妈妈说：“应该叫他‘小话痨’！”

小恩mo笑了。沐生mo成了这所学校第一个和小恩mo聊天的人，也是这辆校车的第一个。

第二天早上，沐生mo坐在校车的第一排，高声说着：“小恩mo是二年级的！是我们校车最大的！”

他还总是一遍遍叫：“小恩mo！小恩mo！”

梁师傅说：“小恩mo不想理你吧？烦死你了。”

两个高年级的、住在别墅区的男生在后排发出很不屑一顾的声音。

沐生mo崇拜小恩mo，可事实上，小恩mo也挺傻的。

星期二，余老师带小恩mo去了形体教室，去上拉丁舞课外班。这个班是小恩mo妈妈报的，因为小恩mo不喜欢运动，而且肢体不太协调，需要通过舞蹈把身体活动开了。

这个体舞班的冯老师就是开学那天，小恩mo的跟车老师。

这个课外班只有两个二年级女生，其余的都是三年级。

先学“伦巴”中的“转动”，小恩mo不会跳。她看不明白别人的动作，而且她觉得手和腿同时刻意运动似乎非常困难。她看见站在自己斜后方的三年级女生的裤子很奇怪；她还专门看了看另外那个二年级女生，发现她也不那么擅长舞蹈，但比自己的情况要好很多。

小恩mo又看了看镜子里的自己，穿一个白色外套的自己——真是傻极了！在她右边一米处有一个柱子，那柱子上的墙皮已经脱落了不少。小恩mo往那边移动了移动，若无其事地开始抠墙皮。

“小恩mo，别抠墙皮了！”冯老师突然说。

后来冯老师给二年级二班的人上舞蹈课时，说：“你们可一定不要去动那个墙，以前就有些人抠那个墙皮，它已经脱落严重了。损坏公物是很不好的。”

课外班在每天下午最后一节课，也是这所学校的传统，它的开设是为了给孩子们提供更多的学习机会。当然，你要是不想上，也是可以的。

星期三，不善于运动的小恩mo报名的课外班似乎非比寻常——跆拳道。她之所以报这个班，是因为她暑假时看了一部有关跆拳道的电视剧。这部剧对那时的小恩mo影响是非常大的，它是个很励志的片子，给了来到新学校的小恩mo一腔热血。所以小恩mo很想学习跆拳道。

但是，星期三小恩mo到了形体教室，看到里面有很多嘶吼、踢打的男孩子，他们很想显露出一种“英雄气概”。而且有些人还擅自去拿来了道具，后来被老师给批评了。

小恩mo觉得自己可能来错了地方。

沐生mo和他们班的一个女孩走进来了。他看见小恩mo，很热情地打招呼，并介绍小恩mo和那个女孩认识。

跆拳道班的班长，是二年级二班的萧潇mo。小恩mo曾在女厕所见到这个人，当时还以为她是个男的。因为她留着短发，看上去“很酷很跩”的样子。

小恩mo的“来错地方”的想法，其实是有道理的。后来，小恩mo发现自己不是练跆拳道的料，也没有持之以恒的精神，她只是为了拿到道服在这个班里苦苦等待，不过一直也没拿到。到了三年级，她才如解脱般退了课。

晚上，小恩mo在食堂吃饭。学校的食堂是很特别的，这是一个“大树食堂”（里面有很多枝繁叶茂的仿真树）！小恩mo坐在二年级的那一列喝粥。突然，沐生mo很兴奋地和她坐到了一个桌子，他以为这里的座位可以乱坐。

“你怎么还跑到二年级来了，”有一个生活老师走过来，对沐生mo说，“你回去！”

沐生mo来自中国台湾。

04 刚开学的日子

小恩mo还是没有去吃早餐，她总以为班主任余老师应该带着大家去吃。

英语课的时候，林老师让大家把英语本的一页折四列，每行分成四个格子，每个单词写一行。小恩mo拿着铅笔，开始写。她的铅笔似乎总是比别人的要粗。她之前也没有专门练习过怎样将英文单词写得很小，能装到一个格子里去。她只在A学校的时候学过写花体英文，不过现在基本上都忘光了。

英语林老师走过来，看了看小恩mo的本子，说："你这写得也太大了。你去看看她怎么写的。"老师指着坐在善久mo前面的女生小芋mo。

小恩mo走过去，弯着腰看了看。

——哇，她写得好好呀！我什么时候才能写成这样子呢？

星期四的课外班是合唱。其实那个时候，小恩mo已经参加了一个校外合唱团——C童声合唱团。是六月份开始参加的。七月份的时候还参加了集训。本来这种集训通常是儿童一个人参加，但小恩mo的妈妈和平姨也一起跟着去了，还带上了太迪mo。

八月，小恩mo跟着C童声合唱团参加了电视台的演出。唱的是《葫芦娃》和《黑猫警长》，还要加上表演动作。是一个和小恩mo一般大的女孩把小恩mo教会的。

其实小恩mo唱歌蛮好听的。只是她在外人面前说话声音太小，大家一般都不太相信她会唱歌。而且，她唱歌的时候不太喜欢大声吼叫地唱。她觉得那样很难听，失去了音乐的美感。但她所在的合唱团小班，却鼓励大家张大嘴大声唱，这群小孩就拼命地想要突显自己的声音——歌曲就常常变成了噪声。所以，小恩mo在合唱团里一直十分不起眼。

学校的合唱团也是一样，有许多孩子在吼叫着大声唱。

小恩mo不喜欢这种氛围。

就是这天，小恩mo转到新学校的第一周的星期四，她坐着晚班校车回到家里，像往常一样，天已是黑乎乎的。

“她太讨厌了！就她这样的人还能做班长！真的是！讨厌极了！她有什么权利管我啊！她就是个班长也没权利管我……我还比她大呢！她应该叫我姐姐！哎哟！”

我简单说一下，对于小恩mo这么厌恶彩迎mo，妈妈是怎么做的：她和小恩mo说会和余老师沟通一下，让余老师与彩迎mo谈谈。

第二天，小恩mo看到彩迎mo站在讲台边洗耳恭听。她突然生了同情心。彩迎mo只是一个小班长，小小的班长。突然来了一个转学生，她母亲让班主任“说教”学生，哪来的这种事？

至于说教的效果，还是有的。在接下来的几天里，彩迎mo确实没有说“你偷懒了”。但过了一段时间，就根本不起作用了。彩迎mo还是说“你偷懒了”，这很可能也是她完成老师交代的“帮助同学”任务的方式。

在那个星期四的晚上，还有件事让小恩mo很落寞。妈妈说：“要不然，从下周开始你就坐下午的校车回家吧。还是那辆啊。”

小恩mo猛地抬头：“为什么？”

“因为你在那里上晚自习，回来太晚了，而且回家后还可以玩。”

小恩mo说：“嗯……不好吧？我在学校可以写作业啊。”事实上，她哪里愿意在学校听那些英语？！她完全是因为在晚班校车可以和沐生mo说话，才愿意上晚自习的。虽然她心里也没有明确地觉得自己就是因为这个才愿意上晚自习的。

看样子，妈妈是拿定了主意。

小恩mo也不知说什么好，又没什么其他理由可以说的，所以就答应了。

第二天是星期五，下午两点半就放学了。这个时候，不管是住宿生、上晚自习的人、被家长接走的人，还是坐校车的人，都是一样的，都要在这时候回家。小恩mo来到了操场上。

操场上很晒，树叶和阳光的色彩非常具有对比度。小恩mo看见沐生mo从某个地方冒出来，问：“校车在哪里？”

他们二人在前面的四天都是摸黑回家，所以现在不太习惯。

他们不知道校车停到哪里去了。前几天晚上上车的学校正门，还有早上停车的后院停车场（通往后院停车场的是一条校园内的、有点昏暗的小路，它的一侧有一排杨树，杨树下堆着一些黑色垃圾袋。它挨着一个有点沧桑的围墙，围墙外是QZ街的老小区。在八岁的小恩mo眼里，这条路很长。不坐校车的学生基本很少走这条路），都没有。虽然都找遍了，但是他们还是把寻找校车当作一种乐趣，来来回回地去找。

以后的几个星期五他们都会去找校车，虽然他们大概知道这样找的结果是什么，但还是要说一说“校车呢”这样的话。因为如果不这么说，他们会觉得：“今天不是星期五吧。”

有时沐生mo还会在去找了以后就不回来了，可能是躲在某处玩耍吧。

其实，之所以没有立刻看到校车，是因为梁师傅去接托管班的孩子了。QZ街的学校开办了放学后的托管班，其他学校的孩子会被校车接过来。这通常是在本校学生放学之前。由于小恩mo和沐生mo出来较早，就没有看见校车。等梁师傅把托管班的人送到了学校，大家就坐上了车。

晚上的校车那么黑，午后的校车却是那么的亮。小恩mo觉得好像在做梦，有些不适应。沐生mo却好像适应力很强，他很快就和其他人熟悉起来。那些人似乎也并不大在乎他年龄小、他有些幼稚。小恩mo却从来不和那些人说话。

那时候，小恩mo是一个享受孤独的孩子。

晚上，小恩mo坐在床上，打开购物软件。这个时候，小恩mo已经有手机了。其他很多同龄人还没有。

小恩mo为什么要看购物软件呢？答：她是想看看有什么好看的文具袋或者文具盒。借着彩迎mo说自己的笔袋太大，买一个更好的也不错。反正，那个“笔袋”其实就是一个妈妈不知用来做什么的布袋，根本不是什么笔袋。而且，顺便换一个新的书包吧！那个书包是好早之前的，已经有些旧了。

最终，小恩mo选了一个小熊图案的双层笔盒；书包嘛，选了一个她自认为很新奇很可爱的拉杆式粉色书包，图案是一只白色小猫咪。那时小恩mo最喜欢粉色，还喜欢一些一看就扎眼的设计。不过她又脸皮薄，所以就算买了这些东西也不敢当众使用。不信大家就往后看，她肯定不敢大张旗鼓地用。

（顺便一提，自此以后不到半年的工夫，小恩mo就忽然变成了狂热的蓝色爱好者。）

妈妈帮小恩mo选了一个看上去很好的可以把各科书本分开的硬邦邦的立体夹子。

小恩mo觉得，焕然一新，很有仪式感。

开学第二周的一天早上，小恩mo站在小区西门。她已经拉着新书包到了西门，但是，又觉得拉着一个很亮眼的书包出现在车上实在太可笑了。

“我想把书包背在身上。”

妈妈和平姨感觉很奇怪：“背在身上干什么啊！买拉杆书包不就是要拉着吗？背上多沉啊！而且还有两个轮子呢。”

小恩mo坚持背上书包，其实她就是背着大轮子而已。

车开了过来。梁师傅给小恩mo打招呼，可小恩mo的心情还是不太好。明明已经背上了书包，但还是很不安。

她很快就意识到了一个很严重的问题——书包加上轮子太宽

了，而校车的过道可没那么宽！

她厚着脸皮，艰难地向前走，感觉书包的轮子很快就会蹭到别人的胳膊。二（1）班的女生和二（3）班的女生一个在她左边，一个在她右边。小恩mo的书包轮子真的蹭到她们了啊！

小恩mo坐到了她们后面一排。哎呀……刚才实在是太可怕了！总算过去了，回家赶紧把那个轮子卸掉吧……从此那个拉杆书包就变成了普通书包。

那两个被小恩mo剐蹭的女生，一个是一班的小末mo，一个是三班的新晴mo。她们俩住在同一个小区——夕游园，距离小恩mo家很近，但是比小恩mo家靠南，也就是说，她们离学校更近一点，只是一点点而已。但是，校车早上比小恩mo更早接她们，下午也是更早地送她们。这真是有些奇怪呢。那个止一mo也很奇怪，明明住的地方比小恩mo靠南一些，可是，校车早上比小恩mo更晚接他，下午也是更晚送他。这个车子就像在画圈圈。也许，这是由司机家住哪里以及要去的目的地决定的吧。

那个学期，小恩mo的书包很大，她的大书包里装着那个十分累赘的立体夹子。那个夹子据说是可以帮助学生把书本分门别类，可是小恩mo有时把手伸进去，都很难拿出来。她的笔袋也换成一个新的、硬邦邦的笔盒，可是她还是不敢拿出来，把它放在桌斗里，偷偷摸摸地拿着铅笔。

沐生mo也不再上晚自习了，他也开始坐下午的校车和许多人一起回家。大概是因为那个晚班校车黑咕隆咚地只剩下他一个人和司机，成了“私人专车”——他家长可能觉得这样不太安全，而且“私人专车”实在没什么必要。

小恩mo和沐生mo虽然不再摸黑回家了，不过他们有时仍在一起玩。沐生mo有两个一年级同学，他们有时也坐这辆校车。他们住在离海洋城不远的地方。那时，那一带开发时间不久，附近一些人行道都没完全建好，其中一个同学家附近好像都是尘土和碎砖。幼稚的二年级女孩小恩mo，时常和这三个一年级小男孩，坐在校车的椅子上。那时她还可以和他们一起哈哈地笑。

星期五的中午，阳光很温暖。小恩mo站在教学楼前的主席台上，等待梁师傅举着27号车的牌子走过来。

沐生mo从一个方向朝着小恩mo跑过来。他看上去很兴奋，手里拿着一个大袋子。

小恩mo感觉他是从模糊的阳光里走出来的。

“小恩mo，我拿到校服啦！”

小恩mo站在主席台的台阶上，他则站在台阶下面。这让他显得很矮。

小恩mo看到他袋子里的那个校服，想：这个校服怎么是蓝色的运动服啊？看上去好厚。和同学们平时穿的短袖根本不一样。

九月，就要过去了。

05 十月

小恩mo走进大树食堂，准备打饭。

——怎么还有这种校服啊！又是我穿得不一样。

现在已经是十月了。国庆节的假期，小恩mo和妈妈去了一趟江南。在那之前，小恩mo就得到了第一次来学校时看见的那种短袖校服。不过现在她却看见，食堂里的这些人，穿的却是一种西装校服！就是男生系着领结、女生穿着格子短裙的那种。

小恩mo走到二年级二班学生吃饭的区域。她看见其他区域的桌子那儿，有一个男孩先是向那里走去，然后又被人赶出去了。在小恩mo前面，有些女生招呼她说：“已经不在那里啦！你快点过来！”

回到班里，小恩mo了解到，刚才看见的那个男孩一年级的时候就在，但是后来腿骨折了，休息了一段时间才回来上学的。他的名字叫曲成mo。

小恩mo觉得那个人看上去长得好奇怪，眼角是那样子翘上去的。

过了好久，曲成mo才从食堂回到班里。他的脸上好像有一些伤疤，走路一瘸一拐的，裤子里面大概还缠着绷带。同学们好像都很讨厌他。难道是因为他腿骨折了吗？小恩mo觉得好奇怪，真不明白那些人为什么讨厌他。

由于学校的座位每周都要往左移动一个，所以，开学那天看到的靠墙的位置已经在小恩mo的右边了。如果移到窗口那儿，没法再移了，就要再回到靠墙的地方。

曲成mo坐在了小恩mo的右边。

余老师带同学们下楼到操场上开一个什么“大队会”。小恩mo戴着好不容易得到的红领巾，坐在绿色的小凳子上，看着主席台那边的一个长条桌子，一些高年级学生坐在了那里。

小恩mo不知道“大队会”是什么。

那些学生都是三年级及以上年级的。他们好像是竞选一种叫“大队委”的职务。小恩mo认为，“大队委”就是比彩迎mo这种中队长还要厉害的人。

后来，校长给他们每个人都佩戴上了“三道杠”！小恩mo第一次知道，还有“三道杠”这种东西！她觉得，自己肯定是当不了大队委了，照现在的情况看，估计小队委都很困难。

讲一讲校车上的后续情况。

梁师傅很喜欢小恩mo，因为整个校车上只有她一个人安安静静地坐着。因此，梁师傅让她坐在自己后面，说那是她的“专座”。她一个人成天到晚在“专座”上睡觉，就更没人敢去理她了。小恩mo似乎在哪里都能睡着。她在校车上睡觉时，头总是“砰”的一声撞到窗户上。

那个叫止一mo的三年级男生，就是开学第一天迷迷糊糊上了校车的那个男生。他九月份的时候总是在车上睡觉，有一个住在花邻城的女生叫若言mo，皮肤有些黑，性格很个性，和他是同班同学。她总是对他大叫：“醒醒了！止一mo，醒醒！”现在的止一mo不再卧在第二排睡觉了，他开始和其他人一起玩了。通常是若言mo带人一起玩，带着止一mo、沐生mo和小未mo。有时还掺杂着一些别人一起玩。小恩mo并不认为他们是什么“同道中人”。

止一mo不睡觉了，却开始对睡觉的人感兴趣。小恩mo坐在第一排，头歪到窗户那一边，睡得很沉。他就在后面对小未mo说：“哎，你看前面那个，她是哑巴吗？还是死了啊！她该去急诊了，赶紧去急诊吧！她应该赶紧去看看。这个小恩mo是不会说话吗！”

小恩mo有的时候醒了，止一mo就对梁师傅说：“小恩mo是不是哑巴啊！”

梁师傅说：“小恩mo这叫淑女！”

小恩mo不觉得自己是淑女。她在家里是很活泼的，有时候还会很“疯”！

学校的学习方面，小恩mo的语文和数学都还可以，英语嘛……已经考过几次试了。妈妈让英语老师不要给小恩mo打分，因为妈妈认为，如果小恩mo知道自己的分数很低，就会没了自信。虽然不打分也能看出错得很多，但打分了就会加深这种印象，就容易自卑。妈妈跟学校的老师说：“小恩mo很聪明的！只是之前根本没有学习过。”小恩mo的心里也没有“我就是个学习不好的人，怎么努力都没用”的这种想法。不过她知道，自己的英语的确不好。

每次英语老师发卷子的时候，都不读小恩mo的成绩。小恩mo就习以为常地接过没有分数的卷子，然后把错误改了。

幸运的是，妈妈已经为小恩mo想到了一个学英语的好办法。那就是：把单词和词组画出来！之所以能用这种方法，也还是因为二年级的英语比较简单，主要就是一些单词、词组啦，还有一些很简单的语法。但是那些东西对小恩mo来说可并非那么简单啊。不过，她非常喜欢妈妈的这个方法。妈妈和小恩mo一起准备了一个本子，就在那个本子上面画。画什么是妈妈规定的。如果是做运动的词组，小恩mo就会“安排”自己最喜欢的玩具太迪mo去做。画完了还要在下面把这个词组写几遍。

小恩mo喜欢上了这种学习方式，一有时间就会画上几笔。

妈妈从来不逼迫小恩mo学习，也不会因为小恩mo的英语不好而责怪她。妈妈觉得逼迫和责备都没必要，现在只要能够跟得上学校生活，没有讨厌学习就可以了。这样的观念给了小恩mo很好的影响。

06 窝沟封闭

音乐课的时候，余老师突然走了进来，说：“带同学们去做一下窝沟封闭。”

一听到这个消息，班里立刻炸了锅，变得叽叽喳喳的。老师说，去做窝沟封闭，就是去看牙。

看牙？！小恩mo觉得好恐怖——怎么突然要去看牙了呢？

余老师带领同学们来到了宿舍楼。宿舍楼在学校正门的右手边。校医室就在里面。大家在外面站着。有一位男医生走了过来。同学们排队走进楼里，在校医室门口站成一列。

那位医生挨个查看同学们的牙齿。他对有的同学说“进去”，那位同学就进到了校医室里面；对有的同学说“回去吧”，那个同学就回到音乐教室去了。小芮mo和萧潇mo被告知“回去吧”，于是，她俩就手拉着手，兴高采烈地回去了，还说着“耶”“耶”。小恩mo不明白，为什么有的人要做，有的人就不用做啊？她在心里默默祈祷：“可不要让我做窝沟封闭啊！”

到小恩mo了。医生让小恩mo张大嘴巴，看了看，说：“嗯……你先进去吧。”

——啊，难道我的牙齿不太好？！

小恩mo闷闷不乐地走进了校医室。

同样要做窝沟封闭的，还有彩迎mo、圆苑mo等人。

大家似乎都不太情愿的样子——毕竟谁也不会想让别人动自己的牙齿。

有两位同学已经开始做了。他们躺在那里，望着天花板。医生拿着一些东西在他们的嘴里操作着。他们的表情看上去并不是特别害怕的样子，但是有点怪怪的。

站在一边的小恩mo却愈发害怕起来。她发现自己的腿已经开始抖了。一想到有东西在自己的牙齿上转来转去，就觉得很恐怖！

小恩mo为了缓解恐惧，就想去找人说说话。她只好对旁边的彩迎mo说话——尽管自己有点讨厌她：“做窝沟封闭难受吗？”

“不难受，我以前做过。”彩迎mo冷淡地说了一句。（都做过了，干吗还做呀。这句话的确很奇怪。）

“那大家怎么看上去不太想做？”

“因为他们没做过，以为很难受！”

“啊，那我怎么还觉得真的会很难受？”

“真的不难受！”彩迎mo看上去很烦躁，“信不信由你！问老师去！”

小恩mo一下子蹿到了余老师跟前：“老师，做窝沟封闭难受吗？”

余老师很有耐心地说：“不难受，只是可能会觉得嘴里有点怪怪的。”

听余老师这么一说，小恩mo反而觉得更害怕了。

终于轮到小恩mo了。她的心里七上八下的。躺在那里的时候，头上有一个很刺眼的灯，于是她一直紧紧闭着眼睛。医生开始在她的嘴里弄这弄那，一会儿凉凉的，一会儿发出奇怪的声音。

一开始的时候，小恩mo很紧张，浑身不自在。有人在动自己的牙齿，头上还有个刺眼的灯……不过后来，她就没有那么紧张和害怕了。是有点怪怪的，但真的没有非常难受啊。

终于，医生说：“好了。你拿着这个纸杯，去漱一下口，然后把这个棉花垫到嘴里，二十分钟后再拿出来。”

虽然不觉得那么可怕了，但听到这话以后，小恩mo还是松了一口气。她问：“在哪里漱口啊？”

“出门左拐直走，就看到了。”

“哦。”小恩mo拿着棉花和纸杯，来到了一个盥洗室。这里好像是住宿生洗漱的地方。

空荡荡的盥洗室里，只有小恩mo一个人。她抬起头，看着镜子里的自己——眼睛大大地睁着，看上去好奇心很强的样子……却又有点呆傻。

后来小恩mo才知道，是牙齿比较好的才去做窝沟封闭的。原来是这样的啊。她总算放心了。

07 秋高气爽的时节

在一个很老的小区里，地上落着梧桐树叶。小恩mo和妈妈走在那些叶子上面，发出嘎吱嘎吱的响声。今天小恩mo穿了一件绿色的外套，扎着马尾辫——之前她一直扎两个小辫子，基本上没有扎过马尾辫。小恩mo的头发比较短，妈妈给她扎的马尾辫高高的，辫子就显得更短了。

小恩mo为什么出现在这个很老的小区里呢？她是要去校外合唱团。每周六都在这里上课。但是今天扎的是马尾辫，她不禁有些紧张。她问妈妈："有没有很丑啊？"

妈妈说："哎呀，丑什么呀！一点也不丑。好看得很呀！"

"好吧。"

从此，小恩mo梳着两个小辫子的样子就成了过去。在此之后，小恩mo每天去上学时，就扎着一个短短的高马尾，戴着刚刚在商场里买的黄色发箍。发箍上有两朵很像糖果的硬硬的黄色小花。

在学校里，小恩mo每次体育课基本上都在见习（因为她小时候得了疝气，目前还没好）。而曲成mo腿骨折了，因此也在见习。所以不知不觉地，他们两个就“混”到了一块儿。当然也就是一起溜达溜达，随便说说话什么的。曲成mo挺天真的，但是说话不太清楚。不过小恩mo觉得，这个曲成mo可比彩迎mo好多了。真不明白为什么大家都讨厌他啊，他不就是腿骨折了吗！为什么大家不去讨厌那个班长呢？

曲成mo裤子的样子有点奇怪。不知道为什么，小恩mo好像格外喜欢观察人的衣服。

曲成mo这个人虽然没有什么出众的地方，但是比较和善，不像其他男生一样不跟女孩玩。体育课的时候，他喜欢和小恩mo玩过家家。学校操场南面的白色围墙外是QZ街的居民楼，一排，大概六层，又老又旧，却给了这个校园不一样的韵味。白色围墙前面有一些像小拱门（也可以叫廊柱）的纪念奥运会的建筑。小恩mo并不清楚那些是什么。操场南面是一排小台阶，只有三阶，上去钻过“奥运拱门”，直接就会撞到那一排又高又大的杨树。从拱门到围墙，大概只有一米多。一排老杨树就生长在那里。虽然只是那么窄的地方，但是从东到西，长长的一条“过道”，这么窄的“小森林”却可以让孩子们快活地穿梭其中。每个小拱门连在一起，之间还有一些石雕花盆，不知名的草垂下来。

小恩mo和曲成mo就在那条窄窄的“杨树小森林”里溜达。曲成mo总是胡乱从哪里弄来一些草，找个地方堆起来，和小恩mo假装“做饭”。

其他男生总是嘲笑曲成mo，他们哈哈大笑着说：“男孩还玩过家家！”

小恩mo觉得他们这样子说曲成mo很不好。曲成mo腿骨折了，本来动作就有些困难，大家却还有点排斥他，他在班里没有什么朋友……也挺可怜的。

曲成mo有时是有点鲁莽，看上去傻不拉几的。唉，不过，小恩mo还是挺喜欢和他一起玩的。

十月二十二日是家长开放日。小恩mo坐在校车上的时候，就在想着：会不会在旁边的哪辆车里看到妈妈呢？于是，她一直在看旁边的车子。校车里的其他人也在讨论家长开放日。小恩mo听他们讲话，觉得还挺有意思，因为这有一种“哈哈，我也是学校的一员，大家都在做同样的事”的感觉。

到学校后，家长们陆陆续续地来了，听了两堂课。

听完两堂课，学生们吃完加餐，家长们就去看大家上操。夏天是上完早自习就去上操，天气转凉了，就改到了第二节课之后。大家先按体育老师的要求做一些运动，接着开始做第三套全国小学生广播体操《希望风帆》。然后退场。二年级二班的第三堂课正好是体育，大家就直接留在了操场上。家长们站在教学楼前的花坛边。

小恩mo向家长们走去（因为她体育课见习）。妈妈看见她，问：“你怎么是走过来的啊？”

小恩mo没说什么。感觉在学校里，好像干什么都不自然了。她虽然有疝气，但平时如果看见妈妈，还是会跑过去。可现在……哦，明明没有故意装的啊！

她站在了妈妈身后。妈妈旁边站着一位高高的短头发女士。

“您是？”那位女士问。

“小恩mo妈妈。”

“噢！您好您好！我是彩迎mo妈妈！”

——什么！彩迎mo的妈妈？她看上去根本不知道她女儿和我究竟是什么关系啊！

小恩mo惊讶得都要“吐”了。

“哦！彩迎mo妈妈呀！我也听小恩mo提起过彩迎mo呢。”

——啊？！妈妈怎么也这种反应？为什么那么友好！

“两个孩子关系好像很不错呢！”

——关系很不错？！什么啊！

小恩mo站在她们后面，真的气得不行了。她想冲过去大叫，却又不能。她想去踢打教学楼的黄色墙皮，可是校领导会不高兴。

她就这样愤愤不平地站在那里。压抑着心中的愤怒。两个家长甚至加了微信，还说“可以带两个孩子一起出去玩”！

——怎么可以这样！不经过我的同意就这样！

家长们在中午前就走了。小恩mo则一直闷闷不乐。

小恩mo的妈妈自称“社交达人”，有很多处理事情的新奇点子。但是当时的小恩mo肯定是不能理解她的做法的。

08 尴尬的情况大合集

学校的中午饭通常是以米饭为主食，但是个别时候会以面条为主食，且是打卤面。

说到学校的打卤面，小恩mo从来都是浇番茄鸡蛋的卤。因为西红柿可是她的最爱啊！也有很多人浇肉的卤。吃面的时候，如果不主动去要筷子，学校就不会给你筷子，你就拿着勺子吃吧。要了筷子的人就拿着大筷子很夸张地吃着面。

学校食堂的饭菜说不上有多好吃，不过，大家都说他们做的西红柿鸡蛋汤很不错。食堂的大师傅会把鸡蛋都铺平在汤里，所以那个汤里的鸡蛋就特别薄，特别水嫩。

小恩mo对大树食堂的总体印象不错。不过，由于她在学校吃得不多，又比较瘦，所以生活老师好像很不喜欢她。小恩mo经常因为吃得太少或者是剩下了不喜欢吃的菜而被骂。她对剩饭这种事非常谨慎。每次吃不下，都得考虑“到底要不要倒掉啊”。如果实在吃不下，那就只好厚着脸皮去倒掉了。

关于学校食堂：早饭的时候，通常是两个班一列桌子。因为有的同学不在学校吃早餐，所以两个班一列就够了，是可以随便坐的。二年级有四个班，是全校班最多的年级。一班二班一列，三班四班一列。平时的学习方面也是如此：一班的数学和英语老师与二班的都是一样的；而三班和四班的数学、英语老师相同。小恩mo在学校吃早餐，总是会看见几个同学坐在一桌，说着什么。

午餐的时候，就不是随便乱坐了。每个人都有自己固定的座位。

小恩mo吃午餐的座位右边有一棵仿真树，树的另一边是止一mo的班级——三年级三班的座位。止一mo坐最里面的位子，所以，他得先经过树左边的那条过道，然后再从树旁边使劲挤过去。每次他挤过去的时候，小恩mo就得往左坐一点，给他让道。他还嬉皮笑脸地对她说："小恩mo，嗨！"和小恩mo一桌的小芮mo、圆苑mo还有善久mo都露出奇怪的表情。有人说："这人谁呀？"大家可能都很困惑，为什么总是有其他年级的人突然对小恩mo打招呼。刚开学那会儿，每次余老师带同学们下楼，路过一年级一班时，就会看见一个叫沐生mo的小男孩，一脸兴奋地叫着："小恩mo！"

现在，止一mo还经常带着沐生mo对小恩mo议论。小恩mo坐在校车第一排睡觉，他们就在她椅子后面小声说什么。其实是止一mo一直在讲些莫名其妙的话，然而他根本没什么可以议论的，因为他和小恩mo根本没说过话，他对她毫无了解。小恩mo听到自己的名字就醒，回头看了他们一眼，就接着睡觉。结果他们大喝一声："啊，醒了！"就跑走了。

梁师傅也对他们说："快走开！干什么呢！"

二年级二班来了一位新同学。那是一位来自委内瑞拉的漂亮女孩。她比小恩mo还要大十天。她的名字读起来好像是"嘎的利"，大家都觉得，这个名字有点搞笑啊。为了让大家更好地记住她，余老师决定：那么，就叫她珊琳mo吧！珊琳mo并不会说中文。她长得很高，是一个文静的女孩。

已经是十一月了，余老师宣布了一个消息：十二月三十一日学校将在北京剧院举办新年联欢会，所以现在要开始选节目了！

那么，这次二年级二班要表演什么节目呢？余老师给大家看了《满江红》的视频，这次要和一班一起表演这个节目。这是一个朗诵（其实到时候是背诵）节目，不过也是有角色分配和一些表演动作的。大部分同学都演士兵，要选出来三位领读的将军和三位舞蹈演员。全校要开始准备新年节目了，周三周四的课外班就不得不取消，用来排练。

二班的余老师和一班的文老师商议了一下——三位将军的人选是：二班的善久mo、珠钰mo，还有一班的玉辰mo；舞蹈演员需要会侧翻，只有二班的彩迎mo、白佳mo和嘉允mo会，所以自然就是她们三个人了。

剩下的同学则被分成了一班、二班两队，到时候分别在舞台的两侧入场（入场之后是不站在一起的）。这两队要分别有带队跑出去的同学，这两个同学带队绕着舞台交叉跑几圈之后，就要在指定位置站好。每班共站三排。两个班之间的位置要留给将军。大家都就位以后，便开始朗诵。进行到一半的时候音乐响起，舞蹈演员侧翻到舞台中间，开始表演舞蹈。

顺便说一句，那个扮演将军的一班男生玉辰mo，后来因为总是表演不好，就被换了下去。取而代之的是闻为mo，也是一班的。

学校的合唱团也要表演节目。但是合唱团人太少了，只好再选一些人参加。其中，小恩mo班里的小芮mo和校车上的止一mo也被选上了。合唱团的人加上后来选上的，一共八十人。

要表演的歌曲是《今天是你的生日，妈妈》和《铃儿响叮当》。音乐老师说："咱们要唱《今天是你的生日，妈妈》，你要提前跟你妈妈说——妈妈啊，表演那天你可要带纸巾来啊！小心哭得不成样子啦！"

有一次，那位老师对止一mo说："你站到那里去吧！"他旁边是小恩mo，便看上去一副很想笑的样子。唱完了一遍，老师说："大家都要把目光投向我啊！"接着就又唱了一遍。唱完，那位老师说："大家都把目光投向我了，只有小恩mo没有。"小恩mo听了，感觉头顶上直冒火："我明明还故意睁大眼睛了呢？怎么就故意点我一个人的名字啊？八十个人当中莫非就我一个人没看！？关键是我还看了啊！"这就是她的内心活动。而且那儿有八十个人，那位老师居然特别清楚小恩mo叫什么，也是很离谱。

老师又说："后面那位四年级的女同学，很好啊。同学们看，她就一直看着我，面带微笑，嘴还张得很大。我很喜欢你啊！"

其实学校还有许多别的社团要表演节目。可小恩mo并没参加那么多社团，所以她只有《满江红》和合唱两个节目。

最近，小恩mo不再那么喜欢和曲成mo一起玩了。以前他们总在体育课上一起玩，因为小恩mo不像其他人似的讨厌他。她觉得别人讨厌他的行为是很不公平的。

可是现在，小恩mo虽然不那么讨厌他，但也不想和他玩了。为什么呢？也说不太清楚。可能，就是觉得曲成mo这个人“不太招人喜欢”。为什么“不太招人喜欢”呢？可能就是觉得他这人“情商不太够用”。当然，小恩mo大概并不清楚“情商”这个词。只是心里产生了这么一种感觉罢了。

最近，曲成mo有点反常。在体育课上，他非要和小恩mo比什么跑步。小恩mo想：我们一个疝气、一个骨折的，跑什么步啊！不过算了，也没什么大事，陪他快走也行！于是，就总是这么玩。一直都是小恩mo赢。过了一阵子，曲成mo突然“好胜心很强”，他很想赢，于是就开始跑。小恩mo一问他：“你骨折了，还跑吗？”他就会立刻停止跑步，说：“我在走，没跑……”

每次都那样。

对此，小恩mo特别反感。不想跟他玩了！大冬天，小恩mo穿着一件超长的红色羽绒服，戴着黄色的花发箍，在操场上到处游荡。她的手支着主席台一边的白色大柱子，曲成mo也跑到另一边，去支着另一个大柱子！小恩mo特别烦躁：这个人干吗老跟着我！她就想甩开这个可笑的小男孩，自己去玩了。操场的绿色部分外围有一圈细细的小孔，她不知道那些小孔下面是什么。深秋的杨树叶落下，会被人扫到小孔那堆着。其实扫之前，叶落一地的场景很漂亮。但扫了也是没办法的。这时候，小恩mo就沿着那些小孔一圈一圈地走。有时会用力拽住叶子的茎，把它拉出来。或者是干脆全都塞进去就好了。在老师和校工眼里，这可能是非常无聊而又脏兮兮的游戏，可小恩mo却乐此不疲。

不过，曲成mo也怪可悲的，他就这样又失去了一个玩伴。

09 已经到了冬天

十一月份，小恩mo好像格外忙碌。

二十五号，小恩mo去彩排。

二十六号，小恩mo跟随校外的C童声合唱团正式演出。在那里从早待到晚，她坐在化妆间里捧着一本《小鹿斑比》。

最近，除了新年联欢会，还在忙活两件事。一件是填写小学生评价手册，一件是叠衣服大赛。

对于小恩mo而言，填写评价手册是件快乐的事。因为那里面可以自我介绍、涂小红旗、画画、贴照片……总之，像玩一样嘛！

事实上，填评价手册可不是什么“胡乱玩”的事。

在自我介绍部分，小恩mo是这样写的：

我的姓名：小恩mo

我的生日：5月30日

我最喜欢的书：语文书和数学书

我的血型：A型血

我的班主任：余老师

我最要好的朋友：（此处是空着的）

用文字介绍自己：我是小恩mo，喜欢看书、画画、做手工。我的性别是女。我现在8岁，过几个月我就是9岁。

是不是写得挺尴尬的？还性别女……

评价手册上有一个“我知道”模块，有一些“升旗仪式要严肃认真”“同学之间团结互助”之类的内容。如果心里对这些很清楚呢，就涂满三个小红旗；一般清楚就涂两个；不清楚就涂一个。小恩mo好像总是涂两个，也说不上不太清楚啊，可她自己就那样，对自己清不清楚好像十分吹毛求疵。别人看了，还以为这个小孩什么也不懂呢。

下面还有两条横线，要自己补写类似的内容。一般人都会补充一些自己很清楚的事情，这样就可以涂满三个小红旗。但这个小恩mo补写得也很傻：写了一个“爱护班级卫生”，涂了两个旗子。关键是，你也没有不爱护啊，干吗不涂全？而且你都不打算涂全，写在那儿又是何必呢？真奇怪。

还有一个“我做到”模块（就是说，你能不能做到，能做到什么程度），只不过把小红旗换成了熊猫脸。这个小恩mo弄得也傻到不行。

在“快来看看，这是我的杰作”模块，小恩mo随意画了一幅画，是一个湖旁边围满了树木。曲成mo看了，说：“天空上怎么没有太阳？天上难道不是都有太阳吗？”

小恩mo回答：“这是阴天啊。不一定要画上太阳的吧。”

妈妈看了小恩mo的评价手册，简直尴尬到“五体投地”。她想，等到孩子小升初的时候，我一定要想办法弄来几本空白的评价手册，重新写点好的东西上去，现在这都是些什么呀！

至于那个“叠衣服大赛”，其实就是全校“生活技能大赛”中二年级要做的事情——叠衣服。每个年级要做的事情不一样：一年级是收拾书包，二年级是叠衣服，三年级是系鞋带。小恩mo还庆幸：啊，叠衣服我可是擅长的呢。没想到，这个叠衣服，根本就不是平时在家里的那个叠衣服，而是要叠得像服装店里那样的呢！看上去很“正规”的样子。

这次要叠的衣服是学校的蓝色运动校服上衣。到时候，衣服会被提前胡乱地搁在桌子上，衣服的拉链也是解开的。同学们需要先把拉链系上才可以开始叠。

小恩mo学会了之后就常常练习。

十二月三日，二年级的“叠衣服大赛”在二楼的213报告厅正式举行。四个班，一共八列——男、女、男、女……八个人一组在前方舞台的桌子那里叠衣服，比谁叠得又快又好。

小恩mo率先叠好。她四处张望，不知道现在是否可以举手。

二班有几个同学大叫着：“小恩mo！快举手呀！”小恩mo这才举手。

有位女老师在小恩mo叠好的那件衣服上面放了一朵用纸剪的小红花。

转眼间，小恩mo转学到QZ街的学校已经将近三个月。

有一个好消息，那就是：小恩mo的英语水平有所提高。刚转来的时候，什么也听不懂，还被人说成了“偷懒”。妈妈想出了“画画学英语”的办法，渐渐地，小恩mo就不再那么害怕英语了。其实二年级的英语很简单，需要知道一些简单的单词、句式，熟悉题型就没什么问题。不过这里还有剑桥教材，相比公立学校，难度会大一些。但只要好好掌握，也没什么问题。一开始，小恩mo看见那个剑桥教材里面的内容，简直就像看天书一样。现在，她可以缓慢而准确地念出一小段文字。她喜欢在妈妈和平姨面前不停地重复那段文字。这让她快乐不已。

前不久，小恩mo在英语测验中得到了“88分”的成绩。这一次，林老师给她打了分。小恩mo看见了那个“88”，欣喜若狂！她在家里的沙发上不停地跳啊跳啊，嘴里叫着：“88！88！88……”

也许对于善久mo那种在小学二年级就英文超级好的人来说，“88分”完全是一个“考砸了”的成绩。可对于小恩mo来说，却是太不容易了啊。

10 社会上的稚气举动

十二月五日那天，小恩mo一家和小姨一家去“蓝色港湾”玩。那里小恩mo从小就经常去，有室外休闲广场、室内商场，对面就是朝阳公园，老少皆宜。

蓝色港湾儿童城里有一家卖毛绒熊和熊衣服的店。那些东西精致又可爱，十分吸引人。

小恩mo是个“熊控”，所以看到这种地方，当然走不动道了。那里有各种穿着精美衣服、裙子的熊，还有没穿衣服的熊——等着你给它购买合适的衣服穿上。

如果可以买一个，那就开心坏了！可是，妈妈不一定会同意。记得有一次在商场里，有一家看上去不错、但好像做工没有这家好的店，里面是可以“自制”小熊的：就是先给你一个空空的“皮毛套”，往里面塞棉花，小熊制作好以后再买衣服给它穿。那次小恩mo看到后就走不动道了，但是妈妈不愿意买，觉得根本不划算。结果，小恩mo就大哭起来。店里的女店员淡定地看着这个大哭的小孩。

其实，在公共场合大哭是很伤孩子自尊的。不过，在人的童年记忆里，难免会有这样的经历。小一点的时候，大家都跟小猴子似的，毫无情商可言。两个小朋友闹矛盾了，通常家长为了平息矛盾，都会去安慰对方的孩子，使得自己的孩子很不高兴地大哭。其实，这样一来，自己的孩子就会很讨厌另一个小朋友了。如果只是一方受骂，搞不好对方的小朋友会得意地笑呢。这个孩子当然没什么恶意。可是那个正在哭的，心里不知有多难受。哭的时候最怕有人看热闹，还有人扬扬得意。

有的孩子坐在马路牙子上哇哇大哭。一米远处有一位老母亲，对那孩子大吼道："你哭啊！你再哭啊！你再哭我就不要你了！"那孩子哭得更厉害了。母亲以为他是不认错，或者是委屈（这是从孩子的角度讨论，事实上很多家长心疼孩子哭），其实那孩子心里五味杂陈啊！母亲接着说："你就在这儿哭吧！我自己回去了！"可能这时，旁边有一些围观的路人。其实这时那些路人应该赶紧走开，最好装作若无其事，不要显得有什么可怕的事发生一样，那样孩子才会好受一些。

我有点跑题了，我只是为了反映一些社会现象。

好的，我们回到正题。

有的时候，小恩mo的妈妈愿意为了孩子开心而同意买玩具。在蓝色港湾的这一次，她让小恩mo在那些"书包挂链熊"中挑选一个。"书包挂链熊"大概只有17厘米高，但十分精致可爱。小恩mo选了一个长着翅膀的熊。它的毛是淡淡的棕色，蓝绿色的裙子像花瓣一样，头上还戴着一朵白色的小花。

小恩mo将它命名为小蓝mo。小蓝mo像个仙子。

小恩mo打算把它挂在上学的书包上。这样一来，小蓝mo就成了一只很有学问的熊。

最近，小恩mo在一个小本子上写了一些小故事，那些小故事统称为“叶成小区”。说实话的，那些故事又傻又俗，尴尬死人。但小恩mo就喜欢写这种东西。这种东西其实是有些乐趣的。

“叶成小区”的故事内容就是有一个叫张山的人和一个叫李四的人，住在一个名叫“叶成”的小区里。然后呢，什么什么，叶成小区本来是平房，后来改成了高楼，楼又太高了，别人都住在低层，只有张山和李四住在高层；后来小区人太多了，于是又盖了楼；有一次小区里运来了特别高的圣诞树；后来又来了一个叫王树子的奇奇怪怪的女的，她住在张山和李四的隔壁，并且她特别喜欢去图书馆。有一回张山和李四以为家里进小偷了，王树子就一下子把墙砸了……

小恩mo是故意安排了一些奇怪角色进去的。也不知道这个八岁女孩的脑子里在想什么。故事内容都非常无厘头，还很尴尬。不过，小恩mo觉得，在充分发挥想象力的情况下写这种东西实在是太有意思了！

妈妈说：“啊……你这个以后写长了，都可以当成小说出版了！”

小恩mo有些不好意思，“这个不是小说……”其实她也不知道小说是什么，只是觉得那好像是一种很长的内容复杂的成人看的书。觉得和小孩子不沾边。

妈妈肯定不是真的希望小恩mo出版“叶成小区”。因为

“叶成小区”实在太傻了。

时间过得很快，最近去西门坐校车时，会在一片黑茫茫中看见小区里布置得发光的圣诞树。

每次车路过花邻城步行街，也会看见另一个更加气派的圣诞装饰临时建筑物。由于经常路过那临时建筑物，小恩mo对它产生了感情。因此回到家后嚷着要让妈妈把那个东西拍下来，但她自己和妈妈又总是忘记。

每次，她想起自己又忘记了，都不禁十分想哭。

小恩mo为学校的老师们画了画，作为新年礼物。

学校每年都有冬季长跑，上午第二节课下课后同学们就下楼去做操跑步。小恩mo通常在班里休息。

这天休息的时候，余老师和林老师也在班里，小恩mo便给了她们自己画的画。是用木制相框装好的。画是用彩铅画的。

给林老师的那幅画，画的是一个山丘上有一座小房子，小房子的周围鲜花盛开，几只小兔子跳跃其间。林老师看了，对余老师说：“哎呀，你看看这个，这就是我向往的生活啊！可惜现在只能在这儿教课啊！哈哈，哎……”

十二月二十六日，妈妈请了小恩mo的好朋友小薇mo和小伊mo来果子城的家里玩。她们都是小恩mo以前在“奇奇怪怪学校”结交的朋友。

小薇mo先到了，妈妈为两个女孩拍照。她们都换了好几身裙子，小恩mo还穿了学校的制服。

小伊mo也来了。她们决定排练几个新年节目为家长们表演。

小伊mo似乎觉得有点“受排斥”。因为小恩mo和小薇mo要表演，而她自己只是主持人。不过，小恩mo和小薇mo觉得这样的安排很合理，她俩也不是故意的，只是当时情商不是很高。

最后还是那样表演了。

其中有一个唱歌节目，歌手是小薇mo。不过她看上去似乎满脸不情愿的样子。

还有一个“小品”，是小恩mo编出来的。以下为小恩mo和小薇mo在小品中的对话（注：那个“黑心推销员”是小恩mo演的）：

——先拿螺丝刀钉上去，可以让你的骨骼更健康，更坚固！

——啊！！（这个被推销的人暴跳如雷了！）

——（此人非常野蛮地强行往人身上钉！当然不是真的钉，只是用手使劲捶打。）

——（此人尖叫着逃跑了。）

完毕。内容就是说有个推销员非要给人推销一个螺丝刀。那个螺丝刀可以钉在骨头里，那样骨骼会得到改善。

一听就是骗人的！

11 新年联欢会

十二月三十一日，终于到了新年联欢会这一天。

《满江红》的节目在表演时是不能拿着稿纸的，所以，同学们在前段时间都把它背了下来。小恩mo是有一天在家里背会的。

大家带着表演的服装照常到校，中午一起坐校车前往北京剧院。上午，同学们都在班里看书。余老师让几位同学去图书室搬了一大摞《丁丁历险记》的漫画书到教室里，每个同学拿了一本。小恩mo以前没有看过这本书，这次一看，觉得还挺好看的，便一个上午都在投入地看书。

中午吃过午餐，大家拿着服装去洗手间换衣服。小恩mo在走廊里碰到了好多换好衣服的一班同学，感到有点不好意思。也看到了一些穿其他服装的人。排练的时候，都是和一班的同学一起站在楼道里。大家都举着大旗子，路过的人就会投来好奇的目光。

大家换好表演的服装，就把外套穿在外面，动身前往北京剧院。

有的时候，小恩mo会喜欢坐在校车里看外面，当校车抵达离学校很近的北京剧院时，她觉得有点不想下车。而且这次校车上坐的是同班同学——平时小恩mo坐的27号校车里没有同班同学——所以这次她感到很新奇。

到了剧院里，余老师带同学们坐在了位子上。小恩mo看见一些一年级和学前班的小孩在舞台上排练。

余老师让大家离开座位，去了一个排练的屋子。那个屋子里面的墙和地板都是白色的，但有的地方有点脏，显得很紧凑。老师让大家坐在桌子上歇一会儿，可小恩mo仍是嫌脏。

接着，便又开始举着旗子排练。练了几遍，就有人不耐烦了，开始讲话。余老师说："不要说了！想不想演好了？"

演出要开始了，二年级二班的人们又回到了观众席。

三年级表演了一首歌。只是小恩mo觉得他们的衣服怪怪的。那衣服是白色的，侧面有几个方形的大洞。她想：这衣服怎么连女生都穿啊！

学前班的孩子们穿着花花的鲜艳衣服，哇哇地唱着歌。小恩mo并不认同他们的唱歌方式，不怎么齐啊。

四年级表演军歌，他们的神情严肃庄重。

过了一会儿，老师们叫英语剧团和管乐团的同学去候场了。

英语剧团表演得不错，两人一组对话，有人说得也不是很流利。可小恩mo觉得已经很好了。

管乐团表演得非常好。因为小恩mo不会那些乐器，所以她认为会乐器的他们非常厉害。

即将出场的还有舞蹈团。小恩mo没有与舞蹈团一起表演，因为她其实刚上不久就退出了。那时候只有她一个人学不会。那些动作，现在她其实也慢慢搞清楚了，在班级舞蹈课也能跳（学的是与舞蹈团基本一样的动作，但舞蹈团学得更多）……不过她这人对舞蹈本来就没兴趣，而且腼腆。有一次在班级舞蹈课时，冯老师对她说：“那个小恩mo，你喊着拍子跳一下。”

小恩mo不好意思喊拍子。她说：“我英语不好。”

“你英语不好，那你连一、二、三都不会说吗？”

旁边很多人都笑了。

善久mo像憋着笑似的说：“连One、Two、Three都不会说……”

在班里都这样胆怯，在舞蹈团就更不用说了。小恩mo退出舞蹈团以后，去上了“科学探索”课。那是因为有一次课外班时她回班拿东西，那时班里有些人正在上科学探索课外班，小芮mo正坐在那里画盘子，于是小恩mo想，这个课外班可能挺有趣的。没想到，这个课外班每周都在摆弄一些什么“导线”，那些线特别容易乱，小恩mo的手都麻了。

正是因为小恩mo退出了舞蹈团，所以现在她特别好奇舞蹈团那些人的表演。

可是，舞蹈团刚要表演，二年级一班和二年级二班就要去候场了。

小恩mo并不紧张，因为她已跟随校外合唱团外出表演过好几次了。

音乐一响起来，带队的人就跑了出去。等大家都到位了，“将军”走上前，大家开始说：

怒发冲冠，凭栏处，潇潇雨歇。

抬望眼，仰天长啸，壮怀激烈。

三十功名尘与土，八千里路云和月。

莫等闲，白了少年头，空悲切！

……

表演结束后，台下一片掌声。不过有的同学嘲笑“将军2”只说了一句话。

本来小恩mo想安心地看一会儿演出，可是没多久，又被合唱团叫去换衣候场了。

小恩mo是个很“规矩”的人。在跟随生活老师去“更衣间”的路上，她问道：“更衣间呢？”

后面的几个同学都没有吭声。生活老师的表情显得有些不耐烦。这位有着卷卷的短发的生活老师似乎本来就不是很喜欢小恩mo，因为小恩mo看上去瘦瘦的，还有点“挑食”。

“没有更衣间。”

“那在哪里换衣服？”

“前面的屋子里。”

“男女不分开吗？”

“是的。”

“啊？！不行吧……”

生活老师不理她了。但小恩mo觉得跟在后面的那些孩子其实也和自己有一样的想法。

一进屋，小恩mo惊呆了！那么多人，男男女女都聚集在这间屋子里，显得热火朝天。虽然那些人都穿着背心啊什么的，但她还是觉得不太好。而且她还看见止一mo正在换裤子。

一起进来的其他孩子只是站着，没有说话。

小恩mo转向生活老师，问：“啊？就这样换了？男女不分啊？”

生活老师无所谓地说：“那有啥？都是小孩子！”

——真是服了!小孩子就这么随便吗？

小恩mo还是很顾虑。生活老师显得很烦，只好说：“行了！我给你拉上帘子。”

这几个人所处的位置正好是个三面有墙的角落，所以那个帘子把一些别人也封在里面了，包括一名个子矮小的男生。小恩mo感到很无奈，觉得生活老师真是太不讲究了！可是也没什么办法。她于是把合唱团裙子松松垮垮地套在身上，像个大斗篷似的，然后赶紧把衣服脱了，再把裙子穿好。这样就可以了。

等所有人都换好了服装，他们就上场了。

今天是你的生日，妈妈。我很想你。
想起年幼在你温暖的臂弯里。
那么多年抚慰我的是妈妈你的微笑……
妈妈我很爱你，
长了这么大第一次说给你听。
妈妈我告诉你我会唱一首歌给你，
它的歌声就像年轻时候的你啊……

如果这一天正好有在场的哪位母亲过生日，那么她一定会非常感动吧！

要回家的时候，妈妈带着小恩mo在剧院门口和梁师傅说了几句话。梁师傅说小恩mo是校车上最乖的，总是很安静。

妈妈还给小恩mo在剧院外照了相。照片中的小恩mo依然是戴着那顶圆点棕色毛线帽子，穿着那件红色长款羽绒服，脖子上裹着厚厚的围巾。

就这样，二〇一五年过去了。

12 元旦及期末考试

元旦节，小恩mo一家和小姨一家去了王府井，住在一个酒店里。那个时候，小恩mo和小淥mo都是一住酒店就十分兴奋的那种人。

酒店大堂的地板十分光滑，小恩mo带着小淥mo在上面假装“滑冰”。小淥mo兴奋地哇哇叫。

第二天逛王府井，她们两个又买了“公主衣服手工书”。

在王府井书店里的时候，妈妈和小恩mo挑选课外书。

妈妈说：“这个《寄小读者》怎么样啊？”

“嗯。”小恩mo想，这个《寄小读者》是那种什么“知心姐姐”来告诉你读书的乐趣、与小朋友通信、推荐图书之类的大荟萃吧？结果一打开书，没想到是一篇一篇的书信，而且往后一翻，竟然写着“1923年7月25日”！

“啊！怎么是‘1923年7月25日’？那么老！”小恩mo大叫了起来。

妈妈却很冷静："对啊，民国时期嘛。"

民国时期的那些句子，有的小恩mo并不能完全理解。可是她还是会很有兴趣地读下去。这便是小恩mo的优点了吧。其实，在这以前，她就已经读了《八十天环游地球》《尼尔斯骑鹅旅行记》《小鹿斑比》等书。所以她现在对于读书是有一定兴趣的。

元旦节一过，回到学校，老师们给大家发了猴年的小猴子玩偶，样子十分可爱。

曙乐mo同学九月开学时是光头，那时小恩mo认为他看上去不像好人。现在他已经有头发了。他是个微胖男孩，时常有种机灵、敦厚的劲头。他对余老师说："老师，这个小猴子质量还挺好的嘛！"

"对呀，"余老师说，"那可不是嘛！"

其实也不知道为什么他们要对那个猴子的质量表示赞扬。

大家都抱着小猴子。

很快就到了期末考试的那一天。小恩mo一点也不觉得紧张，倒是校车上吵吵嚷嚷的，大家都在讨论考试的事情。

到了学校，小恩mo跟着校车上的新晴mo上了二层。她们看见那些班级门上贴着"第一考场""第二考场""第三考场"……

新晴mo之前跟小恩mo没说过话，但她看上去很和气，转过头对小恩mo说："怎么还有这些考场号啊？"

小恩mo没有吱声。她觉得这些"考场标牌"其实没有什么用，因为那些"一二三四考场"其实就是一班、二班、三班、四班而已。

期末考试以后，等到返校那一天，大家来领成绩。小恩mo三科的成绩都是“优”。

老师们又给同学们布置了一些寒假作业：语文、数学、英语每科一个大本子。

学校还为之前的新年联欢会录制了光碟，发给大家。小恩mo回家和妈妈一起试着播放，发现她领到的那个光碟是坏的，不管用什么方式都播不出来。可是其他同学都说可以播啊——小恩mo不禁觉得十分可惜。

13 寒假与春天开学

小恩mo的寒假是怎么过的呢?

答：重大的活动有两个。

第一个是校外合唱团集训，是在香山旁边的一个酒店举办的。小恩mo的发小小典mo和她一同参加，她们俩住一个房间。小恩mo依然对大人不尊重儿童隐私的行为感到不满。生活老师要求入睡前开着房门，所以小恩mo就躲到洗手间里换衣服。小典mo却满不在乎，在开着门的房间里换衣服。她这种大大咧咧的性格也很有好处，因为她每天晚上睡觉时都打呼噜，还肢体乱动，差点把小恩mo挤下去，证明她睡得很香；小恩mo的坏处是，总是因为怕黑难以入眠，好不容易睡着后，半夜又被呼噜声吵醒，然后又因怕黑睡不着，于是把小典mo拍醒，说两句废话（比如：“现在是3点46！”说白了就是播报时间），而小典mo又立刻睡去。小恩mo刻意把闹钟上得比老师要求的起床时间早一个小时，小典mo于是也糊里糊涂跟着起床。她们早早就穿戴整齐坐在椅子上，生活老师打开门便大吃一惊！

另外，关于合唱团集训还有一件事不得不提。在集训的第一天，小恩mo便发现止一mo竟然也来了。还有一个好像在学校里见过的女生也在这里。其实这两个人同是三年级三班的学生。小恩mo见到止一mo以后，觉得很恐怖。他似乎本来被分到了合唱团小班，小班的老师还在点名时叫了半天他的名字。小恩mo坐在下面，根本不敢对小典mo说她认识这个莫名其妙的人。

止一mo后来去了合唱团大班，所以小班老师才点了半天的名字，也没人回答。他这人总是给别人添麻烦。坐校车的时候就成天到晚迟到，上车的时候还拿着包子，一股味儿！

那个好像在学校里见过的女生叫阿韵mo，但小恩mo不太认识她。有一次在自助餐厅，小恩mo正端着盘子站在过道，阿韵mo突然拦住她，说："你是不是小恩mo？"小恩mo回答说："是的。"阿韵mo又说："你的发卡上的黄花像糖果一样，真好看！"小恩mo其实根本搞不清楚这个人到底是谁，没发现这个人就是体舞课里那个裤子奇怪的女孩。她还总觉得学校里怎么有与合唱团长得几乎一样的人。到后来，她才搞清楚这个女孩究竟是谁。

在自助餐厅，小恩mo从来就不拿什么大鱼大肉之类，她总是喝蔬菜粥，吃一点炒米饭，或者清汤寡水的面条。她这样被人认为是浪费了这顿自助餐。而且，她这几天总是披头散发，因为平日里她的头发都是妈妈扎的。她有两天自己扎了马尾，但是有些凌乱。有一天早上她就顶着一头凌乱的马尾站在走道里，止一mo还在她面前晃来晃去。其实小恩mo有些害怕见到这个人。但是她也谈不上讨厌他。

据说，集训结束后小典mo还闹着想跟小恩mo回家玩，难不成这个孩子很需要别人那么早就叫她起床？她很需要这样的“压榨管理”？

第二个重大活动：除了合唱团集训以外，小恩mo还和妈妈去了台湾环岛旅行，并在旅行途中认识了两个很合得来的小伙伴。另外，妈妈还学会了做茶叶蛋的方法。她们去阿里山的那一天，天上下了雨，卖茶叶蛋的老奶奶等到雨停了才出来。妈妈吃了茶叶蛋后，自己琢磨了它的做法。她做的茶叶蛋原汁原味，有着浓浓的茶香。

这便是小恩mo寒假的概况。

马上就要开学了。

妈妈告诉小恩mo，彩迎mo转校了！小恩mo可是太高兴了，她首先想到的就是“再也没人说我偷懒了”。不过彩迎mo自己就不开心了，据说她在家中号啕大哭。

彩迎mo一转学，以前的副班长善久mo就成了正班长。

曲成mo也转学了。小恩mo对他并无太多留恋。

另外，也有两名新同学加入。一位家长进入了家长群，她在群内发了一张孩子的照片，照片上有一个头发有点短的瘦小男孩正穿着墨绿色的羽绒服，坐在大树食堂吃早饭。配文说：“男孩，云天mo，八岁，来自中国香港。”

还有一位同学，也是男孩，叫作品君mo。据说他没有上过一年级，也不会拼音，就来上二年级了。

后来小恩mo很自然地把他们归为一类，觉得他们都是小个子男孩，学习也都不那么好。

好啦，讲讲开学那天的事情。

那一天，小恩mo穿着蓝色运动校服和红色羽绒马甲，站在西门等车。她已经没有了上学期的胆怯和不安，反而有一点小小的期待。她可能认为上学的日子里也会遇见好玩的事情。

到了学校，进入了二年级二班，小恩mo规规矩矩地找到了自己的位置。她发现前面的座位空着。

老师说："小恩mo，嘉允mo已经转学了，你可以往前坐一个。"

小恩mo就往前坐了一个。

嘉允mo以前是小恩mo这列的组长，她转学后，小恩mo就当上了这一列的小组长。有了这个小组长的名号，就可以戴上"一道杠"——小恩mo觉得这可神气极了。有了这个"一道杠"，别提她有多开心，走路都要往胳膊上瞥那么几眼。

过了两周，小区里的杏花开了。这是小恩mo生平第一次见到这棵杏树开花的样子。满树的粉白，那样茂密。小恩mo戴着自己的"一道杠"在树下照了一张相。

以后每年杏花开了的时候，她都会在这棵树下照相。

小恩mo比上学期自信了一些。对于这个年龄的她，一个"一道杠"绝对是很大的鼓励。班里没有了幼稚的批评自己的人也是天大的高兴事。

小恩mo在这个学期感受到了更多快乐，学习起来也更加得心应手。杏花开了的时候，学校的玉兰也就开了。

14 玉兰花开

学校的玉兰树就种在教学楼正面的那一排花坛里。每到三月中旬，那些玉兰花就开了。它们的香气好闻极了，十分清甜，芬芳馥郁。小恩mo从后院停车场的那条路拐进来，这种香气扑面而来，心情都变得明朗起来。

这时的天气往往十分晴暖。到了中午，许多班级的班主任就会带着孩子们来到操场上，让他们自由活动。二年级二班也不例外。然而自由活动对于小恩mo而言，不过是站在那里晒太阳。她不像其他孩子，一听到口令就一哄而散，开始叽叽喳喳的了。

二年级一班跳大绳的口号声传入了小恩mo的耳朵。她便盯着那些人看。其中有一个外国人很吸引小恩mo的注意。

余老师走过来了，她不想让小恩mo很孤单。她说："你怎么一个人站着呀？我给你拍个照吧。"

余老师让小恩mo站在玉兰树下，给她拍了一张照片。多年以后，小恩mo如果想画她和母校玉兰树的合影，只能用这一张。不过这一张的确很好，从照片中就能感受到那天的阳光灿烂。

自由活动的时候，小恩mo一会儿晒太阳，一会儿就在校园里走来走去。她走到廊柱那一边，忽然，从廊柱后面的杨树小径里冲出来了阿韵mo和止一mo。他们笑着追跑打闹。止一mo叫了她一声，装作和她很熟的样子。阿韵mo也很友善地和她打了招呼。小恩mo莫名很喜欢她的笑容，因为她笑起来特别大方真诚。

余老师很喜欢小恩mo，她说："你只要再开朗一点，就是完美的了。"这句话其实有很多的"漏洞"。就从完美这一点来讲，小恩mo丝毫不认为自己完美或者接近完美，她认为自己还有很多不足，而且有时很暴躁。

再说了，小恩mo真的"不开朗"吗？就从她回家以后的表现来讲，就可知那时的她是个活泼而疯狂的人。她在学校是个文静小孩形象；回到家就和当时几乎天天来访的表妹小淥mo玩"装扮游戏"。用各种服装装扮自己，并跳一些傻兮兮的舞蹈，还录下来。但她一旦和表妹闹矛盾就不得了——小恩mo一旦发怒就会歇斯底里，直到把小姨她们赶跑。

况且，就算真的不开朗，也未必比开朗差啊。大人们是经常这样说的："不要太内向啦，开朗一点"。这当然是基于他们自己的认知，是为了孩子好。不过，其实开朗与否和内心是否阴郁并不存在必然联系。

事实上，小恩mo一直觉得内向挺好的。她不知道有些人让孩子甚至成年人"不要太内向"算是什么建议。

小恩mo有时会到小淥mo的幼儿园去“接”她，当然是和小姨一起。她们坐公车一起回到果子城。在车上，小淥mo得意地拿出自己的幼儿园课本给姐姐看，姐姐也掏出二年级的课本，说比表妹的难。不过，我觉得她这也没多牛嘛，不过是小学二年级。

关于二年级下学期的学业，令小恩mo印象深刻的是，她当时每次数学考试都是100分，经常获得“数学小标兵”的称号。

小恩mo也经常写日记，并且很喜欢看书。合唱团却不大喜欢去了，因为她认为那里的小班学生都是些小小孩，唱歌并不好听，而自己不知为什么就一直待在小班；去大班吧，又觉得那些人莫名可怕，而且还可能碰到学校的人，就更不想去了。

15 小芮mo

小恩mo是在二〇一五年的暑假托管班认识小芮mo的。

当时，妈妈让小恩mo上那个托管班就是为了让她提前认识一下新学校的同学，最好能交上朋友。话是这么说，可是妈妈知道，小恩mo是不可能自来熟地随便搭理一个小孩，然后和那个小孩非常熟悉的。况且，就算她能，那个孩子也不太可能凑巧就是以后的同班同学啊。

于是妈妈想办法联系到了一个托管班孩子的家长，而那个孩子就是小恩mo转学后的同班同学。妈妈对小恩mo说：“你记住了，那个小姑娘叫作小芮mo，她以后是你的同班同学。”

小恩mo希望小芮mo是一个活泼的女孩，并且能带着自己玩。她想象中的小芮mo，比自己高一点，扎着一根马尾辫，而不是像自己一样，扎着两个小辫子。

去托管班的那一天，小恩mo来到教学楼一层朝南的一间教室。教室墙壁的颜色是淡淡的黄色。里面已经稀稀落落地坐了几个不一样大的孩子。

教室的前面有一位老师，她是学校食堂的桉老师。她看见了小恩mo，询问了一些情况，说："你就坐在那里吧。"然后指了指第二排的一个位子，"一会儿小芮mo来了坐在你旁边啊。"

过了一会儿，有一个女孩子进来了。她的个子比较矮，头发也比较短，低低地扎在脑后；衣服是乳白色的，有深蓝色的边，上面写着几个英文字母；裤子是深粉色的。

她就是小芮mo啊！桉老师说："你就坐在那个孩子旁边。"小芮mo就走过来了。估计她的妈妈也跟她说过小恩mo，所以她并不惊讶，脸上的表情非常平静。

小恩mo可是很惊讶了！小芮mo与她想象中的完全不一样，而且，看上去也是个内向的女孩，这样的两个人不知怎么才能说上话呢。

但是小恩mo仿佛知道，这个时候她必须和小芮mo说话，因为她们好像有成为朋友的使命一样。而且，妈妈也说了"小芮mo也很喜欢画画"之类的话，一定是很希望她们成为朋友。

小恩mo坐在那里想着。她突然对小芮mo说："你知道白化病吗？"

小芮mo转过头来，依然平静却有点蒙。

"得了这种病的人，头发是白的，眼珠子是白的，就连手指甲都是白的！"

小恩mo说起这种奇怪的问题，是不会感到有多么不好意思和多么尴尬的。反而，说那些寻常的，才会使她尴尬。

小芮mo看小恩mo这样子，也说："这么可怕！"

"对啊，他们都长得很白呢！"

小孩子都对未知的东西有一种好奇（虽然也有一丝恐惧，但是和同伴一起分享，就会好很多）。小芮mo也起了兴致，她开始问其他的关于白化病的问题。

这听上去实在是不浪漫，但这就是两个人第一次所谈论的话题。两年后，两人已经成为很好的朋友，小恩mo忘记了关于“白化病”的这一段对话，是小芮mo说：“那时候你跟我说什么‘白化病’！”

小恩mo在托管班里无所事事地抄写着小公主图书。桉老师没看清她在写什么，但是说：“看看小恩mo，总是在抄书，真好学！”

那时，小恩mo还没有搬家，她在郊区住的地方离QZ街太远了。所以为了上那个托管班，妈妈和平姨还在附近的公寓租了几天。晚上，小恩mo在公寓里看着窗外的景色，马路上的车子来来往往，对面有超市和粥铺。这些街景，没有一个熟悉的。

天空中蓝色、橙色和粉色在渐变，夕阳缓慢地坠到了看不见的地方。

二〇一六年四月十六日，小芮mo全家第一次来小恩mo家做客。本来小芋mo也要来的，可是她家临时有事来不了，就只有小芮mo一家来访。

小恩mo提前找了好多可以做的事情。比如，她拿出了自己的“采访本”——一个蓝绿色的软本子，里面有很多的表格，是为了调查他人的个人喜好。调查的那些喜好都是些无聊的问题，比如：你是否喜欢猴子？你是否喜欢大象？你是否喜欢苹果，或者香蕉？以及，你更喜欢下雨天、大太阳还是下雪天呢？甚至还调查别人的指纹是“斗”还是“簸箕”（关于指纹，都是之前大人们提到过的民俗说法，说什么“一斗穷，二斗富，三斗四斗卖豆腐”之类的……）。

门铃响了，小芮mo一家来了。打开门，小恩mo有点不好意思，但小芮mo的脸上却挂着一副“惊呆了”的表情，并且说了一句：“好大！”

这句话让小恩mo很惊讶。她本来以为别人会嫌弃这里太小，因为以前她住的房子比较大。不过，别人也没见过呀。

小芮mo说：“你们家真大呀，我们家比这小多了！又挤又小！”

小恩mo听了，立刻很好奇：“有多小呀！”

“哎，反正就是特别小。”

小芮mo的父母也说他们家特别小。

不过，小恩mo为了赶紧开始自己的采访，就没有再问下去。她搬出两把小藤椅子，请小芮mo坐下，又拿出“采访本”，说道：“开始采访了。”

“你是四月出生的吧？”

“是的。”

“你喜欢猴子吗？”

“不喜欢猴子。”

“那兔子呢？”

“喜欢。”

“梨喜不喜欢？”

“喜欢！”

“橙子呢？”

“喜欢！”

“喜欢海绵宝宝吗？”

“不喜欢。”

“泰迪熊呢？我喜欢。”

“我也是。”

“喜欢时尚的衣服吗？”

“喜欢。”

“喜欢下雨和大太阳吗？”

“不喜欢下雨和大太阳。”

小芮mo是个很好的女孩儿，她在不熟的人面前也不太喜欢讲话，但是很善解人意，小恩mo问什么问题她都会接。其实小恩mo问这些根本就不是为了了解朋友的喜好，而是为了好玩。当然，了解喜好也是可以的。

吃饭的时候，小恩mo又想起了那个“我家很小”的事情，就接着问了下去：

“你们家到底有多小啊？”

“就是家具特别挤，有点放不下。”小芮mo的妈妈虽然有些尴尬，但还是笑着回答了小恩mo的问题。

“那几平方米啊？”

“哦……也就四五十平方米吧。”

“那么小啊！”小恩mo大叫。这时，她完全没有注意到餐桌旁大人们脸上的表情有多么尴尬。不过他们还是脾气很好，因为他们知道小恩mo就是什么都不懂，才这么问的。小芮mo看上去若无其事。

最尴尬的是小恩mo的妈妈，她赶紧说了点别的，就结束了这个太尴尬的话题。

（上面这一段“尴尬”一词频繁出现。）

小芮mo很喜欢小恩mo家的沙发，因为那玫红色的沙发又长又大。小孩子都喜欢这个沙发。她们在沙发上翻来覆去，又蹦又跳。流程是小恩mo设计的：先爬上窗台，再往下跳在沙发上，或者仰下去。小恩mo家住在十七层，其实有点高，不过习惯了以后，坐在窗台上也不会害怕。

从东边的大窗子往外看，对面是北郊际郊野公园。这个房子的视野实在太好啦，可以望见很远的地方，北边的山和东边的高楼都可以看见。

午饭后，两家人去对面的郊野公园游玩。

家长们带了地垫铺在草坪上。孩子们吃着春游的食品，大人在旁边的丁香丛里寻找一些稀有的、可以带来好运的五瓣丁香。最神奇的是小恩mo的妈妈竟然找到了一朵八瓣的丁香。小恩mo却对这些没什么兴趣。

小恩mo和小芮mo到旁边的林子里去玩，芮芮爸陪她们。据说小芮mo和她爸爸总是玩大概这样的游戏：小芮mo是好人，她爸爸是坏人，他们各自有领地，也有自己的食物，可以互相盗取，看谁胜利。（感觉是儿童刻板印象里的“原始人”一样啊，在荒郊野外试图生活。）

这一次，小恩mo加入小芮mo战队，找了一个树洞，作为锅；在里面放了些树叶和石头，假装是菜和肉。她们还有一张“吃货卡”，不能让“坏人”拿到。

“我们俩是可怜的小孩，我是魔法师，你是心理师，而我爸是坏人，要偷我们树洞里的食物。”小芮mo说。不过，到底是可怜的小孩还是有特异功能的人呢？

游戏开始了。小芮mo她们去找别的食物，而“坏人”立刻就把食物抢走了！她们大叫“啊——”，追了上去。小恩mo又返回树洞看守，而小芮mo去把偷走的食物抢了过来。

二人拿起一个倒下的大树枝，大叫：“不要拿我们的食物！”

“坏人”把自己的“食物”拿在手上，说：“我也有，比你们的还好呢！”

小恩mo对小芮mo说：“你在这里看守吧，我去找食物。”她把“吃货卡”带在身上，去了“坏人”家。到了那，为了“复仇”，她就拿走了一些“食物”。“坏人”来了，正想偷走“吃货卡”，被小恩mo用余光看见，大叫：“不许拿！”“坏人”说：“哟，不愧是心理师！”小恩mo说了一声“当然”，就立刻拿着“坏人”的“食物”跑回了树洞那里。“坏人”追了过来，对她们说：“那是我的呀！”边说边抢走了“吃货卡”。小芮mo赶紧大喊：“冰冻三十秒！”三十秒过后，坏人接着跑，二人追了上去……

游戏就是这样进行着。大家都很投入。小恩mo觉得小芮mo家真是太会玩了！也应该感谢芮芮爸愿意陪她们玩。

不仅是因为芮芮爸陪孩子们玩了，而且小恩mo问了那些尴尬的话，他们也没生气。这一次真是要感谢小芮mo家呀！

16 圆苑mo

每周一，小恩mo的课外班是“儿童画”。

儿童画班里的圆苑mo，小恩mo以前没太注意过她，尽管她在班级站队的位置一直就在小恩mo前面。她经常喜欢皱眉头，而且喜欢穿裙子，每天中午排队走进食堂之前，总是喜欢看看镜子里的自己。

圆苑mo是一年级第二学期时转入现在的二班的。她以前是什么学校的，没有人知道。她有些幼稚，英语学得不太好，和小恩mo一样喜欢画画。

这学期开始，她开始找小恩mo说话了。她说：“我们一起画画吧。”

“嗯。”小恩mo对交朋友的事毫无概念，有人理自己就会随口答应。

小恩mo之前也和一些人一起画过画。她们往往是一会儿画自己的，一会儿又瞧瞧别人的，这也不失为一种乐趣吧。这次也不例外。美术教室里，圆苑mo坐在小恩mo的左边，前面是学校发的画纸和自己带的水彩笔，都放在那略微倾斜的木质大桌子上。学校的美术教室很简朴，那些木头桌椅和窗外上了年纪的杨树相呼应，总感觉和这些孩子的稚嫩形成了鲜明的反差。

小恩mo小时候对于自己的画画水平有一点盲目自信。每次她看别人和自己画差不多的内容，都觉得别人的配色什么的没自己的“雅致”。真的很傻。

圆苑mo是个脸皮有点厚的女孩，这也是她天真幼稚的表现，在那时的她身上能看见那个年纪的孩子共有的一种心性。好像我们生来就很熟络，没有“我认不认识你”的概念。她和小恩mo搭话，总是自然而然，好像已经很亲近了。实际上她的情商并不怎么高。但是她只是个小孩啊。

为什么她情商并不怎么高呢？她和小恩mo总是喜欢共用一盒水彩笔。一开始，圆苑mo还携带自己的画具。后来，就愈来愈不怎么带了。每次上课之前，她都说：“小恩mo，我忘带笔了，我能借你的吗？”小恩mo也一口答应：“好！”

圆苑mo说这话的时候笑着，显得很傻。

不过她总是忘带笔，在课上一个劲地用小恩mo的笔，小恩mo于是开始有点反感她了。她总是在课上生气地看着圆苑mo毫不介意地用着自己的水彩笔，有的都已经用没水了。或许小恩mo的表情就已经出卖了她自己吧，看来她的情商也很低。

这时候即使对她讲“小恩mo，你真是大方”也无济于事。

而且小恩mo感觉画画的时候，圆苑mo还总是瞥着自己的画，表情很奇怪地进行一些模仿。

音乐课的时候，出于身高原因，圆苑mo也坐在小恩mo旁边。一开始，学一首歌叫作《音乐小屋》，“叮咚叮咚，推开小门……”

小恩mo看到圆苑mo坐在旁边，不认真听课，眼睛也不知在看哪里，脸上的表情好像有点怨恨。

小恩mo最看不得别人怨恨的表情了。她觉得圆苑mo很烦人。

不过小恩mo可真是离谱，因为别人的面部表情而影响自己的情绪，十分没有智慧。

可是那种表情已经深深烙印在小恩mo的心中。以后她想到“叮咚叮咚，推开小门”，就会想到那写满疑惑和怨恨的脸。

又过了一阵子，音乐课上，开始学习“打杯子”。通常是全班同学在木地板上围坐一圈，把杯子扣在地上，使它发出一些有节奏的响声，再有规律地传给下一个人，就这么循环。音乐老师是一个有点年纪的女老师，她看起来像是那种和蔼却管不住学生的老师。她给大家播放了外国小孩“打杯子”的视频。

一开始，同学们只是用手充当杯子来练习，后来开始使用塑料杯子。圆苑mo是音乐课代表，每次她都被老师安排去发杯子。不知为什么，在她眼里，那些杯子好像有些优劣之分，她总是给自己一个好像很“华丽”的塑料杯子，至于其他人，就无所谓了。比如小恩mo认为圆苑mo总是给自己那种十分“简陋”的杯子。

其实小恩mo原本并不太在意杯子是什么样的。但是她感到圆苑mo是故意这么干的，而且有时还说：“啊，让我看看你的杯子。”小恩mo深感她的幼稚，内心开始反感她了。由此，小恩mo自己的幼稚也暴露了。

圆苑mo一看就是个小女孩。她总是喜欢粉色系的衣服，而且喜欢披散着头发。这就同以前女孩们喜欢玩的“扮公主”游戏如出一辙。至于总想让自己拿到最好看东西的心理，就像小恩mo幼儿园时的孩子说“你的饭吃完了，我还有呢”然后张开大嘴炫耀的举动差不多。

这大概是儿童天真的“竞争心”。

事实上，圆苑mo午饭时也坐在小恩mo旁边，她们也会互相看彼此盘子里的饭还剩多少。小恩mo觉得这可真叫人无语，但还是忍不住去看。

其实不过是些鸡毛蒜皮的事，但在日复一日中，它们还是让小恩mo恼怒不已。她觉得圆苑mo很讨厌，美术课上没有分寸地用着别人的水彩笔，还故意发给别人难看的杯子，甚至连吃饭速度都要竞争一下。

回到家后，小恩mo对妈妈说：“圆苑mo就是个‘九牛一毛’的人。”

——啊？什么？难道她很特别吗？

妈妈觉得小恩mo好像有点用词不当，但她并没有说出来。所以小恩mo还是每天说着“圆苑mo是个‘九牛一毛’的人”。

在与圆苑mo的相处中，还有一件事叫小恩mo很生气。那就是当圆苑mo问起小恩mo爸爸的事情，小恩mo回答说他在国外，圆苑mo却以一副不屑一顾的样子说道：“切！你骗我呢吧！那么长时间不见，他肯定出事了吧！”小恩mo恼羞成怒，实际上圆苑mo所说的话正是道出了小恩mo自己内心深处的恐惧。

圆苑mo这样说，也是有原因的。她自己的父母就已经离婚了，她妈妈嫁给了她现在的爸爸，她就有了两个同母异父的妹妹。

小恩mo知道这件事，是因为有一次，圆苑mo带着她满不在乎的笑容，提到了她妹妹，还说了她们的名字。“她们怎么跟你不是一个姓？”小恩mo没脑子地问。

“因为我妈妈和我原来的爸爸离婚了呀。这两个妹妹是我妈妈和我的新爸爸生的。”

“哦……”小恩mo脸上的表情一定很诧异。圆苑mo的表情一如既往的轻松，比她音乐课时的愁眉苦脸看起来轻松多了。但她虽然很轻松地说着，却没有正眼瞧小恩mo。

“我的新爸爸对我可好了。”

可是，小恩mo不明白，人怎么可以有两个爸爸？

班主任余老师曾经说：“圆苑mo以前还瞪过我呢，现在就没有啦。”她或许意在表达“大家都在越来越好”。小恩mo心里却想：“不是吧，她不是还在瞪人吗。”

圆苑mo脸上的怨恨和愁苦、没心没肺的笑容，还有她幼稚的服装，好像都合为了一体。她似乎代表了孩子的天性以及显现在孩子身上的无法避免和抹去的一些悲伤。那些悲伤，或许在孩子们还没有长大之前、还活在一个“乐园”里时，就提早地渗入；那些苦痛，也不可避免地渗入了。或许有人察觉，有人尚未察觉。这种若隐若现的组合，就这样展映在不到十岁的人类的脸上。

但好像又看到一种纯真的人性。既然是“人性”，那么必然有好有坏。可是这个阶段的“人性”，它是纯真的，不管怎么说，也和“坏了心肠”不沾边。

上面的这些话，当然不是出自八岁的小恩mo的口中。那时，她只是戏剧化地看待着周围的孩子。就像一些童话故事里那样，不是好人，就是坏人，没有其他性质的人。总之是非黑即白。只是有一次，她觉得圆苑mo好像没那么烦人。

那就是春游的时候，在昌平区农业嘉年华的红色大桥上。当时天气很清爽。下楼梯的时候，圆苑mo走在小恩mo前面，突然摔了一跤，这让后面的小恩mo吓了一跳。毕竟人家都摔了，所以小恩mo幼稚的内心中，当然只剩下了“哎呀，好可怕”，哪里来的“她很烦人”？

17 都是孩子不至于

去昌平草莓园附近的农业嘉年华，是小恩mo第一次随学校去出游（上学期秋游时她请假了），所以她非常兴奋。四月的天气晴暖，大家自然都很高兴。

小恩mo还偷偷在包里拿出了铅笔，在砖地上写了点字。她心想，“下次如果还有机会来，我就再到这里来看看。”

当然，她也不是没考虑过什么风吹日晒。经过风吹日晒，那些字迹可能就没有了。

快要回去的时候，小恩mo正走在队里，突然听见队伍最后面的善久mo说：“小恩mo只是写字好看点儿，其他就不太行，比如说她英语就不太好。”

小恩mo听见以后，回头看了一眼队伍最后的善久mo。善久mo看到她的表情以后，脸上浮现出一种难以言喻的尴尬，不再说什么了。

小恩mo属于对自己名字很敏感的人，别人就算只是很小声地说，她也会听见。她现在对善久mo有点不满。倒不是很介意自己英语没那么好，只是可以从善久mo所说的话里听出来他的骄傲自满，以及对于小恩mo的那么一点不屑一顾。况且，小恩mo觉得自己的英语成绩已经进步了。她的数学成绩在班里的女生中也成了第一名。每次口算比赛，都是她和善久mo同时举手。

善久mo这个人，他个子较高，皮肤较黝黑，面部的表情像是总是在憋笑的马，总体而言给人一种微妙的、野性却又局促、文绉绉的感觉。他家就在学校南侧的那排老古董居民楼里。他有时忘记带口算册到学校，就在教师办公室给家人打电话，让他们直接从楼上扔到操场上。所以就会看见，体育课时这个班的同学聚集在杨树树冠下，仰望着棕红色居民楼一扇打开的窗户，那后面站着善久mo的家长。家长拿着黄色的口算册跃跃欲试，如同手持鱼竿，在和池塘里的鱼玩东追西赶的游戏。善久mo就像池塘里的鱼，在下方一会儿向右边、一会儿向左边移动着。要是口算册没能落到操场上，而落到什么犄角旮旯里，那就不好了。

不过口算册一般都能准确地落到红色跑道上。

善久mo这人特别争强好胜。他才二年级，就说着一口流利的英文。据说他家里人平时就用英文交流。他上课极其喜欢举手、喜欢展示。但是，老师知道他基本都能答对，有时就不叫他，而把机会留给其他人。结果突然，大家发觉刚才还不停地“我！叫我！……”的善久mo没声音了，转而一看，原来他正在捂着脸哭，手上抹得全是泪。

不过他好像也很烦其他争强好胜的、整天说着“别偷懒”的人。他很讨厌彩迎mo。彩迎mo转学的消息传到他耳朵里时，他站在那里，脸上的表情像是解脱了，却含着一丝厌恶，说：“她终于走了。”

但儿童的讨厌能有什么具体的缘由？这里插播升高中之前，小恩mo久违地微信联系善久mo的事。她就是想故意说点话来“激怒”有点好笑的、印象中情商很低的小学同学，于是就提：“你那时候好像讨厌彩迎mo吧？”结果善久mo却说：“都是孩子，不至于……”那时小恩mo眼前浮现几个问号，终究像标本一样的小学同学还是作为人类在发展着。

再说说之前提过一嘴的新同学云天mo和品君mo。

首先就是矮小的、看起来比善久mo高情商很多的男孩云天mo。该怎么形容这个人呢？他矮小吧，但他的T恤还偏偏很宽大。不过并不显得流里流气，因为他的T恤通常都有很规矩的小领子。他走起路来总是大步流星，裤子也很宽。他的声音有点细，但并不令人觉得女里女气。他的声音就和他的长相很搭。小脑袋以及较小的眼睛，眼睛虽小但是十分好奇地睁着，看起来视力很好、反应很快，是儿童里的佼佼者。他胆子很大，非常善于与虫子打交道……

说来说去，为什么他让人觉得情商高呢？主要是他乐于助人的特点。这一点是小恩mo最初对他的认识。

那个时候，有一门课叫“头奥课”。头奥课，就是锻炼你的脑子，很多同学都觉得很有意思。但小恩mo不喜欢头奥课。因为头奥老师总是会发给同学们一张A4纸，上面写着一些思考问题。而且那A4纸似乎质量较差，背面通常还印着其他东西。像这种弱不禁风的二手纸张，小恩mo认为很难在它身上做什么有趣的事。

那些问题都比较奇奇怪怪。像是一堆兔子堆成一堆，让你计算究竟有几只兔子。看着就好麻烦。

但是云天mo——别看他学习不好，头奥课可是他最擅长的。毫无疑问他是个聪明孩子，因而经常得到头奥老师的小奖品——丝带蝴蝶结。这是个什么东西呢？就是一条漂亮的丝带，被手工好的人稍微扯那么几下，就变成了一个美丽的蝴蝶结。

小恩mo也曾得到过这个奖品。但是有一次，她的蝴蝶结丢了。前排的云天mo知道了以后，就大步流星地走到后排，把自己的浅绿色蝴蝶结送给了小恩mo。这件事让小恩mo对他印象很好。因为这种种事件，云天mo和女生们都玩得很不错。

再说品君mo，同样也是矮小男孩，他比云天mo还矮，但没有无忧mo矮。他也学习不好，但他身上丝毫没有云天mo的自信与朝气。据说他没上过一年级，也不会拼音，就来上二年级了。他有时会被人嘲笑。

18 校车上莫名其妙的人

小恩mo想到沐生mo，有一种很奇怪的感觉。现在说不上他俩到底认识不认识，曾经有一段时间玩得很好，相处得很愉快；可是现在，就像不认识一样。这中间到底发生了什么呢？小恩mo没仔细想过。

沐生mo的适应力好像很强。小恩mo感觉，他的身上也会沾染一些这里的习气。如果他是和很好的人一起玩也就算了，可是他和止一mo混在一起就令人头疼。

止一mo也不是什么很不好的人。而且沐生mo和他混在一起也没有什么可以大惊小怪的，因为梁师傅每天下午最后送的就是他们俩，两个男孩就这样成了伙伴也再正常不过。尽管他们一个一年级，一个三年级。

小恩mo本来没有很讨厌止一mo，可是他若对她和沐生mo原本还不错的关系造成危害，那就很不好了。他现在总是带着沐生mo私下讨论她。她觉得大概沐生mo早就把他们俩一起玩过的事情给忘记了。

有一次跆拳道课外班的时候，同学们围坐一圈，听老师的讲解。小恩mo正好坐在沐生mo的后面，没想到他竟突然转过头说了一句："往后一点，大姐！"那时在小学生之间很流行这样跟人讲话，因为这样讲话可能显得比较酷、有气势。沐生mo本来和"有气势"什么的就不沾边。

而当时，他周围的男孩都学着油滑、声势浩大，所以他可能潜意识里也想向他们学吧。

对于"往后一点，大姐"，小恩mo感到很震惊。她觉得，沐生mo怎么变成这样子了？他以前多好啊！他可不都是和止一mo学的？这就是她的想法。

也可能不是和止一mo学的，不知道在哪里学的。

但她就是担心止一mo会把沐生mo"带坏"。

止一mo是个头发有点长的男孩，不知为什么，有一些懦弱和萎靡的感觉。而且他好像总想学一些大孩子的样子。

他经常故意问梁师傅："小恩mo是不是个哑巴？"

梁师傅回答："才不是！她是不想跟你们这种人说话！她很讨厌你们！"

"她不讨厌我们。"止一mo说。

"就是讨厌你们。"

"那梁师傅，您看，我问她。小恩mo！你讨厌我和沐生mo吗？"

小恩mo摇头，因为她觉得他们只是在开玩笑。

"看吧！小恩mo不讨厌我们。"

“哈哈。”沐生mo总这么跟上两句和止一mo所说的含义差不多的话。

一天下午，小恩mo坐在校车第二排的单人座上。当时车上除了梁师傅，大概只剩下她和沐生mo、止一mo三个人。本来她睡着了，但是止一mo往她身上扔小纸团，而且还在和沐生mo说着什么，所以她才醒。

小恩mo的妈妈明确说过，对男生的这些行为不要回应，只有不回应他们才可能停止。如果很激动的话，他们就会更加严重。所以小恩mo不是很想动弹。

她发现他们在朝她砸小纸团，止一mo还指使沐生mo过去对她说：“嗨，美眉！”他们两个人都这么做了。小恩mo觉得他们非常不正经，而且她以为他们说的是“妹妹”，十分疑惑。

过了一会儿，小恩mo不知道为什么突然猛地起身换到了之前第一排的“专座”。结果情形果然是那样，止一mo还很高兴，因为他觉得她终于生气了。他以一种窃喜的语气对沐生mo说：“呵，生气了！”

小恩mo认为自己可不是那样的人，不会因为这点幼稚的事就非常生气。

梁师傅早就对这两个人很有意见，他早就对他们说过：“小恩mo懒得理你们！”他这次又说：“小恩mo讨厌你们！”

然后，这两个人坐在小恩mo后面，拿着什么东西往前伸。

后来梁师傅很费劲地把他们赶走了。

小恩mo下车后，说不上自己是什么感受。她觉得有些沮丧。她和妈妈、平姨说了这件事，然后坐在沙发的高处，望着对面的郊野公园哭了，她也不知道为什么会哭。其实这些事也构不成生气、也构不成悲伤啊。

她对家里的人说：“他们比我小，还说什么‘妹妹’！真可笑！”

“玩的嘛！”平姨说。

一般大人当然会觉得小孩做什么都是小打小闹，都是在玩。

梁师傅可不会就这么放过那两个人。第二天早上，沐生mo刚上车，梁师傅就大叫：“给小恩mo道歉！”

“止一mo他……”沐生mo小声说。

他好像还没完全说完，梁师傅就说：“止一mo什么止一mo？！”一看就气得不行。

“……”

“你先道歉！”

沐生mo说等止一mo来了再一起道歉。

“那好吧！你等止一mo来了必须得道歉！”梁师傅说。

沐生mo就这样到后排去了。

过了十几分钟，止一mo上车了，他脸上带着笑走向后排。小恩mo觉得他似乎一点都不记得昨天的事。

然后到了学前班上车的地方，梁师傅对后排的那一群人大吼：“沐生mo！止一mo！你们过来！！”

他们来了后，梁师傅又大叫：“给小恩mo道歉！”而且他让他们鞠躬道歉。

“对不起！”他们说。小恩mo观察着他们，她发现沐生mo又说了一遍，而且他没在笑。不过止一mo嬉皮笑脸的。至于车上其他人，一脸好奇和疑惑地往前望。

当天下午在操场上等车时，沐生mo又对小恩mo说：“昨天的事，对不起啊。”

“哦。”

过了一会儿，他又说：“对不起啊！”

“没事。”

这件事小恩mo也一直记得。因为她觉得沐生mo的道歉很真诚。虽然她有时感到沐生mo和上学期不一样了，好像有点回避她。比方说有一次快到家了，校车上只剩下他们两个和司机，梁师傅把坐在后排的沐生mo叫到第一排坐着，问他：“你觉得小恩mo是淑女吗？”结果他回答得支支吾吾，到最后也没说出什么。

小恩mo也觉得他有点奇怪，不过她还是觉得，沐生mo是个很好的人。

19 哲宏mo

春天和夏天交汇的时候，有一个新同学转到了二年级二班。他是个男孩，第一天来上学的时候穿着一件粉色的T恤，让人误会他穿的是女生校服。

新来的同学通常都会被分配到最后一排的座位。这个叫作哲宏mo的男孩坐到了第二列最后一排的位置。小恩mo坐在他的斜前方。

小恩mo通常对新来的同学很好奇，所以她经常回头看这个哲宏mo。

哲宏mo一坐到椅子上就有一种很悠闲的、若无其事的感觉，而且他虽然不是“胖子”，看起来却有些圆乎乎的，还总是呼噜着肚子，一看就不是好好学习的类型。

学校的杨树长叶子的时节比玉兰开花要晚。哲宏mo转学来的时候，正好是杨树叶子呈青翠的嫩绿色的季节。有一天体育课，见习的小恩mo坐在石头台阶上，其他同学在前面排队去做项目。哲宏mo排到她面前的时候，低头敲了敲她的发卡。

一开始，小恩mo对哲宏mo的看法就像对普通同学，既没有特别讨厌也没有很喜欢。不过后来，她对此人的看法急转直下，变成“很讨厌，非常讨厌”了。这种极端的讨厌情绪贯穿了相当长的一段时间。

这种情绪的源头大概就是换座位了。哲宏mo的位子移到了小恩mo后面。他开始频繁地踢她的椅子，因此，她总说“别踢了”，而且他也总顶椅子。

——我真不应该答应余老师让那个讨厌的人坐在我后面。

小恩mo心想。

“我很挤的！你可不可以往后一点！”她说。

“我也挤啊。”哲宏mo总那么说，而且不紧不慢，面无表情。

他可真是脸皮厚！都坐在最后一排了，怎么可能还觉得挤。小恩mo看他总是在站队的时候呼噜着肚皮，两脚分开站着，于是她就更加嫌弃他了。虽然这个人本来长得算不上丑陋，但他看起来就不是个正经人。她是这么觉得的。

有一天，体育课在班里上，体育老师在前面讲着，然而小恩mo一句都听不进去，可能哲宏mo也是，因为他俩正在“决斗”。当哲宏mo踢椅子，小恩mo就用自己刚被踢的椅子扎他的脚；哲宏mo踩她挂在椅子上的外衣，她就把外衣拉一拉；哲宏mo顶她的椅子，她就也把椅子往后使出全身力气顶回去。

突然，哲宏mo举手，他说：“老师，她撞我桌子！”

小恩mo怒火中烧。怎么还“恶人先告状”了呢?

体育老师是个女老师，说：“哎呀，你是男孩，就让让人家女孩吧。”老师看起来有些想笑的样子。哲宏mo摇摇晃晃地坐下了。

听了这话，小恩mo却更加不满了，心想：“不，不对！我不要被让！我一点也不娇气！”她最讨厌男生认为女生很弱了。

小恩mo真是愈来愈讨厌哲宏mo了。她回到家，把那些生气的事情一吐为快。“我太讨厌那个人了！真是的！气死我了！”

妈妈却显得不以为然的样子。“不要理他！这样他觉得没意思就不会踢了。我们那时候的男生，还有拿刀的呢！”

小恩mo妈妈上学时，学校里的男生常常有一些流里流气的行为，跳着油腻的舞蹈，唱着油腻的歌曲，故意去招惹女生，但他们见到小恩mo妈妈一脸冷静不理不睬，都变得胆怯惧怕了。

“那是那个时候，不能比！”小恩mo还是气鼓鼓。

由于小恩mo总是说“太讨厌那个人”，所以妈妈终于问：“那个人叫什么呀？”

“他太讨厌了，不想提他的名字！”小恩mo总是这么说。

小恩mo以前也讨厌过不少人。像是幼儿园的瑶瑶mo，还有上学期的彩迎mo，以及这学期的圆苑mo，但和这次讨厌哲宏mo的气急败坏都有很大不同。这次就是特别忍无可忍，气得想跳起来。

其实校车上的止一mo也在打扰人，但是也不知为什么，她从来就没有真的讨厌过他。对于教室里踢椅子，她所持有的态度就截然不同了。

有一回，小恩mo和小芸mo坐在杨树下发呆。小恩mo突然问：“你最讨厌的人是谁？班里的。”

“善久mo！”小芸mo皱着眉头说。

“他有什么好讨厌的？”小恩mo觉得善久mo也没踢人椅子，就谈不上什么讨厌。

“他自私！”小芸mo愤怒地说，“每次跑步他带跑，一会儿慢一会儿快，后面的人多难受！”

小恩mo听了这话，觉得有些道理，若有所思地看着前面。不过她觉得，哲宏mo比善久mo讨厌多了，因为或许善久mo是这样想的：队伍里的人累了，他就跑慢点；又怕到点了，就加快速度吧。

总之当时，小恩mo最讨厌哲宏mo。“讨厌”这个词，倒是很孩子气地、在当时的儿童的嘴中不停地“跑着”。

20 小女生周六约

小恩mo的性格比较慢热和内向，所以，妈妈现在决定在交朋友方面帮上她一把。于是，妈妈把班上女生的家长都拉到了一个群里，群名就叫“小女生周六约”，哪个家庭有时间就可以在周六带上孩子一起去公园玩。

玉渊潭

第一次一起去公园是在四月初。小恩mo、小芮mo、小芸mo、小芋mo、珊琳mo、小杉mo几家约在了玉渊潭。此时那里正是樱花盛开的好时节。

小恩mo和妈妈到得有点早，她们在天桥上兜了两个圈子。小恩mo穿了深蓝色长袖连衣裙、粉色宽腿裤和红色皮鞋，这是她专门选的。但她突然有点紧张，不想去见那些人。不过，还是被妈妈带到了公园里。

“你看，那是不是小芋mo和她妈妈？”妈妈指着售票处问道。

小恩mo走近了几步，“哦，对！”

小芋mo和她妈妈也看见了小恩mo她们，打了一个招呼。

小芋mo此时还和小恩mo不是很熟悉。她是一个从日本回来的中国女孩，学习很好，可爱而有礼貌。有一次午休的时候，余老师说：“请小芋mo来教我们几句日语吧。‘午餐’怎么说呀？”结果小芋mo却已经忘了。

过了一会儿，小芸mo和小杉mo来了，她们一直在兴奋地说话。几位家长交头接耳：“小芮mo呢？小芮mo呢？”

没过多久，他们就看见小芮mo在石头上爬呢。大家注意到她的头发有点不同。小芮mo妈妈说：“这是她专门让我给她梳的。”

过了一会儿，珊琳mo也来了。小恩mo和珊琳mo都是新转过来的，并不像几个一年级就认识的孩子那样轻松愉快地边走边聊。

小恩mo的妈妈小声对她说：“跟她们一起玩啊！”

“哎呀！”小恩mo不喜欢大人着急忙慌地让她去往前凑。

此时的玉渊潭是粉色和绿色交融在一起的风光，游人很多。几个女生在一处拍照。除了新转来的两个人，其他人都露出欢快的笑，还比着“手枪”的手势，显得酷酷的。几分钟后，珊琳mo也跟她们一起这样做，只有小恩mo还低着头。

不过，这个年纪的孩子总是能很快熟悉起来。野餐过后，她们就熟悉了很多。

讲讲野餐时各家的特色吧。小恩mo家是前一天去面包房买了面包带过来；小芮mo家总是带特色的小食；小芋mo家带的是饭团；小杉mo家常带三明治。

除了这些特色，野餐的垫子上还堆积着许多花里胡哨的小零食。

下午，女孩们拿来一个透明的杯子，找来植物、花和叶子，放在里面，制作“五叶五花茶”；她们还到处寻找水源，要把水倒进透明杯子里。疯狂的小恩mo甚至还跑到圈起来的院子里（公园围墙里的一个未知地方）横冲直撞，捡起来一个破水瓶。芮芮爸大叫：“不行，太脏了啊！”

大家还找到了“小人国”，在一个花丛下方，看起来花花绿绿、五彩缤纷、分外繁茂。只有小孩才能钻进去。

下午大部分家庭都回家以后，小芮mo和小恩mo边往大门走边捡着地上的花。

那些花其实是从公园售卖的花环上掉下来的假花。但是小恩mo觉得，假花也很好，因为它们不会有真花枯萎时的那种难过。

“小恩mo，让我走一会儿前面吧。你一直在前面把花捡完了，我没有花可捡了。”小芮mo说。

她们一路沿着河岸捡花，一直走到了公园大门口。这一次，小恩mo已经和大家有了一定程度的熟悉。

关于玉渊潭，还有一件有趣的事。那就是这几个孩子初中时（她们已经不在同一所学校了……），有一天小恩mo妈妈给她请了假，然后她们跑到了玉渊潭赏花；而小芸mo则在某天下午和同学翘课跑到玉渊潭野餐！

看来这里还是个逃学的好地方。

景山

第二次一起出游是去景山。去景山的时候，小恩mo就一点也不紧张了，反而很兴奋。

小恩mo和妈妈一进公园就发现小芮mo和小芸mo拿着小树枝在角落里玩土。小恩mo上前询问："这是什么游戏？"

她们说："哦，你来了！我们只是随便玩玩。"于是小恩mo也和她们一起玩。

这一次，除了珊琳mo没来，其他都是上次的原班人马。

小芮mo妈妈拿出几个很大很美的牡丹花发卡，让她们每人选一个。小恩mo选了黄色的，小芋mo选了红色的，小芸mo选了粉色的，小杉mo和小芮mo分别选了粉黄双色的和橘红色的。

人都到齐了以后，大家开始往前走。这一次，小恩mo可不是那样默默无闻的了，她简直变成了一个"人来疯"，带着一群女孩一直往前跑，穿过了一层又一层的人，竟然一直跑上了景山山顶！

家长们完全跟不上她们，非常焦急，都呼唤着自己孩子的名字。他们赶到了山顶，发现几个孩子就在那儿。别的家长不敢说小恩mo，小恩mo自己的妈妈可是立刻训了她一顿。小芸mo妈妈也说了小芸mo几句。

小恩mo这种行为确实不对。如果她们几个跑丢了，那可就麻烦大了！就算不跑丢，小恩mo自己还有疝气，也不能剧烈运动。

前面已经说了，小恩mo在学校不参加体育运动，周末的时候，她可能会跑两下。这让小伙伴们很迷惑："为什么你平时不能跑，周六却能跑？”小恩mo本人是这么想的：也不是完全不能跑啊，那干脆就周末跑嘛。

回到正题。虽然被家长骂了，但这个厚脸皮的小恩mo似乎根本没往心里去。

这个时候来景山，肯定是为了看牡丹。女孩们在牡丹花丛中，显得很开心。小恩mo却不知怎么脱离了这种氛围。大家并没注意到她，还接着玩。

其实她也没有生气，只是无故地眉头紧锁。她又有什么原因去生气呢？小芸mo突然注意到那边的小恩mo，走过去若无其事地问：“嘿！小恩mo，你干什么呢？”小恩mo立刻变得很尴尬，又和她们玩去了。每次都是这样，幼稚的小恩mo很容易闹情绪，但她的朋友们根本不知道她为什么有情绪，还是一如既往地笑着询问她，于是她就摆手说：“没事没事。”

这一整天，都是小恩mo在闹事。下午，她们在草地上玩做饭游戏，小恩mo站在旁边的一块大石头上激情澎湃地说着什么，突然一下子没站稳，直接跌在了石头路上。她的牙齿、胳膊和腿全都出血了。

她立刻就被人给搀扶走了。大家都很关心她，给她贴创可贴。她自己本来也觉得没什么，一直没哭，可是躺在那里，觉得越来越疼，终于流下了几滴眼泪。其实此时，她觉得最遗憾的，就是不能继续和她们一起玩。

其他孩子还在玩，隔一阵子就来看一下小恩mo，慰问几句。

这一次，小恩mo很幸运：首先，她的门牙没有掉；而且，她竟然过了一会儿就不觉得疼了，又可以和她们一起玩了。

孩子们丝毫不在意这多“坎坷”的一天，仍然闹着要一起吃晚饭。小恩mo妈妈把大家带到了附近的一家四川饭店。

那家饭店有一个院子，恢复活力的小恩mo带着大家在院子里玩游戏。这个游戏十分神经质，大致是这样：一个人坐在椅子上，假装弹钢琴的样子，故意显得十分夸张；旁边有个人，要激动地为那个“弹琴”的人讲一些夸张的、搞笑的、神经质的台词。这两个人这样做的时候，旁边的人都像疯了一样哈哈大笑。

这么神经质的游戏，没想到大家还都很喜欢。在学校，一次中午在操场上活动的时候，小芸mo对小恩mo说：“你还带我们玩那个游戏吧。”小恩mo却变得很紧张，连忙拉了拉小芸mo，说：“不，不行。”小芸mo不明白为什么。但小恩mo就是觉得坚决不可以，因为在校内那样的话，别人会觉得她很疯。

在不熟的人面前是高冷勤奋的，在熟悉的人面前是搞笑（神经）懒惰（任性）的——小恩mo就是这样的小孩。

紫竹院

四月二十二日是小芮mo的生日，她父母把大家召集到他们家附近的紫竹院公园。小芮mo和小芸mo最先到，她们两个扛着一根大竹竿，迈着大步走。小恩mo来了以后，也和她们一起。

小芮mo对这个公园很熟悉，她把大家领到了一个靠湖的桌子边。大家一起吃了蛋糕。

孩子们发现水边有楼梯，就顺着楼梯往下走。下面是一个石洞，踩着小石板才能过去。真是很好玩。

这一天虽然是小芮mo的生日，但是小恩mo竟然又“闹了事”。事情是这样的：她们在桌子旁发现了一个可以盛水的大石头，就把水和泥放进去，又想堵住里面的一个小洞口。大家都要往那里填小石头，但小恩mo认为只要塞一个矿泉水瓶就可以了，好像刚好可以卡住。她把这个想法告诉了朋友们，但朋友们已经玩得太投入了，没有听她的。小恩mo在旁边站了一会儿，觉得她们太固执了，根本不知道直接放矿泉水瓶子才是聪明的做法。于是她就气得走了，到附近的一个草丛里蹲着。

后来小恩mo反思起来，觉得自己才是太固执且严肃嘛。

又是小芸mo发现小恩mo不见了，去草丛那儿找到了她。每次小恩mo一看见朋友过来找自己，且那个朋友看上去什么也不知道、一点也不生气的模样，就会觉得自己刚才非常愚蠢，于是就很尴尬地回去玩了。

后来，芮芮爸带她们去买了冰棍，还开了游船。这游船可不是芮芮爸在开，而是几个小孩轮流在开。小恩mo特别喜欢开船，她开着船大显身手，觉得自己帅气极了。

那天大家都很开心。

21 五月中旬的活动

一到五月，就开启了小恩mo小学校园的独家记忆。五月份的时候，活动总是会特别多。从四月就开始准备的运动会是最受重视的。各班都会选择手持物，排练入场式，准备报名项目。

这个季节的特点是这样的：早晨很凉爽，穿着防晒服走进校园的时候，风吹袖子的感觉很舒服；中午就很热、很晒，紫外线强，阳光照着的地方很刺眼，有树荫的地方就与其形成鲜明对比。

这个学校的毕业生都知道，每年运动会时就是校园最热闹的时候。学校里的社团很多，在五月的操场上总能听到很多的音乐，还有很多人在练武术或者是拉丁舞。

这一次，二年级二班的入场式手持物，是一个被称作“西兰花”的东西——绿色的且有很多穗子。前面举班牌的是小芸mo。当然了，运动会最重要的还是运动。小恩mo不擅长运动，就只报名了“赶猪跑”和“托球跑”。“赶猪跑”是拿着一个棒球棒去赶一个球；“托球跑”就是拿着羽毛球拍托着乒乓球往前“跑”。当然走也行，小恩mo就打算走。

小恩mo是体育见习生，可以在大家上体育课的时候练习“赶猪跑”。体育老师也觉得她进步很大。

只有一次，小恩mo正式跑步了，而且她的身体也没出问题。

老师只是想看看小恩mo的跑步水平到底怎样，就让她和小杉mo、哲宏mo、杰诚mo比赛跑步。本来小恩mo异想天开，猜想她会不会和两个男生跑得一样快？结果一开始跑，那两个男生就立刻跑得老远，小恩mo只和小杉mo持平。

不过，小杉mo也算是班里跑步较快的女生，所以小恩mo的水平也还可以。

运动会的时候，每个年级或者每两个年级还要出一个节目。这次，全体二年级一起表演广播操《希望风帆》和《让我们荡起双桨》。

运动会那天，大家都很高兴，基本上就像和出去春游一样高兴。高兴的点在于不用上课，中午集体领一袋小食品然后就可以被接走。

毕业以后的小恩mo总是很怀念小学时候的运动会。五月初的早晨，可爱的风吹着；大家站在杨树下等候，听着那些热闹的音乐声，看那些高年级的人精彩的表演……

每年的学前班小孩都会跳一个摇着沙锤的舞蹈，总是那同一个音乐：“好男儿加油加油……为我舞动耶耶耶喔喔喔……”

小恩mo自始至终听清楚的歌词只有这两句。不过一听到它，就知道：啊，夏天来了！

老师们总是喊着“为班级争光”“团队协作”之类的话；但对那时的小恩mo来说，运动会主要就是童年的快乐、夏天的回忆还有可爱的伙伴们啊。

刚到QZ街的那两年，五月的活动最多了。除了运动会，还有“教育庙会”和“书法比赛”。

学校似乎很重视教育庙会。庙会的十天前，学校就开始在公众号里倒计时。之所以重视这个庙会，也是因为学校鼓励学生们当天带家人朋友过来，顺便给学校做宣传嘛。

小恩mo听说庙会上有绘画比赛，专门带了一盒彩铅。但坐在车里去学校的时候，不知怎么突然就很扫兴，还和妈妈闹了别扭，并且大叫：“我就不比赛！”（哦，本来就是她自己想要比赛的，完全没有老师或家长逼迫她。所以为什么要大叫？）

“不比就不比啊！”妈妈也生气了。

小恩mo就和平姨进学校里去了。校门口有登记处，问问你是本校的啊，还是外校的啊，给你贴一个卡片。门口还有穿汉服的高年级学生在迎宾。

一到夏天的中午，教学楼的一层就显得格外黑，让人不想进去。小恩mo就在外面的人山人海里找了个空子参加沙画活动，可还是觉得很没意思（刚才在车上怄了气，影响心情了嘛）。

挨着花坛的地方有卖小食品的摊子，当然是生活老师在照管。那里的点心，有的是平时加餐就有的，有的是平时不太做的。小恩mo还是觉得一点也没趣：平时为什么不做？抠门。

卖那种西式点心，可以让学校看起来洋气一些。小芮mo也在那儿吃东西，她是个“吃货”。

小恩mo在操场绿色区域看到了很多学生的摊位，也看到了外校的人。阿韵mo还带了校外合唱团的人来！小恩mo有点怕她们。

她想——既然来了，就要带个什么东西回去才算有收获。

小恩mo觉得带个书回去就很满足，于是走来走去，最后在一个高年级学姐那里买了一本《影响孩子一生的感恩故事》。似乎是那个学姐不看了的。书里面还有涂改带的痕迹，底下盖着的可能是那个学姐的名字。小恩mo已经知道“涂改带”这种东西，觉得一定很炫酷，但不知道如何使用。那似乎是高年级的标识呢。

又在庙会待了一会儿，平姨就带着小恩mo去肯德基找妈妈。学校旁边的商场里有一家肯德基，很多家长等待孩子的时候就待在那里。小恩mo到了肯德基门外，有点害怕，怕妈妈还在和自己生气。但是进去以后，发现已经没事了。还看见有一个桌子旁是小芮mo和她爸爸，就跑去找小芮mo玩。

小芮mo自称“喝汤大王”。这和小恩mo很像。肯德基里的汤明明是调料包冲的，就和高铁列车上卖的一样，可是小孩往往很爱喝，还连着喝好几碗。

小恩mo看小芮mo在喝汤，也点了一碗。她们喝完后，都觉得很好喝，就又去点，结果就这样喝了好几碗。真是不可思议。汤里的配料也没什么稀奇的，只是菠菜、蛋花和香菇。不过这种搭配还是不错的。

其实小恩mo觉得，庙会并没有什么意思，她买的那本书也几乎没看；菠菜蛋花汤倒是很不错呢，这才有意思！

同样是在五月，还举行了一个硬笔书法比赛。由于各个年级的人书法水平不同，大家就只和自己年级的人比。二年级二班里公认写字最好的三个人是小芋mo、小恩mo和小芮mo。写字老师总是表扬她们。所以她们三个人对自己的期望值和要求也比较高。

小恩mo有些要求完美。她平时写的字虽然挺好看的，写字速度也比较快，但是一到正式的时候，就会速度很慢。小芋mo也是这样。

比赛要写的内容就是平时练字的书法单，上面有一个菱形体，里面全是“金木水火土”之类的字。书法比赛的纸上也是那个菱形体，只不过上面没有字。这个内容是二年级的，其他年级不一样。

小恩mo非常认真。一旦觉得有一点不好看，就擦掉，重新写。本来就认为自己写字不那么好看的人就不会介意，所以很多人都先写完了。以至于等小芮mo交了以后，就只有小芋mo和小恩mo还在写了。大家都在等她们。

后来，果然是这三个人获得了优秀奖。这么说来，这个比赛似乎也没什么意义，直接推选就好了嘛。不过，还有一件可笑的事情：因为那个菱形中间的长方形框框是用来竖着写姓名的，写完姓名后，要在后面写上“书”字，意思就是——这是某某写的。善久mo在写完“善久”二字后，“书”离得太近了，以至于后来在升旗仪式上念获奖名单时，把他读成了“善久书”！其他班的人不认识他，但自己班的认识啊，就笑得前仰后合，觉得非常滑稽。因为“书”和“叔”谐音，好像他是个大叔一样！

小学时的小恩mo，总那么喜欢“第二学期”啊。因为春天夏天的时候，学校总是有很多的活动。杨树叶子随风摆动，树下有快乐的大家。

22 幼稚行为图鉴

前面我们已经讲到一些关于头奥课的事情。今天再讲一个头奥课上“火海逃生”的奇闻轶事吧。

同学们拿到一张纸，上面让大家思考的问题是：“一个瘸子和一个瞎子，如何逃出火海？”小恩mo心里想：这个问题有趣了，可要好好想想。

——瘸子不能走路，瞎子看不见东西。啊，我在韩国的时候不是看见一个不能走路的人在地上爬吗？那就让瘸子在地上爬就行了。那瘸子都在地上爬了，瞎子最好也别站着，他们就一起在地上爬吧！

小恩mo自认为这是个好点子，非常满意。

老师让同学们两人一组，商议一下，然后在前面表演。

小恩mo和珊琳mo一组。珊琳mo中文不那么好，就只能听小恩mo的。小恩mo对她说：“我演瘸子，你演瞎子，然后我们俩就在地上爬，因为瘸子走不了路嘛。”

珊琳mo也不懂什么，就答应了。小恩mo让她把外教课的“Name Card”蒙在眼睛上，表明自己看不见。

排练时间结束后，表演开始了。几组同学的表演全都是瞎子背着瘸子，瘸子指路。小恩mo似乎突然明白了什么，觉得这样可能更好。不过，她马上想：这样都一样也很没创意，还是按我那样来！

小恩mo和珊琳mo上场了。珊琳mo把Name Card蒙在眼睛上，和小恩mo一起趴下。头奥老师的表情本来还很慈祥，看见她们趴下后，表情就变得难以形容，也没敢说什么。同学们都在小声笑。小恩mo认为自己的表演很正常，不过看见同学们笑了，还以为是这个表演很有意义……

其实，这套操作根本就不可行。在地上爬是很不安全的，都着火了，还在地上爬！那样艰难地砥砺前行，早就被烧着了！但是，头奥老师并没有对她们说：“这样是不行的，不合理。”

当作一个搞笑表演又有什么不好呢?

小恩mo这学期当上了“干部”，非常开心。但是她觉得自己的“官位”不大，她看见校车上的小未mo同为二年级，已经是二道杠了，就觉得自己还应努力。余老师有一次说：“有一个宣传委员的职位啊，就是画画和写字好的人才能当的，三年级才有！”小恩mo听了后，觉得这简直就是为自己准备的，希望以后可以当上。

同为一道杠的小杉mo，也非常珍惜自己的“官位”，但这一次，她的一道杠却差点被老师撤掉！

事情是这样：这一天，英语老师给大家带来了奖励，是巧克力杯，但是要求回家才能吃，住宿生就得等到星期五回家才能吃。小芸mo就是住宿生。中午吃完饭以后，小芸mo忍不住了，想要打开吃。

旁边的男生辛凯mo说："老师说了，这个在学校不能吃。"

这时小杉mo来了，看到这一幕，她觉得：你凭什么那样跟我的好朋友说话啊！就一时激动，拿出削笔刀，把里面的铅笔屑直接倒在了辛凯mo头上！辛凯mo平时就是个老实人，只是好心提醒，没想到她这么维护朋友，竟然直接倒自己一头铅笔屑！他一开始没反应过来，两秒钟后就直接哭了。

大家渐渐回到班里，知道此事后，都责怪小杉mo，觉得辛凯mo很可怜。就这样，小杉mo和小芸mo被推上了风口浪尖，特别是小杉mo。余老师也非常生气，严厉地告诉她，给她两节课时间反思，班会时道歉，否则就撤销她的小队委职位。

这下，小杉mo后悔了。大家都在意这些职位，而且仔细反省自己的行为后，大概也觉得很不应该。她整个下午几乎都在抽泣。

到了班会课，小杉mo哭着道歉，非常的难过、后悔。辛凯mo接受了她的道歉。余老师觉得此事很严肃，不过，她给了小杉mo一次机会，没有撤销她的小队委职位。

小恩mo回家后，在日记本里记录了此事。还记录了余老师讲述的她以前的小学老师是如何偏心眼地对待学生的。"不是什么好东西！"小恩mo如此评价那位小学老师。

23 金孔雀

金孔雀，轻轻跳……

傣家的竹楼彩虹绕……

这是二年级的时候，音乐课学的一首歌。老师把大家分成几组，表演这首歌的自编舞蹈。男生基本上都不喜欢跳舞，可小恩mo这组的组长竟然是云天mo。他当上了组长，大家都忍不住笑。至于他怎么当上的，作者也不知道。总而言之，很滑稽。

这个人很不愿意跳舞，但是组里的人都想看他跳。云天mo也没办法啊。他和大家商量的舞蹈动作有点可笑，或者说是他一跳就可笑了。

作者只知道他们表演的时候，云天mo站在最中间，呈“两臂侧平举”的样子，手轻微上下浮动，以此假装孔雀。他身后的组员，包括小恩mo在内，都在笑，却试图憋着不笑。他自己都笑了。台下的人也笑了，连音乐老师都笑了。实在好欢乐！

当时的很多事，小恩mo都忘记了。但这件事却还记得，对这首歌的印象也就很好。听到它，就想起二年级时的纯真快乐。

马上就到小恩mo的生日——五月三十日了，又要组织小女生们一起玩了。地点约在燕园。小恩mo的妈妈是那里毕业的，所以拿校友卡可以进去（不过这次带的人太多了，大概是很勉强才进去的）。

小恩mo坐上了车，才知道圆苑mo也要来！

“她怎么还来！都没请她！”

“因为圆苑mo家长也在那个群里啊，不能不让她们来啊。”

小恩mo觉得圆苑mo还不知道打的什么主意，以前都不来，偏偏我生日了就来了！

“看来她很关心你呢。”妈妈说，其实是想让小恩mo高兴点。

——才不是，看她家长发的照片上她还穿了纱裙，穿纱裙的人才像过生日的吧！看着像是来搞破坏的！

这一次，小恩mo到得有点晚了。她不能显得有不高兴的表情，不过显然，并不是那么开心。圆苑mo看样子却很开心。

大家一拥而上，使劲往小恩mo怀里塞礼物。小芸mo送了她一个羊驼毛绒玩具，圆苑mo给她了一本《秘密园林》涂色书。

圆苑mo知道她喜欢画画，礼物也是用心了。小恩mo看她的样子也不像是居心不正。不过，小恩mo依然有点不舒服——首先是先前对圆苑mo就有些不良印象，她突然来还是有点别扭；再一个，她听说这种涂色书对眼睛不好——虽然她知道圆苑mo不是恶意。

妈妈看出来小恩mo表情奇怪，就赶紧笑着对圆苑mo家人说："她等不及想涂了！"

燕园里的树木非常多，也有很多小山丘。她们爬到小山丘上，滑下来，途中刮到很多枝叶，但觉得很刺激好玩。

后来小恩mo翻看那天的照片，发现大家有些黑着脸。虽然没有很不高兴，但是可能都发觉了小恩mo的情绪，也就很紧张。小恩mo本人也很拘谨，她们爬树，圆苑mo在树上，小恩mo怕她不肯下来，还用商量的语气说："你爬好之后让我爬一下可以吗？就一下。谢谢啊！"圆苑mo也答应了。

接着，圆苑mo有事先走了，小恩mo就嗨了起来。

小恩mo已经九岁了。其实从某种角度看，八岁和九岁就不是一个年龄段。孩子在这几年的变化是很大的。那我们就期待小恩mo今后的表现吧！

有小部分和小恩mo同级的孩子在四年级开学才会满九岁——也就是二〇一七年秋天。比如一班的盈豆mo，是九月的生日。这样说来，小恩mo在二年级时——也就是二〇一六年五月——就满九岁了，好像比她大很多似的。其实也并非如此。二〇一七年九月过生日的人其实有点太小，而小恩mo又偏大，只是两个极端。不过人各有选择，这个不用纠结。

以前小恩mo会宣称："我八岁呢！比你们大！"可是她满九岁以后，不知为什么渐渐不想提起自己的年龄。

只有这群二班的女生知道她的真实年龄。这个时候小芋mo还未满八岁，但她和她们都不觉得小恩mo有多大。

过了小恩mo的生日，夏天是真的来了——需要开空调的让人汗流浃背的夏天——六月到了。

小恩mo越来越不想去校外合唱团了。她不喜欢那里的吵闹、为了表演而做出的表演、只欣赏张大嘴唱歌的氛围。小恩mo也不喜欢自己只混在那个小班里，那里的歌声太幼稚了。

小恩mo在寒假集训时碰到了止一mo和阿韵mo，这加深了她对合唱团的恐惧。止一mo还在校车上对梁师傅说："没想到小恩mo也在那个合唱团上课！集训的时候我发现的。"

"哦，哦。"梁师傅会说。

"她小班，我大班。"

——呵，什么小班大班的，我明明比你大！

听到这些话，小恩mo很无语。她以前听见车上有人说到止一mo的生日是二〇〇七年七月。

沐生mo也很好奇合唱团，还经常问起这件事。

当时那个合唱团已经从原先的那个老小区换到了一个叫"五彩城"的商场，接着又换到了一个大厦里。小恩mo讨厌这种换来换去，十分不稳定。

在合唱团那段时间，她始终像个"透明人"，根本没人发现她、欣赏她。

妈妈想了想，既然那么不喜欢，那就不让孩子去了吧。

就这样，小恩mo去那个大厦上了两次课以后，就不再去那个校外合唱团了。

说到校车，小恩mo仍是坐在第一排的"专座"。她总坐在那儿睡觉，有一次脑袋磕在窗户上，黄色花朵发卡的一个花瓣都被磕掉了。小恩mo回家才发现，想去再找找，一直也没找到。

——也许是卡在了某个角落。

还有一次，好像是个星期五，车上除了梁师傅只剩下她一个人（其他人到家的到家、请假的请假）。由于小恩mo在睡觉，梁师傅忘了还有这个人的存在，差点就开着车越过河开到昌平区了！幸好小恩mo在就要开上那个桥的时候突然苏醒。否则，她就可能被锁在车里了！

小恩mo的二年级，就这样快要结束了。

余老师在黑板上写：

Bye二年；Hello三年！

大家合了影。女生们坐在地上，举起手臂握起手；男生们在后排站着。哲宏mo、善久mo等人的表情疯癫。

对于二年级，小恩mo有自己的见解。在此附上一篇她在小学四年级写的作文：

我们的校园，有四季有故事。

我是一个插班生。我第一次来小学，是一个暑假，是我和妈妈来看学校的日子。夏天的小学，从密密麻麻的树叶中射出几束细细的光影；静静的，偶尔听到几声鸟鸣。

九月，初秋时节，全校同学开学了，我也正式插入了二年级二班。那时的小学秋高气爽，空气凉爽，但仍然绿绿的，只不过开学了，多了一些欢乐的吵闹声。十月秋天，我刚入学(小学)一个月，还是没有什么朋友，只有刚认识三月的小芮mo，那时还不熟，而且我还是个体育见习(小芮mo是在暑假托管班认识的)。每到玩耍却没有朋友，或体育见习时，我就与纷纷落的叶子一起玩。秋天，满地都是黄绿相间、略带微红的落叶，可以用脚踢一踢，或把它们一下子扔向空中，然后自然地落下。

再过几日，临近冬天，铺满地的叶子逐渐枯干，被扫进了围着操场一圈的一个个细长缝隙。那么，我又怎么玩呢？把扫进缝隙的叶子拉出来！首先，拉住头，再拉一把，叶子就出来了！我可真是傻啊，难道这样做不脏吗？就算这样，我也乐此不疲！

到了冬天，气温下降。刚开始还可以看到树上挂着几片叶子，操场上也留着几片，后来就看不见了，并且张嘴就可以哈出一股凉气。

如果下雪了，那么大家的心情就会很好，至少我是如此。这时，走进校园，第一眼看见的就是小学美丽、纯洁的雪景。到处都是白，雪还没被覆的楼房彩色，这般景色，只在冬季独有。这种下雪天虽然很美，但也是不能下去玩的。所以课间时，我会站在窗边望一望，望一望洁白的操场，像小豆豆站在窗边对宣传艺人打招呼似的。

过了一个学期，放完了寒假又要开学了。与上次不同的是，这次开学，是一个玉兰花开放的春天！刚走进校园，就闻到了玉兰花的香气。这种气味十分清甜，充满了希望，能给一天带来好心情!

春天温暖的天气，最适合出来玩了！看着含苞欲放的玉兰花苞，吸着它清甜的气味，就算没人跟我玩，心情也会很好，内心都是喜乐的！

伴随着晚春的阳光，又到了校园绿绿的夏天。我来小学的第一年就过去了。在这一年里，我把刚开始的坏成绩大大地扭转了，特别是英语，从不打分到九十几，甚至一百。而且如今，我跟小芮mo也玩熟了，秋天的落叶也可以一起玩了。虽然我以前二班的某些朋友与我们分开了，但也是一定可以适应的!

这个校园，真是与我一起成长的啊！

24 钢琴课

小恩mo很崇拜会乐器的人。

在A学校时，音乐课上有才艺展示的环节。有的同学虽然只有六七岁，但是坐在钢琴前动动手指，也是有模有样。那时，小恩mo对这样的人有一种敬仰。她对风光的人都很敬仰。她觉得弹着钢琴被人夸耀是很成功的，穿着巨大的蓬松礼服裙站在舞台上唱歌也是很成功的。不过，她觉得自己可能永远无法变成那样子。她也不认为自己画画被同学们夸赞是“成功”的表现。

A学校开设了尤克里里的课程。那时，小恩mo对尤克里里没什么太多感受，她甚至觉得尤克里里就是吉他。至于吉他和小提琴有何区别，她甚至都不知道。

那时学习尤克里里，最终的成果只是用一根手指拨动琴弦，勉强弹出《小星星》的旋律。小恩mo那时还学过茶道。她甚至还在幼儿园园长办的小学里学过用手编织和吹笛子。在这些技能中，她曾经最擅长用手编织。她平时都不怎么帮大人做事，还野蛮地在家里玩这个玩那个，但当她坐在沙发上拿起毛线团，平姨就会夸她看上去“懂事而且淑女”。

她曾经用毛线给自己的长颈鹿玩具编织过一条茶绿色的围巾。不过，过了一年，她甚至连编织都不会了。所以，之前学习的所有技能，都报废掉了。

小恩mo七岁时，和小伊mo在家里上学。妈妈给她们请了一个钢琴老师，还买了一台电子琴。钢琴老师是一个年轻的女老师，个子不算高，瘦瘦的；头发不长，是卷发。她一直在强调，弹钢琴时一定要“打拍子”，还要用脚打。小恩mo特别讨厌“打拍子”。本来手指动来动去的就挺困难的了，脚还要动来动去，简直太难为人。所以她总是想要逃钢琴课。每次要上课前，她都很痛苦。那时的钢琴课在星期五。有一天妈妈、平姨带着她外出回来，车子停在单元门下，坐在汽车里的她看见钢琴老师已经和蔼地在单元门口等候。对“打拍子”的恐惧袭入心中，她不禁哇哇大哭。后来，妈妈嘱咐钢琴老师，不要再教“打拍子”了，毕竟让孩子学琴，也只是培养爱好。

其实，小恩mo并不那么喜欢弹琴。可是，妈妈还是大费周章地买了一台韩国二手钢琴。这架钢琴在深夜悄然而至，来到了这没有电梯的单元门下。那时小恩mo正睡得安详。工人不负责将钢琴搬运上楼，就留下钢琴卡在单元门那儿，就那么卡着。妈妈很烦恼，甚至因此崩溃大哭了。这架高调的二手钢琴最终还是来到了家里。小恩mo那时的服装花里胡哨的，她就穿着它们，心不在焉地坐在钢琴凳上，看上去与“高级”“优雅”没什么关系。

搬家到果子城时，那架钢琴也被搬来。小恩mo仍在学习钢琴。花邻城有一间钢琴教室，她每周五都和平姨一起步行到那里。虽然她不怎么喜欢弹钢琴，但这一次，她还挺喜欢钢琴老师的。这次的钢琴老师也是一个女老师，看起来很有小孩缘，头发长长的。她并不要求“打拍子”，但她总提醒小恩mo“不能压腕儿”。小恩mo的手小，似乎不怎么适合弹钢琴。而且她的手指不能抬得很高。

其实，小恩mo也很讨厌说“不能压腕儿”。因为她想：看谱子并且能弹对就不错了，还要求我的手的动作，那我可更不想弹了，而且弹琴不就是为了好听吗，谁会去看手啊。

虽然这个老师对手的要求比以前那个老师对脚的要求听上去让人好受点，但她还是认为这种要求不太合理。

过了一阵子，妈妈改请这位钢琴老师到家里教小恩mo弹琴。小恩mo已和那位老师混得很熟，这反而使她学琴的态度更加不认真，也够奇特的。那位老师每次来，平姨都客客气气地端上水或茶，叫人家休息休息。小恩mo却总是嬉皮笑脸的。也不知她都在笑些什么。弹钢琴时，她突然要喝水，喝水的时候大笑不止，把水喷到了琴键上。这种状况出现过好几次。

钢琴老师住在南四环，千里迢迢跑到北边，就给这么个小孩上课，不知作何感想。但毕竟是工作，孩子成不成器也就那么回事了。小恩mo很懒惰，平日里她基本上不会主动练琴。若是心情好，就多弹弹。大多数情况下，她都是在星期五钢琴老师快要到来时，临时“抱抱佛脚”，练习两下子。钢琴老师来了，她就像玩闹一样地学琴。下课了，就笑逐颜开地送老师走，然后接着玩耍。

她自己从不认真练琴，却依旧会对演奏乐器的人充满崇拜。她只想着流利弹奏时那优雅的身影和优美的琴音，只想着身穿跆拳道服、腰系黑带、飞身跃起时的潇洒勇猛——自己却只会坐在那里空想。所以到最后，这些技能，她是一个也没能学会。

小恩mo虽然不喜欢弹琴吧，但是有时，她想起自己的琴弹得这么差，还是有些难过。也不知为什么，她看到自己的朋友非常流畅地在弹奏钢琴时，甚至会不禁流下惆怅的眼泪。

25 QZ街

“什么？小恩mo居然还上跆拳道课？！”这是一天下午，班里的两个傻同学大声吼叫出来的话。

“上啊。一直都上。”萧潇mo作为跆拳道课的班长，表情很淡漠。

其实，小恩mo真的很“奇葩”。明明都体育课见习了，居然还上跆拳道课！简直没见过这种人。

不过她根本没决心好好学，她只是喜欢道服。每次的跆拳道课都令人尴尬，她莫名其妙地和两个四班女孩混在一起。其中一个女孩还行，一看就很和气；另一个就很奇怪了，总说小恩mo的动作不好。

这么学了一年，最后小恩mo只记住一个“侧踢”了。

课外班里什么年级的人都有。毕竟这个学校才不会阻碍“窜年级”。每次课外班下课，老师就让大家按照“坐校车”“家长接”“吃晚饭”排成三列。在这所学校里，学生大致上就是分为这三类。他们的气质都有所不同。

小恩mo在体育课见习的时候，曾经和一个高两级的学姐聊过天。她们坐在树屋底下。那位学姐有点胖胖的，很好相处的样子。她和小恩mo交流了关于课外班的一些事。

小恩mo周二的课外班是“科学探索”。这个课真叫人头大，每次都领取一个材料包，打开材料包，就是无休止地连接导线。关键是，那些导线并不怎么先进，不能把它们直接勾在一起，而是先要把导线头的绝缘层弄掉，然后就会看到里面一丝一丝的玩意儿分叉着，有个性极了。接着，再把这些极富个性的东西拧成一束，使它们不至于胡乱炸着。把每根都这么处理了，才能连接导线。

小恩mo自认为喜欢做手工。然而事实上，她的动手能力并不行。那些有个性的玩意儿是那么细小，即使拧在一起了，也很容易再次分叉，常常整理半天也做不好。

在科学探索课上，还有两个很“作秀”的男孩，都是同年级的四班的。他们不知何故，总是在地上从这边滑到那边，再从那边滑到这边。要不就趴在地板上，厚脸皮地和老师聊天。不过，他们的动手能力比小恩mo强多了。

小恩mo周四的课外班是合唱。这个合唱和校外合唱团一样让她厌倦。在她的身旁，有一个大嗓门的女孩，每次都扯着嗓子唱啊唱，小恩mo觉得自己要被震聋了。而且那么多人挤在一起张大了嘴，不知为什么总让人感到有点恶心。

不过，小恩mo很欣赏合唱团里的两个六年级学姐。原因有二：第一，她们长得很好，并且坐姿优雅；第二，其中一个学姐的名字也含有“恩”。

小恩mo觉得她们看起来简直是完美！而看看她自己，这么的幼稚，坐姿也没她们优雅。她真想知道啊，什么时候才能变得像这两位学姐一样好呢？

说到喜欢的学姐，小恩mo也真的很喜欢阿韵mo。主要原因有两点。第一点是这位学姐能够记住小恩mo。校外合唱团集训时，她就和小恩mo打了招呼，还夸小恩mo的发卡好看。而且有一次，在小恩mo等校车时，她突然走过来，问：“你为什么退出体舞课？”这时小恩mo心里想的是：我不是早就退出了嘛。她回答：“我觉得没意思，就退出了。”

不管怎么说，小恩mo对能记住自己的人很有好感。也许阿韵mo能记住她是因为止一mo说过“小恩mo是哑巴”？或是什么其他原因（也许是小恩mo在体舞课抠墙皮太过于显眼）……但总之小恩mo很高兴。

第二个很喜欢阿韵mo的原因是：小恩mo觉得阿韵mo长得很好，而且态度真诚，总之是个哪里都很好的人。小恩mo觉得这个学姐的表情和姿态都让人很适宜，整个人看起来很灵动有精神，总那么大大方方的，而且她的眼睛好像总有一种“好奇”的光。

小恩mo就是这么认为的。

在这个虽然很小但很丰富的校园里，小恩mo认识的人根本不算多。有些人可是认识全校的人。不过，那些许多小恩mo不知道名字的人，每天来来往往，在她的眼前晃悠；在升旗仪式的时候，有时也会念到某些人的名字……久而久之，即使是不认识，那些人的样貌也会悄悄地进入人的心中。

二年级的小恩mo真希望自己能赶紧变成高年级的人。她觉得，高年级的人都很高级，背的书包也不是那么幼稚。在她身边，也有许多虽然差不多大，但比自己成熟和懂事许多的孩子。他们总能体面地和人沟通，还可以笑着和小恩mo搭上话。小恩mo在心里幻想着，是否自己到了五年级，也能变成那样的人了。

刚刚到这所学校的小恩mo，在操场上望着高年级学生跑步，认为那些女孩的马尾辫非常漂亮。而自己绑的两个小辫子非常格格不入——那两条辫子很短，位置也不大对，居然在太阳穴旁边。

而在晚上的校车上，沐生mo竟然说："你的头发太长了，应该剪剪了。"

那时小恩mo觉得，如果再剪，简直要没头发了。

她总觉得，等自己长大了，就不会这么幼稚了，会变得体面极了。

可是，事实证明，无论过了多久，小恩mo都还是这么一副老样子。

小恩mo觉得啊，六年级的毕业离自己太远太远了。她总是这么慢悠悠地在这条街上走着，走着，仿佛这条街很长，永远没有尽头。

连杨树随风摆动都那么缓慢。好像住在棕红色居民楼的人的行踪也是那么缓慢。

早上的校车拐进街道，看见街边的孩子慢慢地吃着豆浆油条。

中午，淡淡的光线，很安静，很安静。校门对面的小商铺的广告牌。快递车仿佛永远停下来了。校门对面的小巷子在午休，白而迷蒙的光填满了，巷子里的小超市没有客人。

那些叶子似乎既是绿色，又是黄色。

有一天，十四岁的小恩mo做了一个梦。在梦里，夏天的阳光模糊在树梢头，杨树的叶子“沙沙沙”地响着。伴随着QZ街小卖部的声音，充满烟火气息的居民推着小车的声音，大大小小的孩子的声音。在舞蹈教室，在科学教室，都可以看见破旧的、掉了墙皮的老楼——淡黄色的、棕红色的。这场景好像仿佛反复出现在某一个午后。

突然从街道的那一边有一个身影赶着运动会的“珠子”跑了过来。那个身影是个女生的身影，面貌不太清楚，但有着金色的头发。

小恩mo想了又想，想起那女生是一个自己并不认识的曾经的学姐。学姐是个俄罗斯人。

原来连不认识的人，都在自己心里留下了那么深刻的印象啊。

在那些学长学姐毕业的时候，自己并没感到伤心。因为自己根本就不认识他们。

他们毕业的时候，穿着喜欢的衣服和裙子，在操场上拍了很多照片。他们还来到美术教室，迅速地拍了照。那时小恩mo和同学正在美术教室里坐着。

小恩mo毕业时就不一样了。她和她的同学是唯一一届“三无”（无毕业旅行无毕业典礼无毕业照）的毕业生。她到毕业时也没变得成熟和懂事，她也不想变成那样了。可能当年的那些学姐也没那么成熟和懂事，只是在八岁的小恩mo眼里，她们是很美很温柔的样子。

其实这条街道一点也不长，只是一条很旧的小街道。教学楼并不大，操场也被杨树包围。可是为什么，这么小的街道里面所孕育的回忆却是那么多？为何这么小的街道能装下这么多东西？光线一直在记忆里流转……

这么小的街道，怎么能装得下这些梦？

十五岁的时候，小恩mo还回过这条街。四月底的那天回到QZ街，这条街居然长得跟童话里一样，像是被记忆美化过的样子从头脑中移动出来了。她再次确认这些平凡杨树的魅力在于，它们接受了当年自己本来的样子，那个样子只是在长大的过程中被珍视地隐藏了，而从未被扔掉。而且它们永远认得你。能在永远认识自己的杨树下发现未来的憧憬，真是好幸福啊。

三年级

01 三年级开学

八月三十一日是开家长会的日子。在此之前，小恩mo已经知晓了要换班主任这件事，这让她很不开心。余老师已经当这个班的班主任两年了，大家都舍不得她。曙乐mo同学还说："我们一起给学校一点钱，把余老师留下吧！"

妈妈去开家长会，见到了新的班主任——槿老师。妈妈回家后，对小恩mo说："你这个新班主任姓槿，她挺好的呢。"小恩mo看了一下这位新老师的照片，她的发型是短卷发，戴着眼镜，看上去人还不错。

另外，小恩mo得知，她的校车也换了。她有点搞不懂，是只换了车子，还是什么都换了？

第二天，小恩mo一早就来到西门等车。她在那里忐忑不安地站着。

依然是从远处的拐角，出现了一辆车。那个校车看上去比27号车高一点。车子开近了，小恩mo看见它上面的牌子写着

“42”。然后她赶紧仔细看了看，发现司机师傅还是梁师傅。

小恩mo上了车，坐在了第二排的单人座上。她现在对这辆顶很高的车很好奇。她回头一看，发现那两个同年级的女生依旧坐在那，就感到放心了。

——也是啊，住在这一带的人就是这几个，人是不会变的吧。

当时这个42号车里放着纯音乐，小恩mo认为比先前的很吵闹的广播要好得多了。而且现在这个车里非常安静，她觉得如果每天都这样安静地听着纯音乐，就实在太舒服了。

小恩mo一直回头看后排，她想看这个车的排数是否比原来的多。那两个女生神情有点奇怪地看着回头张望的小恩mo。

她发现这个车还是五排，实际上能搭载的人数并没有增加；就是头顶上多了行李架。

不过，她还是希望以前乘坐这路校车的其他人都不变。

现在的小恩mo感到非常宁静安详。不过值得注意的是，在她上车之前，就已经有四个学前班新生在附近上了车。他们在这一天表现得较为乖巧，但是后来，他们使几乎全车的人都十分头疼。

一路上，他们问跟车老师：“哎呀，怎么这么远啊？”他们总是这么问。小恩mo觉得他们很无知。

到了学校，小恩mo没去吃早餐，她先去找教室了。因为她听说教室也换了，妈妈告诉了她这个教室的大概位置，她现在要去看看。

她在二层最东侧发现了自己的班级。这个教室朝北，看起来光线不怎么样。

突然，小恩mo在教室门口一米开外停下了。因为她看见教室里面，最后排的哲宏mo“不怀好意”地看着她！小恩mo觉得很硌硬人，她很沉重地走了进去。

有一位长得比较矮的卷发女老师站在前面，她就是槿老师。

小恩mo问："我坐在哪里？"

老师指了指第一排的一个座位："你坐这里吧！"

小恩mo大吃一惊！她以前一直坐后排。她可不想坐在第一排，因为第一排让人很不自在。

小恩mo以前的前桌向她招了招手，她才到后排去。

哲宏mo就在她的斜后方。她根本受不了他坐在自己附近。她现在觉得男生很恶心。

哲宏mo正在和新转来的几个男生说话。那几个人看上去也不怎么"正经"呢。他们是：意民mo、楷纳mo和武强mo。

意民mo长得挺高的，但是无精打采的样子；楷纳mo身高中等，看上去像个"社会人"；武强mo被小恩mo认为是"很恐怖的"，因为他很胖，感觉流里流气的，很油滑的样子。

小恩mo觉得，外校转来的人太可怕了。

开学典礼的时候，小恩mo看见余老师带着一群很小的一年级小孩从教学楼里走出来。她还是很希望余老师接着教她们班，但是不可能。

学校表彰了上学期全勤的同学。小恩mo也上榜了呢。这真是难得，她在二年级第一学期请假可是极为频繁的，居然能在二年级第二学期做到全勤！

操场的一边，摆着一个小桌子，上面放着几个箱子，里面装着许多跳绳。得到全勤奖的同学就到那里去，从一个有点年纪的瘦高的科学柏老师那儿领奖。奖品就是跳绳。

小恩mo去那儿领奖。其实这种奖品对她来说没什么用。

“女生给个红色的吧。”科学柏老师说了一句。

小恩mo心想——我是女生，但我喜欢蓝色啊！

这学期，除了班主任——语文老师换了，还有体育老师从女老师换成了一位男的周老师，其他老师都没变。科学课是这学期新加的，授课教师就是刚才的那位发跳绳的柏老师。他的科学教室在教学楼三楼，那里的桌子像实验台一样，上面还有水龙头。但那水龙头说白了就是摆设，根本不让人使用。

对于新班主任槿老师，同学们对她的态度还是比较欢迎的。她在第一天就表扬了好几个同学，而且还在家长群里说：“其中有两位同学遵守课间纪律表现突出，主任亲自表扬了我们。这两位同学是云天mo和辛凯mo，我们的孩子们真是棒……”

不过后来这位老师和大家闹得很僵，而且云天mo也变得很愤怒……

这里就先不说了。

这学期，体舞要学“恰恰”了。哦，值得一提的是，形体教室的大柱子和其他教室的墙都被装上了蓝绿色的硬皮。体舞冯老师解释道：“以前老有一些同学爱抠墙皮，现在学校不就给这墙保护起来了？”

小恩mo有时出于不能跳等原因，在体舞课上也见习。她坐在椅子上的时候，还美滋滋地想着：“我跳舞比他们好吧？我可是上过体舞班的呢。”

您难道不是半途而废的人吗？？

小恩mo真的是很傻。在最近的体育课上，体育周老师问：

“谁不能跑步啊？”这个时候大家都站在杨树下面。

小恩mo举手。

“为什么啊？”

“因为我有病。”

其他同学都哈哈大笑。

02 作文、新鲜和烦恼

升入三年级的同学们在语文学习方面有一个新的重大任务，那就是写作文了。以前，大家也会随便写一点练笔啊，日记啊，等等的东西。小恩mo就写过很多流水账日记，还有“叶成小区”。不过那时候，他们写东西没有讲究过什么标题、格式，段首也不会空格。

但是现在，老师要教他们这些。要写的第一篇作文叫作《我们的校园》。三年级二班的槿老师用很多方式启发班里的学生们。语文书的第一篇课文叫《我们的民族小学》。老师就说，我们写作文时也可以说我们的某某小学，可以说“这是一所首都的小学”，然后讲讲学校的一天，观察同学们都在做什么。比如，他们早上来的时候什么样子啊，中午在操场上玩耍啊……“有的……有的……”这种句型是老师很提倡的。

小恩mo觉得，老师说的有些不真实。很多人印象里的小学，好像总有很多小孩欢乐地在操场上跳绳、踢毽子什么的……

其实在这里，并没有太多人中午下楼去玩。

不过小恩mo也没什么特别好的点子，她这次写的文章中规中矩（其实这就是她第一次正式写作文），很短，但是她写完以后却暗自窃喜，觉得写得很好！

我们的校园

早上，同学们来到了学校，有的是学前班的，有的是三年级的，还有老师和校长。

中午，有些同学在操场上玩耍，有玩器械的，有跑步的……还有些同学在玩跳绳。

下午，同学们放学了。有的去找家长，有的去坐班车，住校和上晚自习的就去吃饭了。

我们的学校有美丽的树屋，有大树食堂，还有挂着藤条的教室。

这就是我们的校园，一所首都的校园。

小恩mo觉得自己真的写得很好——写得工整，也没有夸大什么事实。她觉得老师一定会表扬自己的。

没想到，作文发下来以后，老师还是让自己改动了不少，小恩mo有些失望。（其实说实在的，老师的评价也还可以了：按时间顺序来写，这样写非常清楚有顺序。而小恩mo还在猖狂地奢求些什么啊……）

老师还有一段批语：可写什么样的操场、教学楼和教室……于是小恩mo又在下一页写：

我们的校园有明亮的教室，有绿树成荫的操场，还有跟城堡一样的教学楼。多么美丽的校园啊！

在后面的两天里，槿老师又让同学们写了两篇日记。

以下是小恩mo写的：

9月8日　上海周庄

放假去了上海和周庄。周庄是水乡，那有小桥流水，河两侧都是房子，河中央有人划船经过。上海是大都市，东方明珠有名，但我们没去。我们还在环球金融中心喝了下午茶。有一次我们坐船夜游黄浦江。

9月8日　拖地

有一次，我在拖地。我使劲拖，我把椅子从桌子里面一个个拉出来，使劲往底下拖。最后，终于拖完了。拖地不简单啊！我拖得很累，可是地干净了。

（其实以上两篇都有拼音和错别字，但是我没在这呈现，打那些玩意儿太费劲了）

这两篇日记的主题都是槿老师定的，一个是“暑假干什么了”，一个是“做家务”。小恩mo觉得第二个主题真的很无聊，而且要写做家务的细节。她绞尽脑汁才写出了自己做家务的一个“过程”。小学生写这种文章主要在于表现出一种热爱劳动的品质，要显出“虽然过程很累，但我很有成就感”。

这周末，小恩mo、小薇mo和她们的妈妈一起去北海公园。

小恩mo穿了一条白裙子，脚上是运动会穿过的白鞋子。她认为这个白鞋子很好看。可是这天以后，她就再也不穿运动会小白鞋出门了。原因是她们在北海走了很长时间，走到了傍晚，到了一家猫咖吃饭，走路的这段时间小恩mo觉得脚非常疼，因为小白鞋不是运动鞋，它的鞋底太薄了。

小薇mo是一个爱猫人士，她家里养了一只白色波斯猫，所以她来到猫咖，对猫咪们充满了热情和爱心。小恩mo受她影响，也在里面和猫咪玩。她们还给猫咪们起名字。离开的时候，小恩mo已经和猫咪结下一定的感情，回家后还为它们画了一幅画。

小恩mo想要养猫了，妈妈好像也没有很反对，她们还在网上看了一些猫咪的窝。不过，这件事在半年内就被渐渐淡忘了。

9月11日　星期日　天气：晴

昨天，我和我的朋友去了北海公园。到了那，我们先去坐了船。那个船老四处乱撞，而且还有一个水下水龙头，老是往人身上喷水，所以我先下去了。然后，我们买了雪糕到假山上的小亭子里吃了。吃完，我们买了大毛笔和爆米花到山上了。我们把大毛笔蘸了水在地上写了一些字，爆米花主要是家长吃。然后，朋友的妈妈带我们到猫咖晚饭。猫咖很有意思，饭是猫形状的，而且有40只猫。有一只漂亮的白猫，有一只活跃的黑猫，有一只包子脸猫，还有一只坏脾气猫……猫咖有许多猫。回到家，已经十一点多了！昨天我很开心。

（也有错别字和拼音，但是我给改了）

老师判完同学们的几篇日记后，表扬了一些同学，其中也有小恩mo。老师说小恩mo写的“那有小桥流水，河两侧都是房子，河中央有人划船经过”这句非常好，很有画面感和诗意；还有“饭是猫形状的，而且有40只猫。有一只漂亮的白猫，有一只活跃的黑猫……”这一段用上了排比句，也被表扬了，说是观察很仔细。

小恩mo在新班主任槿老师的眼里，是一个不爱说话的、文静的、按照自己的想法写作文且经常不写具体事例而是列举很多东西的人。然而，小恩mo的心里其实有更多想法，比一年前要多。她觉得这个三年级二班有些混乱，特别是那些男生——新来的男生和哲宏mo加在一起——非常烦人。三年级二班的人们在吃午餐时总是从二楼冲刺跑到一楼的大树食堂，毫无纪律可言。如果不这样做，就会被很多肥胖贪吃的男生挤出去，后面又来了别的班级，情况就会变得更加可怜。一些女生不喜欢如此没素养地显得很贪吃地努力奔跑，于是她们很容易就排到队尾去了。

男生们就像连体婴儿一样在食堂门口一个撞一个地排队，小恩mo又被挤了出去。她无奈地站在大门厅的前面，一动不动。槿老师不知道她为何站着：“怎么了？帮你找个地儿排队？”

小恩mo无奈地望了望，全是争先恐后的男生，她感到他们终有一天会肥胖无比的！

哲宏mo朝小恩mo勾了勾手，让她站到他前面。

“啊！那你站到他前面吧！”槿老师说。

“我不！”小恩mo还是杵在那里。

槿老师帮她找到了位置，小恩mo顺利打了饭，埋头吃饭。

后来，槿老师一脸担心地来到正在吃饭的小恩mo旁边，问："你和哲宏mo怎么了？"

小恩mo快言快语地说："我讨厌他！上学期就讨厌他了！"她语气冷冷的。

"噢——"

萧潇mo坐在小恩mo对面。"你们怎么了？哎？为什么讨厌他？"她问——仿佛要给小恩mo讲一讲哲宏mo"不讨厌"的事实。她是哲宏mo的好友。

小恩mo感到有些尴尬，答不出来什么话。

小恩mo认为，这学期哲宏mo的行为好像并没有好一点。她课间休息站起来的时候，总是看见哲宏mo站在另两列桌子的过道那里，把手做成手枪的样子对着她。小恩mo非常生气，但是仰着头，装作不理会的样子。可她还是大步流星地走到槿老师那里，说："他对我做手枪手！"一个课间能说好几次。

她平时不喜欢告状，可有了这一类很气人的事，不说出去就让人非常难受，说出去了就能好点。

更可气的是，哲宏mo竟然很开心。

每天回到家里，小恩mo就对妈妈说很多"那个讨厌的人"怎么怎么了……就像一年前说彩迎mo那样没完没了，在情绪上比那时多了一些恼怒。

"他叫什么名字啊？"

"他太讨厌了！我不想提起他的名字！"小恩mo觉得如果说他的名字，自己就会气得发抖。

小恩mo也和小薇mo提过哲宏mo的事，结果小薇mo却说："他可能喜欢你。"

小恩mo大叫："不可能！！"如果那种人喜欢自己，也真够气人的！而且不管怎么说他的行为都太招人烦了！

有时她都觉得上天不可理喻，因为科学课上，那个发红色跳绳的柏老师把小恩mo和哲宏mo分成了同桌。小恩mo坐在那里气得半死。她执意想要换座位。她大喘气，在心里说：“勇气来吧！好！对科学老师说吧！”

科学老师看这个人很激动的表情，因为莫名其妙的理由想换座位。座位最终没有换成。小恩mo闷闷不乐地挤在桌子的一角。她想尽办法离他远一点。她觉得自己右边似乎有个大怪物！

很多事情，都让小恩mo和哲宏mo排在一起。也许是因为身高吧。小恩mo觉得简直太烦了！

好在后来，出于其他原因，小恩mo换到了科学教室的其他位置。

03 宣传委员

二年级时，余老师曾提到过班里的一个职位，当时小恩mo就认定，它属于自己。这职位可以设计板报，要美术好、写字好——它就是“宣传委员”。这学期要开始选班干部了，小恩mo很期待。

去年，余老师给小恩mo分配了一个浇花的工作。小恩mo在冬天拿着浇花桶，来来回回地给班里的植物浇水。到了二年级下学期，她当了组长，成了“一道杠”。

小恩mo好像很看重这种所谓的“升官”，尤其很想得到自己心仪的职位。之所以在乎这种东西，可能是因为以前的那些学校都有些“野”，对孩子的评价体系都比较抽象，也没什么成年人显出非常认可小恩mo的样子。况且那个时候的小恩mo似乎大多在发展内在古古怪怪的世界，对外界的感知比较一般。

到城里上学以后，首先认为城里人“都很油”的偏见被打破了。而且这种学校的性质决定，这里的老师通常都有一套评判孩子的体系，但又没那么束缚。怎么说呢，其实这种评判并不全面。只是小恩mo八九岁时看起来还比较乖乖女（呵，其实她一直都在以老实人的外表掩人耳目吧），成绩也还行，没显示出什么狂野之类的，因此中老年老师比较容易喜欢她、给她鼓励。她的世界也只有这么点大小，所以她就更想在这个体系里“拼搏”一下。

要选宣传委员了，她第一次感到这么紧张，手心都在冒汗（跟善久mo似的）。她觉得，在班里没有谁比她更适合这个职位了。如果选不上，她会失望至极的！

老师的每一句话都是那么重要，仿佛决定了小恩mo的“命运”！她不停地在心里祈祷。“上天啊，求你让我选上吧！……”

结果是，小恩mo真的当上了宣传委员。她真的挺幸运的，要知道很多事情并不是只要想就可以有的。而且这个班的同学都认可她的绘画水平。

小芮mo以一票之差落选了。老师说她可以当宣传委员小助手和卫生委员。小芸mo是纪律委员，小芋mo是学习委员。她们都成了中队委。在这几个人中，小恩mo的喜悦程度可是很高的，她也说不清自己为什么那么在乎宣传委员，她对大队委都没那么在乎。

三年级的同学们可以参选大队委了。这次，二班只出了一位候选人——善久mo。同学们都为他加油，云天mo甚至制作了一个牌子来为他加油助威。不过他还是没有选上。别看这里只是个小学，“名气”这种事还是很重要的吧。这所学校风气比较自由，也不会阻拦和别的班、别的年级的人交流。大家有很多可以认识的场合，比如：校车、宿舍、课外班……三年级一班的小未mo（同校车的女生）就当上了大队委，小恩mo觉得可能是因为她们校车比较活跃吧，所以车上的人就比较容易有“名气”。自己只是个很傻的人，在高年级居然都有一定“知名度”——也许是和止一mo、合唱团有一定关系？小恩mo也认识低年级的一些人，虽然那只是一年前的模糊印象。

在这所学校，学习不是被那么看重。但是校长一般在开学典礼上，还是会说很多关于学习的事。这也是“正规”学校的好氛围。虽然也强调学习方面的事，但在QZ街，多数人都没有厌学心理。

升上三年级的同学们，面临一些学习的转变。有一次，小恩mo做语文试卷，觉得好难啊！多了很多选择题，那些选择题通常是关于字音字形，小恩mo不记得老师讲过。所以现在，很多时候语文上90分都变得困难了。孩子们不知那些知识为什么自己不会，反正，分就是不高。一向是“乖乖女”的小芮mo，有一回也只考了68分。

还有，语文老师也不会带着大家学习生字了，需要自学；体育的“稍息”变成了一条腿的那种。小恩mo经常会差点儿做错。她还看见一、二年级的同学们还是像自己以前那样“两条腿”做“稍息”。

小恩mo的新班主任槿老师，是一位既有优点、也有缺点的老师（任何老师都这样）。优点是：她在写作方面注意培养孩子们的观察能力，经常让写“观察日记”。她只在一开始讲了讲作文的规范，后来就没有过多干涉。她还经常朗读孩子们的作文，给大家分享。所以到四年级时，小恩mo了解到同年级其他班的写作水平大多不如二班的人。

缺点是：她优柔寡断，经常把事情想得复杂，有时和学生较真，自己都气得哭了。

中秋节，小恩mo一家、小姨一家乘大巴去了古北水镇。这个度假区很有名。他们坐在大巴上几个小时，才到了那里。水镇里有很多客栈。他们在那里住了两晚。

那次，小恩mo和表妹、和妈妈都闹了矛盾。她当时很爱生气，经常气得不行。水镇的夜晚很美呢。特别是在秋季的晚上，有点冷了，灯光却是暖的。街上的人摩肩接踵，有人拿着糖葫芦，小恩mo则和家人在水边提着灯笼，这一切都给人一种特殊的温暖。

中秋假期

中秋假期，我和妈妈还有小姨一家去了古北水镇。要住客栈，我和表妹本来怕不好，结果还挺好的，比得上酒店！我以前去过平遥、周庄、乌镇，周庄和平遥管理得不是很好，可是这里和乌镇一样，管理有方。原来，它俩是一个公司的。第二天，我们去了童玩馆，那里有不同年纪小孩玩的东西，所以多大的小孩都能玩，小姨也玩了！童玩馆很大，有两层楼，而且还能喝果汁。这次中秋我很开心。

又是流水账啊。“比得上酒店”就那么让人开心了？而且根本没写那里的景色，而是写了一些无聊的比较！什么管理的问题！

小恩mo和小滠mo还在客栈里看了半天蟒蛇的纪录片！

04 校车家人

小恩mo虽然才搬到北郊际地区一年，但是她对这附近已经很熟悉。

她对北郊际的情怀正在萌芽。这里连接了她校车上的很多人。从海洋城，到果子城、花邻城，再到夕游园。

去年八月小恩mo搬家到这里，那时，这里的人行道上还全是杂草，她和妈妈、平姨就走在这样的“路”上。

她得意扬扬地走在前面。她之所以得意扬扬，是因为她之前在幼儿园学到了关于什么杂草会划伤人的知识。

“那个可千万不要碰哦！那是拉拉秧！”

小恩mo二年级的春天，这些道路已经铺平整了。而且不知道从哪里运来了一批小树苗，栽在人行道上。她好希望它们快快长大啊，希望有一天它们的树叶又绿又茂密，而树的形状像是伞那样。

秋天到了，它们的叶子只变黄了一点点。因为本来就叶子不多，所以看上去颜色也就不明显。

小恩mo家楼下有个面包房，还有个理发店，它们内部的装修风格基本上一样。它们大概是和她同一时间来到这个地方的。

在这个街区走动时她知道，校车里的很多人都住在附近。他们都知道没建好的北郊际广场，还有那个花邻城步行街。他们也都知道自己家附近有一所很有名的学校，但是他们都不去那里，而是共同去了一所杨树很多的小学。不过小恩mo和他们不熟，也从来没在附近遇见过他们。曾经她每周五去步行街上钢琴课，她一点也不担心自己会遇见他们。

说来奇怪，小恩mo对自己的校车和校车同学们有点感情。她从来没觉得校车特大特好看，也不觉得校车里的同学们有多可爱善良……她基本上不和他们说话，也没什么人了解她，他们只是每天早上一起从北郊际坐车到学校，下午再这样回来罢了。每个学期开学，小恩mo踏上校车看见他们会觉得心里踏实；早上站在西门等校车，给了她第一份盼望。

班里的同学都是从四面八方来的，也不清楚他们居住在什么小区。校车上的人呢就不一样了。小恩mo因为住得远，所以对车上大部分人的住所都一清二楚（当然，具体的楼号和单元门牌是不清楚的）。

住在北郊际的这几个人，再加上南边隔着一条地铁线的夕游园的两位，小恩mo当然和他们几个见面最多了。而且因为这几个人总是患难与共、起早贪黑地坐在一辆车上，所以他们经常混在一起聊天。小恩mo从不加入他们，他们也不太和她聊天。

一般来说，一堆人一起到一个地方参加活动，然后活动结束了，住在同一个地方的“家人”就一起打车走了。这样想来，小恩mo倒是觉得校车同学有点像家人。不过她九岁时，只是觉得校车同学是一群莫名其妙但又有点重要的人。其实有时真正的家人也是如此，不知为什么就必然地和自己有着天然的关系，且彼此之间也未必很熟悉或很看得上。

在北郊际其实也就这么几个小区，街道分布也是正东正西、正南正北的。北郊际西半边主要就是花邻城，东半边就有果子城和海洋城之类。

校车上的“大姐大”若言mo住在花邻城。这个人是带着其他几位“家人”玩游戏的人。她总是穿着奇装异服，上车的时候总是晚点。她总是呼的一下就从单元门钻出来，大家都看得到——她家的单元门对着马路。一上了车她就走向和小恩mo同年级的两个女生——小末mo和新晴mo，和她们聊一些感兴趣的话题。

说到这两个同年级女生，好像她们之间挺熟悉的。不过她们的性格很不一样。小末mo虽然也和那些人混在一起，但她总是有一种莫名其妙的疏离感。反正小恩mo又和她不熟。不过小恩mo可是知道她的班主任是个中老年女老师，很严厉，班里和一班同学一起上晚自习的同学都对此怨声载道。新晴mo有点胖有点黑，她的性格憨憨的，情商也不错。她在下午并不坐校车。

那位“大姐大”若言mo有时不那么愿意和新晴mo玩，因为她觉得人家黑，还说人家是印度人。不过，她自己也总绑着个脏辫，穿着像是流浪歌手的灰色服装啊。她确实对唱歌有些兴趣，她最近加入了一个合唱团——不是小恩mo已经退出了的那个。

若言mo是个很强势的女生。在小恩mo二年级的时候，若言mo和校车上两位高年级的男生发生了口角，吵得非常激烈。那两位高年级男生也绝不是好惹的，而且与他们吵架十分无聊。

他们似乎是“富二代”，住在一个别墅区里。

校车上还有两个男生，就住在学校附近的同一个小区，他们只在下午坐车。那两个男生都比小恩mo高一年级。他们性格迥异，其中一个男生好像觉得自己懂得许多东西似的，而且身上有一种莫名的“海归味”。这男生有一次和别人说，他看到一个新闻，是关于某商务酒店里的马桶里突然爬出了一条蛇。

小恩mo虽然不和他们讲话，但听到了这位男生的话因而对外面的厕所产生了深深的恐惧。

而另一位男生，头发很短，说话大嗓门且鼻音重。不知道为什么，他总是被一个学前班的女孩批评，于是他就哇哇大哭起来。他总是在车上大哭，梁师傅不停地宽慰他（真是不易，还要开车）。而这男孩的同小区的同学则很冷静的样子。

再说回若言mo，她曾经有过奇怪的言论，支配别人做奇怪的事。当然被支配的人都很不愿意。

止一mo看起来总是没什么精神的样子，或许他睡眠不足吧。而且他的头发在男生里比较长，所以本来就不太精神的一个人看上去更加萎靡了。他上车的时候拿着在小区外面买的菜肉包，被车上的人们嘲笑。

沐生mo好像很喜欢他的妹妹。他和梁师傅聊天时常提起他的妹妹，说他的妹妹是狮子座。梁师傅又问他，他自己是什么星座？他说他是水瓶座。有时候别人说了什么话，他就突然很淘气又突兀地说：“你是不是爱上她了啊？”弄得别人很无语。

小恩mo特别讨厌在自己熟悉的环境之中，突然混入了一些不明所以还扬扬得意的人。

这学期，校车上来了四个学前班的新生。他们是三女一男，三个女孩分别叫展巾mo、晓千mo和晓莫mo，男孩叫作晓贝mo。

那个叫展巾mo的女孩，在四个人当中是个带头的，而且她在自己班里也是班长。不过小恩mo觉得，她简直是这四人之中招人烦的源头。

只要有他们在车上，小恩mo就会讨厌校车。因为他们没有素质，还自鸣得意！原来二年级的时候，第一排是小恩mo的“专座”；现在他们来了，直接就大摇大摆坐在了那里，很多比他们年级高的人都被迫迁移至后排。小恩mo长期坐在二排和三排。她在这种位置听那些学前班的人说话听得清楚极了，每天都很头疼；可是她又不能到后排去，因为那里是这个车上聚堆聊天的社交场所，她可不想参与啊。

让我列举一下，那几个学前班的人经常说的话：

“我们家有小贴画，可漂亮了！你要吗？”展巾mo用很骄傲的语气说。

“你骗人，”晓千mo大叫，“肯定的！我不要！”

“哎哟，我不会骗人哒！要一个呗！保证给你带！好不好？好不好？晓千mo？”这个人怎么明明居心不怎么好，还故意显得是在央求别人？

“那好吧。”晓千mo答应了。

这种情况经常发生，并且通常有两种后果：

后果一：

“小贴画呢？”晓千mo问。

“忘带了！哎呀！”展巾mo大叫。

“老师！展巾mo骗人！”晓千mo告到了跟车老师那儿。

而展巾mo马上说：“别告状嘛！我可以给你这个！”她手拿一个又丑又小的贴画（有时那种贴画其实就是生产商的标签——那么小的白色的一条）。

“不！这个又丑又小！我才不要呢！”

后果二：（其实和后果一没什么区别，只不过少了前面一段的告状啊什么的，而是直接给人难看的贴画。）

“小贴画来啦！”展巾mo说。

“让我看看。”晓千mo说。

她打量了一下，说：“这么小？而且丑。”

“哎，”展巾mo夸张地说，“只有这个了，收下吧？好不好？”

“不。”

小恩mo觉得展巾mo是个很臭美、很小肚鸡肠的人。

小恩mo是怎么发现她真面目的？有一天，小恩mo在体育课上见习，围着操场一圈一圈地走。学前班也在上体育课，她看见展巾mo作为班长站在前面。展巾mo看见小恩mo，很灿烂地笑着打招呼：“姐姐好！”

——哇，这个小姑娘好可爱！

小恩mo马上就觉得展巾mo是个好人。

可是没过多久，小恩mo在校车上看展巾mo她们那排的椅子把手没收好，就去帮忙收了一下。不料展巾mo突然转过头，大叫：“干什么！”然后瞪人。

这个展巾mo经常平白无故地瞪人，而且心眼又多又坏。

她在老师面前显得很乖巧，平日里的行为却令人无语。她经常带着另外三个人玩“互相吐口水”游戏。小恩mo觉得他们太不卫生了，经常坐在那里头很晕。

跟车老师是学前班一位年纪较大的老师，好像很向着他们几个孩子。不知道她是怎么想的，是否把他们的一切恶劣言行当作耳旁风？

如果展巾mo哪天不坐校车了，其他人的表现就会好一些，也安静了很多。小恩mo经常观察晓千mo的眼睛，觉得她的眼睛简直是太水亮了，像一汪清泉那样。

晓莫mo和晓贝mo关系很好，展巾mo很嫉妒。她总想故意排挤晓莫mo，还说：“我长大了要和贝贝结婚！”呵呵，晓贝mo可不乐意。

而且她胆子出奇地大，对哥哥姐姐们也丝毫不客气。

“老师，沐生mo没系安——全——带！”展巾mo和晓千mo大叫着。她俩总是盯着沐生mo，说：“我们来检查一下那个二年级的大哥哥！哦呵呵！”在她们大叫以前，沐生mo在睡觉，并已经系上了安全带，因为她们在前一天就已经大喊过了。

小恩mo在心里对她们说：“先管好自己再说，你们声音比哥哥姐姐大，管人家是否系安全带、是否说话呢！”

不过她觉得“二年级的大哥哥”太可笑了，二年级的哪里大了？

展巾mo还对新晴mo说：“我打你！”

“没打疼。”新晴mo说。

“那我拿个大铁棍子打你！”展巾mo大叫。

她真的太不尊重新晴mo了。她对晓千mo说：“那个大姐姐好黑、好胖、好丑啊！是吧？”

“对呀，”晓千mo说，“就像一个大大的臭豆腐！”

——我的妈呀！

小恩mo气得要岔气了，用她自己的话也可以说是下巴都要掉下来了。她真想一边捂着胸口一边对展巾mo说：“我拿棍子打你啊！！”

新晴mo真是脾气好，有的人可能都直接和展巾mo撕破脸了。

小恩mo三年级，现在这个42号校车与以前比起来，虽然环境比以前宽敞点，但是心情和舒适度可是一落千丈啊！

每天下午，校车司机都去外校接托管班的，本校坐校车的同学经常发现车窗的黑膜被人抠下来。

梁师傅生气地说：“呵！都是那些托管的拿小刀刮的！可恶极了！”

梁师傅虽然比较欣赏小恩mo的“听话文静”，但是车开到果子城附近时，他偶尔也会对跟车老师说：“这小区一看就管理不行，您瞧这高压线，有辐射的！对人身体可不好！”

以及：“您瞧这车子乱停乱放的！管理也太差了！”

05 队列广播操比赛事件

每年秋天，学校都会举办队列广播操比赛。它往往和一般意义上落着橙黄色叶子的那种秋天一起来到人们身边。同学们总是穿着卫衣和风衣，在有点凉凉的风里走着，有点冷又有点舒服。杨树的叶子还没落，但是玉兰叶子开始落了。（后两年是十一月举办的，杨树叶子就落了）

二〇一六年十月十七日，这一天出奇的热，晴空万里。树屋中央的叶子还未掉，它们制造出了一些阴影。东侧操场的三面已经摆上了为比赛而准备的小绿圆板凳。

三年级二班的同学缓慢地从楼里往外移动。整个操场就跟个大灯泡一样。只有南边靠居民楼的一排杨树制造了局限的清凉。

三（2）班同学羡慕地望着坐在树荫下的班级。而他们自己呢？坐在东侧美术小楼前的太阳地里。整个三年级都是这样。三（3）班不满地叫着；三（1）班像木头人一样，昏昏欲睡。

三年级二班为了比赛练习了很多遍。可由于他们纪律太差，仍是不如其他班。槿老师和体育周老师可真是头疼。

小恩mo和其他女生坐在第一排。场上其他班的比赛已经开始了。他们先以花式的队列造型走进东侧操场，然后开始做广播体操。小恩mo一会儿瞧瞧比赛，一会儿低头发呆。槿老师到处问，问那些女生热不热，热的话就被调到后面去了，因为后面离楼近，稍微好一些。小恩mo没选择去后面，她觉得后面也只是好一点而已。

轮到三年级二班上场了。走队时小恩mo紧跟着前面的人；做操时她目不转睛盯着领操员。她还是很想做好的，因为老师鼓励大家把这种比赛看得很重。不过她认为走队的队形可差劲了，因为她左边是哲宏mo。

他们下场后，都汗流浃背地回到了观众席。这时，小恩mo把校服外套脱了，穿着一件黑色长袖，并且心甘情愿地被调到了后排。

到了后排，她才发现这个位置就跟走队队形一样差——她的后面坐着哲宏mo。可是她认为就不要再换座位了，最好装作什么也不知道。因为如果显示出嫌弃，哲宏mo可能会暗自窃喜然后打扰她。

小恩mo看着远处，她听见哲宏mo和坐在他旁边的遇达mo说这说那，说得很小声又很兴奋。遇达mo可是个老实人，他看上去不太想理哲宏mo，但只能礼貌地听他说。

“哎，你想不想泡妞？”小恩mo听见哲宏mo这样对遇达mo说。

——这人怎么这样？才三年级就这样说吗？

遇达mo非常尴尬地嘀咕：“哦，啊……不了吧……”

小恩mo现在觉得恶心极了，她把椅子往前拉了拉。后面有人踢椅子，她也不敢动。她可不想搭理他！

突然，小恩mo感到，似乎是自己的后腰的位置被人碰了一下。她现在心里很冒火，但是整个人又默默无闻、不发一语的，看上去很沉着冷静。

她认为可能是有人刻意为之，但是又不好说什么。

她就这样忍耐着，又过了几分钟。她发现哲宏mo竟和自己坐在同一个椅子上！

小恩mo看了看四周，然后慢吞吞地从椅子上挪了下来，蹲在了地上。

有同学看见了事情的经过，但根本就没人去管。他们大概都知道小恩mo和哲宏mo有点“仇”。

“你怎么不坐？”哲宏mo问。

——明知故问！

“因为你坐了啊……”小恩mo小声又不开心地说。

——什么人！

几个老师在后排看着小恩mo呵呵地笑。

——怎么还笑啊？

小恩mo试着重新坐回椅子，但是根本不行，因为那个地方的椅子已经乱套了。

她叹着气，无力地问老师：“老师，我可不可以……”还没说完，老师就说：“哦，你坐到善久mo旁边去吧。”

——太好了！

小恩mo坐在了美术楼外的台阶上，竟一点也不热。

她渐渐地就忘了刚才的事情。然后直到第二年的春天又再次想起来。虽然此事暂时被淡忘，但它潜移默化中使小恩mo更加厌恶哲宏mo，他们二人也越来越“水火不容”。

06 秋天

果园里的果子

果园里，果子成熟了。你看，有这么多五光十色的果子。

红红的苹果有很甜的气味，黄黄的梨有很清新的气味，橘子闻起来，也不是那样的酸，它甜甜的。

果园里还有其他的果子，它们真是丰富多彩。

上面是小恩mo的作文。

三年级的秋天，同学们都写了很多有关秋天的作文。老师鼓励他们调动全身的感官来感受秋天。大家总是会用上“天高云淡”“瓜果飘香”“秋高气爽”这些词，他们知道这些词，大概是因为二年级时语文课本第一单元的积累。

在这个秋天，小恩mo爱上了阅读。她读了《寄小读者》和《冰心佳作选》，还写了读书笔记。

她常常沉浸在书里描绘的世界：高丽界、波士顿、海洋和湖泊。

数学老师说小恩mo很爱看书，老师这么说的时候，小恩mo自己并不这么认为。以前固有的印象里喜欢看书的人总是一种戴近视眼镜、穿高领毛衣的形象，是很奇怪的刻板印象。不过她真的已经很喜欢看书了。

有一次，槿老师让写一篇作文叫《秋天的图画》，小恩mo写的那篇让老师十分喜爱，小恩mo自己也很满意。虽然其实就是汇聚了很多课本和范文里的语言，但对于小学生来说找到那种不畏惧、很流畅的感觉是宝贵的。小恩mo一开始在学校写作文的时候，就是她“写作”的开始，而不是“写应试作文”的开始。

秋天的图画

秋天来到了。天，显得非常高。大雁往南飞，它还叫着，好像是在和白云告别的声音，它说：“明年我还会回来的。”

花园里，菊花盛开了。黄色的、紫色的、白色的……它们五颜六色，美丽极了。

果园里，果实累累。苹果笑红了脸，香蕉穿上了金色的衣服，桃子你挤我碰，争着要人们去摘呢！香甜的气味也在果园里：菠萝甜甜的，梨香香的，还有苹果、桃子，许多香甜的气味都弥漫在空气里。

田野像金色的海洋。高粱举起燃烧的火把，大麦在摇啊摇，摇来了秋天的丰收。

山林里的树有着金黄的叶子，它们像金色的小皇冠，非常美丽。树叶掉下来的声音“啪啪”的，好像在和大树告别，说：“明年我还会来的。”

动物们也准备过冬了。小鸟衔来树枝造房子，青蛙在挖洞，准备冬眠了。

我爱秋天，我爱秋天的一切。

槿老师的评语是：“真会写作文，总是能把自己看到的和想到的以及感受到的写出来。”

下面再贴一篇文章，也是小恩mo在三年级时写的，叫作《向日葵》。

向日葵

我最喜欢的花是向日葵。

它很乐观，又很阳光，每天都面向太阳。温暖的太阳，把它照得发亮。

它很善于分享，尤其在秋天，它把身上瓜子，都分给人们。第二年，它又结满瓜子，再次分给人们。

它带给人们快乐。把它装进卡车里，人们买下它，放在家里。人们就像它一样，快乐地笑。

其实，我没有太多见过向日葵。但我在电视和书上见过，我可能在旅游大巴上见过吧。我也听见有人说，向日葵很好……它很乐观……我也有可能梦见过向日葵，好像见过一大片向日葵……不知道怎样，我仿佛见过向日葵，而且是一大片：它们金黄，脸上洒满阳光，端正站着，面向太阳……（不是每时每刻都面向。）

听说，它们还会跟着太阳的方向转动，一个本来就有生命的植物，好像更有活力了。

妈妈也喜欢向日葵，她喜欢向日葵的精神，就对我说：“你自信一些吧，像向日葵一样乐观吧。”

我喜欢向日葵的样子，又喜欢向日葵的性格。尤其性格，那种乐观的性格。

槿老师的评语：“愿你像美丽乐观的向日葵那样快乐地成长。”

十月中旬是妈妈的生日，那天，小恩mo没有坐校车，而是在放学时被妈妈接走去吃自助餐，给妈妈过生日了。

小恩mo很开心能被家长接去过生日。那时她不是不喜欢上学，只是更喜欢和家人在一起。有时她会觉得学校的生活有些无聊，她在上学的校车上，想着：“我再长大一点也许就更好了呢。”或者，她就随便想一些很荒谬的生活目标，让自己有使命感一点，觉得生活更有意义。

她有时真的觉得生活有点没意思。也不是一直这样的，总归那是充满了热忱的童年。但有时小孩更能感受到一些无须加上许多包袱或现实压迫就已然存在的哀伤，它们是一些会随着岁月堆积的透明色呢喃。她有时上课分神，听不进去。她内心深处似乎总有一些怀念和一些期许，这种东西说不清道不明。她只是个九岁的孩子，但是在她心里，总是有那些模糊微妙的想法的。

小恩mo好像长大了，她不像去年，只会想着当下；现在，她未来过去都会去想。

妈妈也知道小恩mo上课有点走神。她还专门和老师谈了，她说，她刚告诉小恩mo父母离婚的事情，小恩mo可能需要缓解的时间。

小恩mo的确会想这件事。而且，她想得很戏剧化。晚上躺在被子里，有时就会突然流泪。她想，不知道再见到爸爸时他会是怎样，会不会又和别的女人结婚了，有了别的孩子，而自己变得一点也不重要……

小恩mo想事情，总是把时间拆成好几段来看。比如昨天发生的事，今天看是清晰的，但总有一天会变得模糊不清。这样想事情很容易让人伤心。比如爸爸，他已经模糊了，多年后不知会怎样。小恩mo甚至想，他总是坐飞机在国外跑来跑去，说不定以后就再也见不到他了呢？这个世界上有很多飞机失事的新闻。

她想事情，事情所处的时间里肯定会有一些人，那些人也会成为“岁月尽头的人”吧。

因为父母离婚，小恩mo对妈妈的感情似乎更深了。

八月的时候，妈妈生了点病，回家时脸色不好，心情也不好，小恩mo就在小屋大哭，平姨赶紧安慰她：“没事没事……”可是，她觉得自己只有母爱，而这份爱似乎很脆弱。妈妈有时回家晚，家里只有她自己和平姨。下了校车她总是先问：“我妈几点回来？”没有妈妈的家是空荡、没有灵魂的。这个年纪的幼稚的小恩mo在家时经常脾气急又态度不好，但又很关心妈妈的身体健康，一点小毛病她就坚持为此祈祷了半年多。后来到了青春期，开始感到自己对母爱和家的记挂有时差点成为一种捆绑；但同时，又觉得这份与生俱来的爱是人世间唯一可以指望得上的稳定不变了。

九岁的小恩mo就对童年有很深的情结，这听起来是件有点荒谬的事。她经常因为毛绒玩具在晚上哭，甚至想得出来以后它们变得破旧的样子。她还很关注毛绒玩具是否能上天堂的问题。她认为越是现代人越没有人情味，如果自己以后成了祖母，她的子孙们大概不会想象出，祖母和太迪mo的亲密，他们会将它无情扔掉吧？有一天晚上，小恩mo突然哭着从床上跳起来，大叫："我要打死子孙！"（因为她梦见子孙可能扔掉太迪mo。）

妈妈听到这句话的时候，觉得自己的孩子真是太傻了。

三年级的一天晚上，小恩mo坐在沙发上，她在手机里听到了一首歌——童谣《红蜻蜓》：

晚霞中的红蜻蜓哟，
请你告诉我，
童年时代遇到你，
那是哪一天？
拿起小篮来到山上，
桑树绿如荫，
采到桑果放进小篮，
难道是梦影？

小恩mo听着这首歌，泪流不止。

她想了很多事情呀，童年的邂逅最终都会成为一个梦吧。人生不可能停留在哪段时光的。现在她正乘着这无情的列车，她也不知道自己要去哪里。

小恩mo最喜欢的季节就是秋天了。但她喜欢秋天并非因为秋天凋零与哀伤的那部分。秋天其实是阳光灿烂的战士，非常非常美丽。这个季节的风霜与缤纷在互相成就。

总归说起来，人家也许觉得，一个小女孩想这么多太可笑了，可是小恩mo就是这么一个敏感的小孩。

她总是想让自己变得更好一点，不要显得那么傻。

换个话题说说。

小恩mo来到这个学校以后，已经扎起了马尾辫。可是最近，她很想像别人那样，穿着再简洁一点。

小恩mo不再戴黄色发箍，她把头发梳得光溜溜，扎在脑后；羽绒服换成了大方的灰色；她告诉妈妈，她需要一双黑色运动鞋，却得到了也不错的白色；毛衣常穿最喜欢的蓝色。

小恩mo喜欢让自己显得不那么花哨、幼稚。

有一天，阿韵mo坐42号校车去若言mo家玩。她坐在小恩mo的斜后方，和那群聚堆的人在一起。她问他们——看着小恩mo："那是谁呀？"

"小恩mo啊。"旁边的那些人说。

"是吗？那是小恩mo啊，感觉不像啊。"

其实，小恩mo觉得自己变化不大啊，和去年冬天一样，穿着毛衣和长羽绒服，扎着短的马尾辫。

不过，和刚来的时候比，确实变化很大呢。

听听，
秋的声音，
秋雨静静地下着，

“嘀嗒嘀嗒”，

好像在说：

“冬天要来了。”

（摘自小恩mo三年级作文本里的仿写）

07 任性而且暴躁的小恩mo

“别玩iPad了。”小恩mo说。

小淥mo不动。她现在坐在沙发上，抱着小恩mo家那台很老的旧版iPad。

“请你来干什么？你玩iPad，回家也行啊。”小恩mo有点生气。

表妹小淥mo经常来小恩mo家，她有时会突然出现在西门，穿着羽绒服和纱裙，手持两个蝴蝶翅膀玩具，跑向小恩mo的校车。不过小恩mo却很怕校车上的人看见自己竟然会玩这种玩具，况且她也并不想玩啊。

但是小淥mo一到了小恩mo家里，就要玩电子产品。

她还悲叹着：“那怎么办？无聊啊！”

“你先到那屋去！哎，我觉得你小时候可会玩了呢。”小恩mo说的“小时候可会玩”，或许是指一两岁时的表妹在她支配下玩什么猪从窗帘里撞出去的游戏，还有用被子搭做家之类。

她打开电视机，在“点播”界面里调了一个电影，大叫着：“小姨！小淏mo！快出来！电影调好啦！这下有的干了吧！”

小淏mo来了，可小姨却在屋里做别的事——其实是在刷手机。小恩mo认为表妹胆子奇小，并且格外依赖母亲。表妹一直大叫着：“妈妈，妈妈！过来！过来！……”可是小姨一直不过来，嘴里还念叨着：“好啦好啦，过来了，马上啊……马上……你们两个先看啊。”

“妈妈，妈妈！”

小恩mo火气上来了，她大声说道：“花了5元钱呢！还不看！不知好歹！你们给我付了呀！”

“行行行，别叫了，”她的小姨敷衍地说“你们先看。”

小恩mo无法忍受她们两个的态度，觉得她们也太磨叽了，很烦人。“每次小淏mo来都看iPad，不和我玩，请你们干什么！你们真讨厌！”她似乎认为别人来家里都是为了陪她玩的。

“真别说了。”

小恩mo一絮叨起来，就可能没完没了。因此小姨和小淏mo经常被赶走（有时妈妈也和小姨生气，于是她们也会被赶走）。每到这个时候，她们就表情麻木又无奈地穿上鞋子，嘟囔着：“行行，走了……”然后赶紧离开。小淏mo看上去经常是若无其事的。不过在她小时候，她也曾坐在地上和小恩mo互相对着嘶吼，整个家里都充斥着哭天抢地。

还有一次，小薇mo来小恩mo家。她在自己家不太能看电视，因此一来这里就开始猛看电视。小恩mo心想：“哎呀，她怎么和小淏mo一个样子呢？都不和我玩。”

小薇mo经常对小恩mo说：“我们来玩下午茶游戏吧。”于是她把“零食柜”里的食品拿出来，又冲泡了些自制饮品（好吧好吧，通常是“零食柜”最上层一些包装袋里的饮料），和小恩mo坐在沙发上看电视。不过小恩mo是不会被骗的，她清楚小薇mo这样做实际上就是为了看电视。

这一次，小薇mo直接看电视，小恩mo边溜达边看几眼电视。

小恩mo看了一会儿，就忍无可忍，她一言不发地走进卫生间，锁上门，用淋浴把卫生间冲得湿巴巴。

过了一会儿，她出来了。突然，她拿起遥控器，“刷”的一下就把电视关了。

“不看了？那干什么？”小薇mo问。

“我想一下……”小恩mo突然感到有些羞愧，因为她的朋友似乎压根没察觉到她的情绪，也没有生气。

后来，平姨和妈妈看到浴室里的样子，都叫小恩mo千万不能那么任性了。可是，小恩mo每次都是当时“明白”，生气时又不行了。

当妈妈回家晚时，小恩mo总是会大闹。她说：“不是我的问题，她说六点半，结果十点还没回来！她骗人！”

等妈妈回来，看到小恩mo这样，就会对她大发雷霆。所以小恩mo又知道错了。

孩子在长大以前大脑没发育好，当然就会有一些“情商低”的行为。有些事情是他们怎么想也想不明白的。等他们长大一点，也许那些事情他们自己就会明白了吧，和人相处也就能更加和睦了。

小恩mo还需要更多的情商和理智。

08 “恶性循环”和“冷酷无情”

三年级二班坐落在二层朝北最东侧的那间阴暗的教室。阴暗是因为朝北，而且北面还紧挨着“连体婴儿”教学楼。在小恩mo的认知里明明只有一栋黄灿灿的教学楼，现在看出去却是“劈成两半”的，很是奇怪。到小学高年级她才发现这其实并不奇怪，一层通向食堂、二层通向报告厅、三层通向形体教室的短短走廊就是教学楼其实是两半的证据。

这个班里有很多贪吃的男生，他们上课时总是不务正业，但是每到午餐时间，就会以很快的速度冲向食堂。

“流动红旗永远与三（2）班无缘了！”不知道是谁在讲这话，可能是老师们用以形容这个班纪律差，以此让学生们“警惕”。

以前的这个班，还是一、二年级的时候，每周都得流动红旗。不过现在，这个班被吃货们搅和得“一团乱”，每个科任课的老师都厌烦极了这个班。

上课的时候，槿老师不止一次被气哭到走廊。讲台下面的学生也精神涣散。

有一个周三的音乐课，新来的意民mo发了“怪声”。那时，那些人都觉得这样做很好玩。而武强mo似乎一见到老师生气，就觉得自己很牛、很酷，也开始上课说话了。小恩mo觉得，他们似乎都觉得自己是很酷的大学生似的，自恋极了！老师批评了他们，可是那个武强mo竟然哭了，说老师冤枉他，还说了一堆莫名其妙的理由。

这件事让有些同学对武强mo很反感，还有些人嘲笑他留级（不知道是真是假）。

现在哲宏mo不坐在小恩mo后面，而是坐在小芸mo后面。小恩mo隔着三个过道望过去，看见哲宏mo正在踩小芸mo挂在椅子上的紫色外套。

——还不是那种情况吗？小芸mo以后就会有经验了，只要不理他，就没事啦！

小恩mo认为自己在对付哲宏mo的事情上，已经有了些许的经验，而且或许她已经成功地“摆脱”了这种困扰呢！

不过吧，武强mo现在坐在小恩mo后面，他也有和哲宏mo一样的毛病。可不同的是，哲宏mo是在表现自己就是成心的，而武强mo是在装天真，心里却是成心的。他经常把脚伸到前面，而且他的脚比哲宏mo的脚还大很多！小恩mo却没有把“不理”的招数用在武强mo身上。她对讨厌至极、忍无可忍的人才会用。她对武强mo更多的是“瞧不起”，她觉得他很自以为是。小恩mo总是慢慢地转过头，瞪着他的脚，用手指点两下。这是一种冷淡且充满了鄙夷的方式。而他却装天真地目视前方，假装听课的样子！

一天中午，有人从男厕所回来，说："杰诚mo吐了……"

同学们哄堂大笑。

槿老师认为有些恶心，可是也笑了。

又一次发生这种事，大家都觉得恶心了。这次是好几个人因为吃多而吐了。

那些人就要回班了，小恩mo想到自己的座位就在他们旁边，他们肯定身上很臭，于是就站到了教室后面。

"小恩mo，在后面干什么？"槿老师问。

"那些人快回来了，我怕恶心。"

槿老师无奈地笑了笑。

他们回来后，槿老师批评了他们。

小恩mo观察到了一个现象：老师批评的时候，其他人都在接受批评，只有哲宏mo在笑，像个没事人似的！她专门在作文里写道：

我觉得吃饭还是吃少点好。我还弄不明白老师批评他的时候他为何笑？

那个时候，小恩mo思想很片面，她特别讨厌男生，也很瞧不起他们。

真的，哲宏mo喜欢自己有个性，他一点也不喜欢槿老师。他还经常故意从椅子上摔下去，以吸引别人的眼光。

似乎任何淘气男生都在往可怜的三（2）班跑，三（2）班的风气都坏掉了，心思根本不在学习上。每天，“可怜”的槿老师都得去“治”男生，尤其是哲宏mo。而哲宏mo在男生中的人气还特别好，所以槿老师都快“精神分裂”了。

流动红旗当然与三年级二班彻底无缘了。这个班的男生和老师已经开始“恶性循环”：学生气老师，老师太冲动。

以上所有叙述都是代入小学生视角。有时我会觉得三年级二班的“纪律差”以及同学和老师的“精神分裂”都好像在演戏一样，因为没有其他事可做才把班级孩子气的混乱形容得如此绘声绘色和值得重视。其实三年级二班的班主任槿老师也是个未长大的人，她并无坏心但与孩子们相处过于认真，那些孩子一时的淘气在她眼里就好像已经成形的不讨喜人设似的……这样说是有点抽象，但总归她的教育方式虽存在问题，她也只是个感性而不成熟的年轻女人。

有时间沉浸在小学生的“纪律问题”并为此花费很多脑细胞，也不失为一种幸福。那时的这些问题在生活中占了很多比重，小小的世界像嫩绿色的QZ街一样，洋溢着低幼气质的悠闲。

继续说说其他情节吧。

与三年级二班不同的是，三年级一班可是一个模范的“好班”。

这学期，小恩mo报名了手工DIY的课外班。她自认为很喜欢做手工。这个课是每周四在三年级一班、由这个班的班主任文老师上的。课程的内容是“钻石画”。“钻石画”是一种当时很流行的方便实用的手工作品，在北方明珠的百货商店里就有卖。通常有一个长方形的纸盒子，上面印着成品的样子。打开盒子，里面是画布和几小袋子的“钻石”。画布上已经有图案了，是由一个个小点组成的。小点上还写着不同的数字，需要对应数字去找应该贴哪个袋子里的“钻石”。这种套装里通常还会配上用来粘贴的小棒子和胶水。

文老师是一位年纪较大的女老师，她的发型是卷卷的短发。她是个严厉的老师，三年级一班的学生总是挺怕她，就连外班人也说她很“凶”。不过，她带的班纪律真的很好。

这学期第一节手工DIY课，是小恩mo第一次去别的班上课外班。二年级时，她知道很多人都去其他班上课，自己却没体验过，所以她觉得那种感受很稀奇。

上课之前，大家会看见有个大纸箱摆在教室后面，然后文老师打开纸箱，一个一个取出纸箱里的“DIY盒子”，让大家挑选。有一次她说：“这是一个小狗的啊，谁想要？”小恩mo觉得还可以，不过没人去要。老师念到其他的，小恩mo也不敢主动举手，好像把个人喜好暴露在外是件难为情的事。

后来，她才去要了那个小狗的。

现在学期已过半，个人的作品基本上都做完了。顺便一说，小恩mo的那个“小狗”钻石画，快做完的时候有一个色号找不到了，于是换了一个更深颜色的色号。

个人作品做完了，但是课还没结束。文老师于是说：“几个同学把桌子拼在一起，共同做一幅画。”

小恩mo和几个同学分到了一组。这一组里有两个三年级一班的同学。他们这组的气氛很沉闷，谁都不说话，让人很压抑，而且似乎是“谁也不敢说”。

小恩mo沉默地粘着珠子。她突然发现，好像这里的气味有些怪异，让她很难受。她找不出这种气味的来源。

这个小组的气氛和气味都越来越怪，终于有人发话了："怎么感觉这么臭呢？"

"什么？"有人问。

"是什么东西还是什么人的。"

"是后面的植物吧，"一个三（1）班的同学说，"一直这样。"

——也许吧……可植物哪有这种味道？

这个组的人又沉默了一阵子，但是又有人发现了不对劲："不对吧！不可能！……你们班就是植物坏了也不可能有这种味儿。哎，是你吧？"这个人看着其中一个三（1）班的同学说。

这位三年级一班的同学嘟着嘴，不开心地扫视了一下大家，开始动不动地叹气。大家都打了寒战，似乎谁也不敢呼吸了。这个同学每叹气一下，气味就会变得奇怪。

"你到底怎么了？"有人问。

这个同学更不开心了，眉头紧锁，不停地叹气。其他人只好忍耐。

——他有什么不开心的啊？为什么叹气？

因为这种奇怪的场面，小恩mo在手工课上总是很不开心，觉得很尴尬、很郁闷也很压抑。几个不熟悉也不要好的人围坐着。

就因为手工课的压抑气氛，还有之前耳闻的三年级一班的优秀成绩以及很好的纪律，小恩mo认为三年级一班是一个"优秀"而"冷酷"的班。她很容易觉得别人"优秀"，也很容易觉得别人“冷酷”。她觉得三年级一班一点亲和力也没有，大家都只是自顾自，只知道学习。他们彼此间好像交集不多呢。

小恩mo那时的想法就是这样的。不过那个说“植物坏了”的同学，也许已经看出了事实，但是在尽力维护自己班的同学呢？

不过小恩mo只是单纯地觉得气氛很差罢了。她觉得幸好自己的班只是老师同学的关系“恶性循环”，而不是很“冷酷无情”。

她和同学们在QZ街时的单纯也在于，就算全盘接受老师的价值观如“要纪律好”“要态度端正”，也不会有什么危害，顶多暂时在黄金时代做个乖小孩罢了，而且天真的自信心还在膨胀着。有些男孩子在QZ街的时候就出于各种原因小叛逆，不被人看好，连天真的自信也不好建立。不过也还好，毕竟具体的QZ街是个有局限性但还很正常的地方。

09 水果拼盘

靓拍，小视频软件。

小恩mo从二〇一五年开始接触靓拍。

小薇mo在看电视，她坐在小恩mo家的大沙发上。她前面的粉色活动桌上堆满了零食，那都来自小恩mo的零食柜。小恩mo也在一起看电视，但事实上她对电视里的内容没有任何兴趣。小薇mo是用“零食电视茶会”来糊弄小恩mo，以便可以边看电视边吃零食。小恩mo真不明白电视有什么迷人的。不过，小薇mo也是有原因的，她家的电视被她爸爸没收了，就为了一些很“正经”的理由。

“咱们拍个靓拍吧。”小恩mo说，她感到自己的一天都要被电视消磨了。她认为靓拍可比电视什么的有创意多了。

“一会儿。”小薇mo说。

小恩mo只好又撕开一包零食，呆呆地盯着电视屏幕。小薇

mo舒适地坐着，她整个人似乎已经在和电视里的人交朋友了。

“你觉得印度乱还是泰国乱？”

“那里也不一定乱，”小薇mo回过神来，“你不要想当然地认为。我有一个朋友就生活在泰国，那儿其实也挺好的，海都可漂亮了。”

“哦。”小恩mo认为小薇mo真的有点自以为是。就好像自己比她小五个月就比她少知道五千件东西似的。“拍靓拍呗？”

“哦，好。等一下，我马上过来了。”

小薇mo过来了，但零食都还堆在那里。“哦好——那么，拍什么？”小薇mo问。小恩mo感觉她有点不耐烦。

“哦，拍个食物靓拍呗。”小恩mo说。刚才小薇mo的语气有点让她扫兴。

“好吧，怎么弄？”

“我看其他人拍的有一些……哎呀，反正，你先坐在沙发上，把那个小桌子推到前面去。”

小薇mo照做了。

视频开头，她是这么说的：“Hello，大家好，我叫小薇mo。今天我们来做雪梨汤。”她自己也是调整了心态的。现在，她也是快十岁的人了，小恩mo也九岁半了，总不能总是由着自己任性。

“首先，先把梨切开。也许有人会问，小孩子切东西，危不危险呢？没关系的。我爸爸就让我做个饭呀什么的。这些都是对小孩子有好处的。”虽然她这么说，但她其实有点讨厌她爸爸的做法。

“好了，你们看，这些是不是都切好了？现在我们要把它倒进碗里。我个人用的是温水，如果您想要让它更入味一点呢，我建议您用更热一点的水，那样就可以把它的味道泡出来。

“好，现在我们的雪梨汤就完成了！您还可以配一些小点心一起吃。这期节目就到这里了，下期再见了，拜拜！”

她也是够厉害的，明明一开始不是很情愿玩这种幼稚游戏，但后来还是玩了，而且临场发挥，表情也很有喜感。小恩mo十分满意地为她选了一个欢乐的音乐，塑造出一种电台中年人生活养生节目的吉利氛围。但这喜庆的音乐也破碎了小薇mo希望使用纯音乐达成高端品位的心愿。

其实，无论是喜庆还是高端，也都不过是她们的一种扮演。谁会真正去看九岁小孩制作的美食节目？而且她们还只是拿着软杯垫当作案板。

但即使是这样的美食节目，毫无疑问小薇mo的手法还是比小恩mo更胜一筹。小恩mo只是在过家家罢了。她把水果切成乱七八糟的小块儿，还在上面摆放了几个蓝莓巧克力。

小恩mo有时会和小薇mo在某些小事上起争执。她总觉得，小薇mo认为自己懂得多而认为小恩mo傻。这种想法的确是傻兮兮的。但那时她还是觉得小薇mo应该算是自己最好的朋友。这个概念模模糊糊的，没有成型。她也许只是常常听别人说“某某某和我最好了”，所以也开始思考这个问题。

10 冬天

小恩mo三年级的时候，冬天总是灰蒙蒙的。每天顶着灰蒙蒙的天走到西门乘校车，口罩是常用品。

小恩mo那时候有些体弱，大家都不能在学校里吃零食，只有她获得了这个特权。

“她是贫血的！只有她才可以在这里吃巧克力！”槿老师对大家说。

说实话，小恩mo听这话的时候也是觉得莫名其妙。她不太懂什么是贫血，只是她在上信息课看电脑时容易头晕，具体的原因也不得而知。所以妈妈让她带块巧克力在信息课之前食用，老师可能就理解为贫血吧。

她每节信息课前都告诉老师，自己先不看电脑了。老师也习以为常，每次都爽快答应：“嗯，好！”其实，小恩mo就算看电脑也没什么用，因为自从二年级转学过来，上信息课时她就总是在浑水摸鱼，从来就没学会什么东西。当然，这个道理同样也可以迁移到科学课、外教课和国学课。

那一阵子小恩mo也经常感冒，常请假在家。有一次，老师提到了她什么，同学们就说："哦！她总是请假！"

十一月初的一天，二楼东侧楼梯的三年级二班，现在难得安静。大家都在做卷子，周围是暖气片带来的温暖。班里只有槿老师讲题的声音。

槿老师的声音里忽然混入了其他什么东西。她突然停了一下，目光锐利起来，说："快走！"然后就快速打开门，让同学们出去。

门外是报警器的声音，大家都明白了。友禾mo收拾着东西，嘀咕着："不，不……"槿老师提醒说："别收拾了！"

其他人什么也没带，一下子冲出了教室。小恩mo看见一个男老师拿着一个棒子大声叫着，楼道一片混乱，充斥着叫喊声。

"站队！站队！"槿老师大叫。

同学们根本不理她，直接往楼下跑。大家都捂着鼻子，楼道里一股浓烟味。

一楼的女卫生间里，几个女生大叫着跑了出去，那里也涌出来很多烟。三（2）班的小芮mo平时跑得很慢，现在却一溜烟地跑下楼了。

操场上，各个班都在地上坐着。这一天很冷，大家却都没来得及穿外套。小恩mo只穿了一件毛衣。

"谁要外套？我去拿。"槿老师说。

小恩mo看见她走进了黑乎乎的教学楼，有些担心。这几分钟里，小恩mo想，"我不在乎书包和书，只是小蓝mo……算了，我已经活下来了。如果它被烧了，我就再买一只吧。”

槿老师从黑乎乎的教学楼出来了。小恩mo觉得她能出来真是万幸！

小恩mo穿上羽绒服，但她又觉得热。她瞧了瞧四周，所有人都在谈笑风生，难道他们一点都不担心学校吗？没有感情吗？小恩mo无法理解。她已经脑补了一出大戏，那就是这个学校烧毁了，校长带着全体教职员工和学生在路上一边流浪、一边念书。

她正想着的时候，校长走到了操场前方，拿起麦克风，说：“大家都表现得很好！今天是十一月九日，‘119’，我们防火演习！”

小恩mo完全忘记了今天是全国消防日。她终于松了一口气。

校长紧接着说了许多关于火灾的知识，然后同学们就回到了教学楼里面。楼道里面又恢复如常了。

小恩mo有些舍不得那出“一起流浪学习，然后大家变得非常有感情”的大戏，但她还是想，“我们还是应该感恩，因为，如果是真的火灾，就可能有生命危险了！”

学校也真够拼，还放了烟。

在十一月九日那天拼命跑出去的小芮mo，一看就是个在紧要关头特别明白的小孩。不过她也像小恩mo那样“体弱”，只是她不患有疝气。

二〇一六年冬天的时候，小恩mo是长期不做早操而留在教学楼里；小芮mo是突发了许多的伤风和感冒，也经常留在班里和小恩mo一起打扫班级。

小恩mo在打扫卫生方面充满了干劲。此人在A学校时就负责浇花；在二年级时，她也负责照看班里的植物。同学们上体育课去了，她就在班里把桌椅都挪开，开始扫地，扫地之后就拖地，还要擦黑板、整理后柜子。有时她闲得慌，就把后柜子上的污垢也擦一擦。不过，她用了太多消毒剂，导致班里充斥着一股味道。同学们回班后，表情奇异地说："怎么有股臭味呢？"然后又有人答："是因为加餐的时候，吃了香蕉吧。"小恩mo听人这么说，也感到有些尴尬了，但她还是会坚持做卫生。

最爽的是体育课和上操撞到一起去，那就能一个人留在班里打扫差不多一个小时的卫生。一个人留在班里的时候，有种"万事万物都在我掌握之中""我对班级最熟悉"和"我看得最明白"之类的感受，所以觉得很爽。

那天，小芮mo因感冒也在班里留着，就碰到了上操和体育课的连堂。槿老师嘱咐她们好好做卫生。小恩mo先是向小芮mo讲述了一番先前自己做卫生的流程。讲的时候，她俩正好站在教室最后一排哲宏mo的桌子旁边，小恩mo一看见这桌子，就突然跑题说："我真想撕了他笔袋里的纸！"

哲宏mo的笔袋里有一些废纸片。小芮mo说："想撕就撕啊！"于是她俩就动手撕了，还把他削笔刀内的铅笔屑倒了一点到笔袋里。

她们干完这事，表情奇怪且蹑手蹑脚地站在旁边。

这时槿老师推开门进来取东西，看见她们这副样子，就哭笑不得地说："你们站在那里干什么？"接着又出去回办公室了。

然后两个人就开始充分发挥她们打扫卫生的才干了。

她们把椅子都拖到一边，在教室中间留出一块空地。然后拿出扫地的东西，把灰尘扫去。她们最喜欢的还是拖地。槿老师先前告知她们，班级后柜子有很多可以用的消毒剂，只是叫她们参考。但她们为了内心的畅快，恨不得把所有消毒剂都用上。她们把拖布拿到洗手间沾湿，接着倒了消毒剂在地板上或者在拖布上，然后像是“英雄”那样拖着拖布到处走。她们看见地板上出现了闪闪发光的水痕，觉得很高兴。小芮mo突然有了很好的点子，她说：“看我的！”然后她站在空地中间，把自己当作圆心，拿着拖布开始在地上抡起来，画着大圈子，就像在“施大法”。小恩mo看了，连连叫好，也开始试着这么做。

槿老师从办公室回到班里，看到她们俩正在“施大法”。老师吃了一惊，但没斥责她们，只是自己坐在前面判起了作业。那两个人也就继续放肆地打扫着卫生。她们看到闪光的水痕，就会觉得已经打扫干净了。她们倒了很多消毒剂，沾水也多，所以地看起来当然很湿也很亮。她们满意极了。

小芮mo能想出那样的“拖地大法”，说明她还是很有创意的。这从她画的漫画就能看出来。她画过一些关于小动物吃饭和偷盗的漫画，主角大多是熊猫和兔子。班里的同学们也很喜欢她的漫画。

最近学校要举办“蓝蜜蜂”活动了。这是一个公益活动。同学们会带来很多自己的物品，搭建自己的小卖部，卖掉那些物品。活动结束的时候，大家会将所得的钱物捐赠给“蓝蜜蜂行动”组委会，委托爱心使者把自己的一份心意带给贫困山区的小朋友们。

为什么叫“蓝蜜蜂”？因为蜜蜂很勤劳，蓝天很宽广。老师希望同学们能像蜜蜂一样勤劳，像蓝天一样心胸宽广。

大家要为自己的小卖部绘制海报。小芮mo搞来一个大纸板，在上面贴了彩纸，画了一个“熊猫小卖部”。她性格比较温柔，也有耐心，画的东西也很迷你很可爱。但是小恩mo很急躁，虽也被说“画画好”，但是有时她会突然丧失耐心，很狂躁地画着。“蓝蜜蜂”的这次就是。她先前一直没有准备店铺的海报，一直等到活动的前一天晚上才开始画。画得非常简陋，就是一张不太规则的正方形的纸上写着物品的价格与名称，旁边有一些花边。画完后，她觉得不好看，打算再画一张。但是由于画的时候不动脑，所以第二张还是不好看。她紧追着家人，询问她的海报是否丑陋。家人不好说“丑”，但她自己觉得就是挺丑的，又不想重新画，于是很不放心地睡觉去了。

第二天，她把两张都不怎么好看的海报都带到了学校。“蓝蜜蜂”活动将会在下午开始。那天是个阴天。小恩mo不想上上午的课，她想直接跳到下午去，开始卖东西的活动。阴天让她的心情有些低落，她觉得应该立刻开始“蓝蜜蜂”活动了。

下午，活动开始了。三（2）班的同学把桌子摆成U字形。小恩mo和小芮mo、小芋mo她们坐在一起。小恩mo搬出个纸盒子，虽然不太想展示她的两张海报，但没办法，还是把它们贴在了纸盒子上，很简陋地搁置在桌上。小芮mo的“熊猫小卖部”海报是她和小芋mo一起用的。小恩mo觉得那个“熊猫小卖部”的海报很不错。

一开始，没有人买小恩mo的东西，不过她知道，这才刚开始，所以不着急。

有一位叔叔看了她卖的小镜子，问："这个多少钱？"她指了指广告牌，表示让他看广告牌上的价格。价格本来是2元，但是那位叔叔给了她10元。她好不容易找了8元给他。

食堂的桉老师走进三年级二班。桉老师曾经在托管班照看过小恩mo他们，而且她还夸奖正在抄写《小公主苏菲亚》的小恩mo好学来着，人非常和蔼。所以小恩mo有点希望她会来看看自己的物品。果然，桉老师走了过来——毕竟小恩mo的位置就是紧挨着后门。不过她好像已经不记得小恩mo了。这一年多里，小恩mo的穿着和发型都变化很大。桉老师看了看那本《教养儿女的秘诀》，眼看就要买了，突然又说："我再去看看别的。"

小恩mo有点失望地趴在桌子上。

过了一会儿，大家下楼去室外参加"蓝蜜蜂"活动的开幕式。对于这个开幕式，小恩mo在日记上是这么说的——领导们讲了很多有用的话。其实，她压根没听校长说什么，只是自己望着天空，寻思买点什么好。她想去把小芮mo卖的小猫玩具买下来——那是一个小小的、看起来有点可怜的、耷拉着脑袋的橘黄色猫咪。她还想给妈妈和平姨一人买一支笔。

回到教室后，她直接买下了那只小猫咪。小芮mo说："5元。"

——这么便宜？

小恩mo有点惊讶。

在自己班里待腻了，她觉得去楼道和其他班转转也行。她从后门出去，看见武强mo什么的都站在楼道里。楼道里人很多，很热闹，还有人在弹着吉他，十分有氛围。这个学校想要突出学校里的外国学生比较多，所以把外国学生都请到楼道里去摆摊。

学校里的外国学生大多以家庭为单位出现，基本上都有哥哥姐姐弟弟妹妹之类的。比如说，四年级就有一个姓袭的男生，是外国人，他有个哥哥在五年级，还有个妹妹在一年级。这个姓袭的男生和他哥哥，名字相似至极，叫人分不清，长得也几乎一模一样——小恩mo这么觉得。这家人在楼道里开了一个“袭家小卖部”。

三年级一班的文汲mo是澳大利亚人，她的姐姐比她高两级，叫文沛mo。

三年级二班的珊琳mo在学校里也有几个委内瑞拉的小表妹，她也被请到楼道里去了。对此，她并不那么高兴，因为她更愿意和班里的朋友待在一起。

楼道里还有“诚诚小店”和“Grocery Store”什么的。

小恩mo走到三（1）班门口看了看，不敢进去。有两个女孩向她招手，她才敢进去。这两个女孩分别叫西汀mo和逸夏mo。她们给小恩mo介绍：“你看啊，这些英语书多好，英语老师不是让买吗……”而小恩mo却很拘谨地没理会那些英语书。她看上了一支笔，问多少钱。逸夏mo说:“5元。”她就付钱给了她。

小恩mo又买下了小芋mo的一支笔。

现在给妈妈和平姨的笔都凑齐了。

她又回到班里。有一位阿姨看了半天她的小兔盒子，终于，问了价格。“6元。”——“便宜点，5元，行吧？”——“行。”阿姨给了她10元，买了两个。

阿姨走后，小恩mo看小芮mo的好久没人买了，就买下了小芮mo卖的文具。

有一位二年级的小女孩看上了小恩mo的行李牌，她问：

“多少钱？”——“6元。”小女孩听了小恩mo说的，就不说话了，可能是觉得6元有点贵，脸上有些生气的表情。小恩mo也不知该如何才好。突然，小女孩旁边的朋友灵机一动，举起手里的一张卡片，对小恩mo说：“我拿这个和你换，行吗？”——“可以。”这个朋友是要换行李牌给那个小女孩。

就这么来来往往的，活动就快结束了，开始收拾东西。小芮mo对小恩mo说:“谢谢你，我的好多东西都是你买的。”

小恩mo把三支没卖出去的、从澳大利亚买的粉色小熊圆珠笔带回了家。她很喜欢这种小熊笔，能拿回来也挺高兴，但又为没卖出去而失望。

槿老师留了家庭作业——写一篇关于“蓝蜜蜂”活动的作文。小恩mo在自己的日记本上写了，也在学校发的作文纸上写了。她写了三页作文纸。交的时候，善久mo看见她交了三页纸，就在班里大叫：“天呐！写了三页！什么人啊……”那时候写三页就显得非常多了。

过了几天，槿老师把小恩mo叫到班级前面老师用的小桌子那里，一边翻着小恩mo写的读书笔记——那时班里统一要求写课外书读书笔记——一边说：“你的作文写得很好，已经快成为全班第一了！这都是你看书看得多的原因……”

小恩mo当时，虽也没什么明确的自信心，但听见别人夸自己的话，就会很相信地全盘接受，也在心里默默觉得：“嗯，说得有道理，果然如此。”这次，她也看着自己的读书笔记，心想：“我读了这么多书，写了这么多读书笔记，怪不得是全班写作文第一呢！”

槿老师还给她了一个奇趣蛋——是当时很流行的一种零食，男孩们总是在把玩。小恩mo觉得，她能得到这个奇趣蛋，可能是她“写作文全班第一”的缘故。不过她又猜想，这个奇趣蛋或许是老师从男生手里没收过来的？不知是否过期。

11 沐生mo有了北京口音

最近三年级在音乐课上学了一首美国歌曲《哦，苏珊娜》。小恩mo依稀记得以前在钢琴课上好像弹过这首歌。

——如果能去一趟美国就好了，我现在的生活太无聊了。

不过并不是想去就能去的呀，她现在依然过着上学的规律日子。

去年八月，为了上学方便，小恩mo搬家到了果子城。果子城北门有个超市发。最近的某一天，小恩mo、妈妈和平姨一同去那里买东西。小恩mo直奔文具区。现在她很喜欢看书和写作文。她总觉得如果一个本子上写满了字，以后再翻看会很好玩，像是一本书一样！

这次，她又看上了一个本子。那是绿色的硬皮本子，上面的图案是水彩的梅花鹿和花朵，看上去很漂亮。她很想要这本子。

“我想买这个本子当我的日记本。”

“你不是有个日记本了吗？”妈妈说。

“那个不好用。”的确，小恩mo现在的日记本很窄，虽然是时髦的密码本，但是写起来很不方便。而且上面也没写什么太多内容，只不过记录了校车上讨厌的学前班小孩说的话，以及和小淙mo、小薇mo闹矛盾这样的事。

最后，妈妈还是给小恩mo买下了这个30元的小贵的日记本。小恩mo在这个本子上写的第一则日记就是关于“蓝蜜蜂活动”。

她现在很热衷于写日记。很重要的原因就是，她很喜爱这个本子。她希望在这个本子上多多写日记，这样子到未来就会真的像自己所想的那样，翻起来像本书，很有成就感了。

超市发附近还有一个火锅店，那家火锅店可是老字号。小恩mo很喜欢那里的番茄锅，还喝番茄汤。小薇mo经常和小恩mo一起在那儿吃火锅，她说：“火锅汤是不能多喝的。”吃饱了，她们就在店里玩。

最近，小恩mo又来吃了一次火锅。还有半个多月就是元旦节了，店里的大门玻璃上贴上了节庆的装饰。她把这次吃火锅的所见所闻也写在了日记本里。

有一天下午，小恩mo放学回来，妈妈突然说：“小恩mo，我们可能要去一趟美国。”

小恩mo的眼睛立刻亮了起来。

“啊！我早就想去美国了！”

其实她并不是对美国很憧憬。只是近来总觉得生活有点无聊（正如此文开头所说），闲得没事就在脑补现实中其他地区的事情和一些虚构故事。美国这个地方对于儿童来说比较有名，所以很容易想到。

不过她真的很兴奋，她很想离开一下自己熟悉的环境。

当一个人在一个环境生活久了，当然就会受到很大的影响。小恩mo班里的珊琳mo，她从委内瑞拉来，现在一年多了，她的中文都已经很好了。那小恩mo校车上的沐生mo呢？他现在二年级了，他刚来的时候还羡慕小恩mo是二年级的呢。

沐生mo是中国台湾人。现在一年多下来，虽然他还是台湾口音，但是他说“老师”的时候，竟然有点连读！

他天真得无可救药，就是很容易被人捉弄。有一次，在去学校的校车上，四年级的若言mo对他说：“沐生mo，你可以把这个给我吗？”

“不行。这是爸爸从国外带给我的。”到底是什么东西，小恩mo也不太清楚，好像是什么小装饰品。

“沐生mo，你才二年级哎，给我有什么不行的？”

“可那也是我的东西啊。”

这件事导致小恩mo在某一阶段内挺讨厌若言mo的，因为她强行抢走了沐生mo的东西。

沐生mo对梁师傅说：“若言mo抢我东西！”

“抢什么抢，自己解决！”梁师傅大叫。他现在很烦沐生mo，因为沐生mo和止一mo常常闹来闹去。

沐生mo是个单纯乖巧但是情商挺高的男孩，他在校车上虽然比很多人小，但是基本上大家都对他印象不错。他不像有的男孩那样胡搅蛮缠，他给人很真诚自然的感觉。

这辆校车上，“聚堆”的文化很严重。通常有若言mo、止一mo、小未mo和沐生mo这几个人在后排玩。其中若言mo是带头人物，她会带着这几个人玩。如果车上有其他不是学前班的人，他们也会一起玩。不过，如果带头的人不在场，这些人也就没什么话可讲了。也许止一mo还会去搭理沐生mo，但如果止一mo也不来，那么沐生mo和小未mo就没什么可说的。

今年十一月，若言mo和止一mo坐校车的日子不多，沐生mo就自己在最后一排睡觉。

他睡着了的时候看起来很安静，就像是周围的空气都冻结在了那里。梁师傅总是在要到站时对他不耐烦地大叫："沐生mo！醒醒！到了！沐生mo！"叫了好几遍，他才晃晃悠悠地爬起来。

小恩mo觉得，梁师傅对他也太凶了。如果是自己睡着了，梁师傅一定不会这样叫自己。

曾经小恩mo下车时回头看见他坐在车上很安静、眼睛很亮地看着外面，这时玻璃不是热情洋溢的暖色，而是很透明的蓝绿。

三年级的小恩mo不知道，自己"不希望他被伤害"。只不过每次她看见车里的人对沐生mo捉弄或者很不耐烦地讲话，她就会莫名其妙地心烦意乱。

小恩mo总是觉得，沐生mo睡觉时的样子像是把谁都忘了。她认为他已经忘了自己还和那个小恩mo说过话。不过有时候，她又觉得沐生mo是记得的。

她自己的想法也很不稳定，她隐隐约约地觉得，大部分孩子都没有自己那么重感情。别人对自己说过几句话，自己就记得很清楚。别人都是总在说话，尤其是沐生mo那种"小话痨"，他肯定不会因为说话就很感动的。对他来说，每个人都一样吧，不会有什么特别的。

可是小恩mo，她真的会对那个人产生一种感谢之情啊。这算不上什么很重的感情，而是一种虚幻的、若有若无的感情。

冬天的时候，沐生mo穿着深蓝色的羽绒马甲，他的书包是蓝绿色的拉杆箱，圆形的，帆布的，他早上在海洋城、漆黑一片中上车，他总是很重地抬起那个箱子，哐的一声落在校车的地板上。梁师傅总是说："慢点慢点！哎呀……"

最近，下午他总在他爸爸的公司那里下车。到了那个地方，他还在睡觉。而他爸爸也总是迟迟不到，到了以后，他就赶紧下车向他爸爸跑去。小恩mo坐在车里看着他逐渐跑远的背影，心里总是很复杂。

怎么说呢，她不喜欢沐生mo被人"戏弄"和"带坏"，她觉得他是个好人，道歉的时候很认真。她觉得自己的感受很敏锐，沐生mo很聪明敏感，他可能也有什么心事吧，也许大的环境会影响到他的天真；也许他感到了某种不信任……他现在可不会大声喊一个人的名字了，也不会不假思索就说谁谁是某个地儿最大的……她认为沐生mo可能忘了自己……

当然，小恩mo那时说不出这些感觉。它们只是很乱地混杂成一团。

这些想法不经常跑出来，它们总是在某一瞬间很短暂地触碰她的心灵，比如在看到"北郊际广场"的时候。如今，那些广告牌都要被拆了。

记得刚转学时，小恩mo因为害怕陌生环境而携带凯蒂猫玩具上学。坐在晚班校车里，她突然把那只小猫拿出来看了看。坐在她斜后方的沐生mo忽然大叫——

“你会变魔术啊！”

“我不会啊。”

“那刚才那是什么？”

小恩mo觉得，可能是环境太黑了，所以这个孩子眼花了吧。

小恩mo路过一层的某班，就会有个小孩兴奋地给她打招呼。一群人站在班级门口，他看见二年级二班的人们走下楼梯，就挥着手说：“小恩mo，嗨！”小恩mo班里的同学都皱着眉头说：“这人谁呀！”小恩mo觉得那些人真傻，他们自己不认识的人别人就不认识了吗？

——时间总是流动得太快了。

小恩mo心想。

2016年12月15日 周四

明天我们就要去美国了。

我已经让妈妈告诉老师们了。不过，我还是不放心，我跟英语老师说：“明天和下周我都不来，《目标》可不可以往后做？”“可以。”英语林老师说。班主任补充：“她要去美国，请一周的假。”

语文老师（班主任）给了我好多《看拼音写词语》让我写，来的时候交给她。我一下子就写完了，交给了老师。英语《目标》也是一样。

“你不去问问数学老师作业吗？”班主任对我说。我答应了，而班主任让我拿纸和笔记下来。我拿着笔和纸到数学老师的办公室一看，咦？人呢？我只好失望地回班。班主任问我："记了吗？""数学老师不在。"我答。班主任让我下课后再去问。我最近有一点懒，所以下课后并没有去问数学老师，这个是不好的行为。

我今天在校车上坐了一个很舒服的位子。座椅调得很往后，我在车上美美地睡了一觉。醒来后，一想到要去美国，心里就亮堂起来了。

回家后，我跟妈妈说："老师把我讨厌的那个人弄成了卫生委员了。其他人都同意，就我相反。""不行，"妈妈说，"不能排斥别人！"我想不明白：为什么妈妈那么说？而且今天小芮mo也选我讨厌的那个人当卫生委员，小芮mo上次不是把他的纸撕了吗？

小恩mo在二〇一六年十二月十六日开开心心地去美国了，那些想法被丢在了脑后。

12 大栅栏、琉璃厂

小恩mo从美国回来后就没去学校，当然也没参加期末考试。因为学期末她基本什么都没学，去考肯定考得很差，就不去考了。不过下学期还得补考。

现在，寒假已经过半了。小恩mo有两个新的爱好。

一个是写作。自从槿老师说“你已经快成为全班写作文第一名了”，她就觉得自己很有写作的天分。所以，一天和平姨下楼去超市发买东西时，她专门挑选了一个本子，打算写一本书。她觉得这样做很有仪式感，并且，她一路都在和平姨嘀咕：“我可是写作文第一呀。”她就这么蹦蹦跳跳的。

她打算写的书叫作《高山之旅》。主要内容就是关于几个熊要去攀登一座高8848米的高峰——高熊峰的故事。很明显这就是借鉴或者说照搬了珠穆朗玛峰的高度。故事纯属虚构，而且她并没仔细思索，凭几个小熊的力量，也不携带相关工具之类的，是无法攀到那么高的。不过，她倒是对“高原反应”这个词很熟悉。因为她刚刚和妈妈去云南旅行过。她只是上了玉龙雪山，就难受得想吐了。

在写书的过程中，她很注意排版和插图。她总有种谜之信念，那就是她写的任何书最后都能出版。而且她认为出版后的格式就是她现在写的格式。小恩mo是个很天真的小孩。

第二个爱好是拍靓拍。这其实不算是很新的爱好了。但她这次拍的不是水果拼盘，而是一些类似于记录生活、演戏和胡说八道之类的“作品”。平时，视频里只有她自己，有时会有平姨。见到小薇mo和小淏mo，就会让她们也露面。她把自己、小薇mo和小淏mo算在内，给自己的视频账号取了个名字，叫“Children三人组”。

在家期间，她和平姨拍了两个很搞笑的视频。一个叫《动物也睡觉》。

小恩mo：（自拍）今天是雾霾天，只要一雾霾，大家都会睡觉的。

（然后偷拍了平姨在沙发上睡觉的镜头，还拍了一个娃娃睡觉的镜头。那个娃娃的眼睛本来闭着。然后突然，小恩mo把娃娃的眼睛一下子扒开。）

（拍了睡觉的小熊。）

小恩mo：就算是玩具，也会睡觉。

（拍了睡觉的猪。再次拍了睡觉的平姨，和“小粉”。小粉是一个穿粉红裙子的熊。）

（突然镜头拉近睡觉的平姨的头。）

小恩mo：有许多头皮屑。（接着自拍）嗯那么只有我不睡。

（镜头拍小恩mo在家中客厅胡乱蹦跶，无比的神经质。屏幕上打着备注：疯了！）

（换个角度继续蹦跶。）

（拍“小粉”蹦跶。其实是给它脖子上拴了一根线，小恩mo操控她蹦跶。备注：动物都疯了！）

小恩mo：（自拍）有些人却极其的兴奋。

（拍另一只小熊被操控着蹦跶。备注：兴奋的熊啊！）

小恩mo：（自拍）有些人可能在忙碌地上班吧！也可能在忙碌地赶路。

（镜头开始拍窗外、楼下的大马路，并且出现一根箭头，指着一个骑自行车的人。）

小恩mo：比如说那个人，就是在走人行横道骑自行车的那个人。他可能……嗯过了一会儿他现在要过马路了。啊，不能猜测他要去哪！

（镜头又开始拍小恩mo的胡乱蹦跶。这次后面的平姨醒了，不过还躺在沙发上，看着前面的疯子，露出严肃的表情。小恩mo还在剪辑时用箭头指着平姨的脸。）

（拍摄一只猪被操控蹦跶。）

小恩mo：很多人如此抓狂，就算是猪也是那样。抓狂了的猪。

（字幕：发狂的猪！猪，你在跳踢踏舞啊？）

（再拍躺着的平姨。）

小恩mo：有些人却不抓狂，安静地睡觉！（笑）（箭头指着平姨。字幕：比如说这位。）

小恩mo：（自拍）有些人，渴望住豪华别墅。

（镜头拍小恩mo画的一些特色旅店房间。呵呵，其实她自己就渴望住豪华别墅，而且她小时候曾想开办大酒店！）

小恩mo：哦，Ta渴望住这样的豪华别墅。也有人讲究绿色环保。Ta喜欢另一种风格的豪华别墅。

（拍画的另一个特色旅店房间。墙是绿色的。）

小恩mo：这就是绿色环保的豪华别墅吗？只不过刷上了绿色的油漆而已。

（开始拍小恩mo蹦跶，边蹦跶边说：不同的人过着各种各样的生活。也就一年一年、一日一日地过去了。

字幕：这疯了的人又来了！

最后，拍一个翻日历的镜头。）

其实，小恩mo拍这个视频时纯属乱拍，没什么剧本。只是拍完后，她隐隐觉得，这好像展现了大多数人忙碌、迷茫和盲目的生活？

不过，她当时说不出这三个词，单单觉得这个视频挺搞笑的。

第二个视频叫作《知人知面不知心》。具体的内容就不加以赘述了。总之，在那个视频里，有一段是平姨看着窗外，东张西望，说着："哪里的风？哪里来的风？这里的风……"看起来疑神疑鬼的样子，很"异于常人"，十分的滑稽；而作为旁白的小恩mo说："这位怀疑，家里进贼了。当然了这是不可能的事。"

虽然说"不可能"，但她一旦开始胆子小，就什么都怀疑得出来。事实印证了这一点。不久后的一天，平姨去小区里的超市买菜，她自己留在家里。她坐在客厅，突然听见南面屋子的窗户附近有动静，她就开始胡思乱想，怀疑是有人爬了上来在衣架子那里捣鼓。那时她没有理智，根本不去想——自己的家在十七层啊，怎么可能有人爬上来？但她当时就觉得发生了可怕的事，顾不得穿外衣，就在冬天一个人下楼跑到小超市去，把平姨吓了一大跳。

寒假，妈妈还约了小芮mo一家在大栅栏见面。见面的前一天，小恩mo挑选了衣服。她选了浅蓝色高领毛衣和紫色羽绒马甲；黑色裤子和浅蓝色毛线短裙；浅蓝色短羽绒服和紫色围巾。总之，全身都是浅蓝色。

两家人约在大栅栏附近的一个地铁口。当小恩mo和妈妈从地铁口的楼梯往上走时，看见小芮mo和她的爸爸妈妈就站在上面。

他们开始一起往大栅栏走。小恩mo和小芮mo说着话，芮芮爸也和她们一起说话。小恩mo记起来了，这个父亲经常陪孩子玩。有半年多没有“小女生周六约”，她都快忘了小芮mo父母长什么样子了。

天气有些寒冷，天不是很蓝，而且刮着一些风。小恩mo的头上戴着浅蓝色羽绒服的帽子，裹着紫色的围巾；小芮mo向来穿得很厚，她的米色的像风衣一样的外套里还穿着许多的衣服，她的裤子是羽绒裤，还裹着护腿，她的头上戴着一个看起来就十分暖和的熊猫帽子。

走到了大栅栏的入口，家长们给两个孩子拍了合影。合影中的她们，都裹着围巾与帽子，瑟瑟发抖的样子。

往胡同里面走，小恩mo也逐渐忘记了她是来“交朋友”“社交”什么的。她只觉得自己是来玩耍的。她掏出手机，开始给小芮mo和自己录制一些很随意的视频。她现场拍摄、现场剪辑，再配上音乐，还挺有氛围的。视频中，戴着熊猫帽子的小芮mo和老北京的建筑呼应得很好；小芮mo的眨眼睛与视频音乐的节奏正好卡上了；由于录制失误而出现两个人的腿在地上走的片段……这些都配合得很好。

大栅栏在前些日子刚刚办过庙会，现在已经结束了。小恩mo的妈妈很高兴这里现在没有庙会，因为如果有庙会的话，人就会太多了。现在这条街上人不多也不少，依然热闹而具有烟火气息。街边有很多小吃，大多是一些油炸食品、发糕和羊肉串什么的。小芮mo一家是南京人，特别喜欢臭豆腐、小笼包和鸭血粉丝汤。这条街上就有卖臭豆腐的。小芮mo和家人买了臭豆腐吃。小恩mo听说，人们对于臭豆腐的评价十分的两极分化。她自己虽然不愿意尝试，但她并不认为臭豆腐就很臭。

他们路过一家牛肉面馆时，小恩mo嚷嚷着要进去吃。她从小喜欢这家牛肉面馆，这次还是点了金牌清炖牛肉面，并且向小芮mo也推荐了。她们两个于是都坐在那里，面前各放着一碗比她们的脸还要大的大碗牛肉面。其实面的分量倒是还好啦，主要就是盛面的碗有很阔气的边沿，而且面汤是很丰富的。小恩mo很喜欢这个面汤，左手拿着勺子，右手拿着筷子，盛一勺子的汤，再用筷子把面放到勺子里去，非常的享受。

走出这家牛肉面馆，两位妈妈在前面走，芮芮爸陪着小孩走。两个小孩买了草莓糖葫芦，边走边吃，一直走出了大栅栏。

在人行横道边上看到高压电箱，小芮mo说，一定要离这种箱子远一点。她说自己以前看过一个节目，是一个男孩没有胳膊，他的胳膊就是因为高压电箱事故而被炸飞了。

这引起了小恩mo的高度注意。她一直很注意安全，所以从此以后她见到这种电箱就会绕道走。

几个人一直走到了铁道博物馆。这个博物馆不太大，室内很昏暗，十分有年代感。在这里，小恩mo正式把“靓拍”推荐给小芮mo，还让小芮mo注册了一个账号。小芮mo的第一个靓拍是小恩mo随便示范给她的，内容就是一个手机在博物馆休息区的红色桌子上晃来晃去。

三年级的小恩mo在熟悉的人面前好像真有点“社牛症”。她拿起手机，不管三七二十一的，在公众场合就对着自己的脸开始录像。她自己一副主持人的姿态，假装很专业地讲解。即使她的屏幕都是横着的，叫人看不清楚，她也毫不在意。小视频的兴起让普通人也能体验做节目的感受。

小恩mo喜欢把视频调快，这样的话，她自己的声音也变得十分尖锐和搞笑；再加上一些标题和字幕……这都使她十分满意。

小芮mo很快也学会了假装主持人的方法。她和小恩mo一起在博物馆各拍了一个乌漆嘛黑的视频。

二月份的北京，很适合在老城区里走一走。小恩mo也说不上这个时节的北京老城区有什么好。只是，二月的空气虽然一点都不温暖，但是也不像一月那样寒冷至极。二月份的时候，露在外面的鼻子和嘴巴都能感受到恰到好处的寒冷和清爽。眼睛很舒服，懵懂地看着街上来来往往的人。街上是灰色和暖色的交织，突出的不是自然景观和天空的美好，而是古建筑威严的红色，结了薄冰的护城河的河面——温柔可爱水灵；还有那些东走西看的人们的温暖。因为天很灰，那些建筑的很大部分也都是灰色的，所以才会突出红色，红色和人的温暖相结合，让人有一种踏实感、归属感。而且，人们知道现在虽然天气有点冷，但是已经立春了，因此这些暂时的灰色只是保持静默地在孕育粉红色，心中也能盼望着春日的阳光。春天的一切就像冰面上的水光在蠢蠢欲动。

小恩mo和小芮mo一行人笑着往景山走。不知不觉中，她们又开始玩去年四月在郊野公园玩的“小孩抓坏人”的游戏了。芮芮爸善于假装坏人。但他假装的坏人都是坏得很明显且愚蠢的那一类——毕竟他只是为了让孩子们开心。真正的坏人可能不是他扮演的那样吧。真正的坏人或许是很慈祥的样子呢，那才可怕。

小芮mo和小恩mo对他扮演的坏人十分满意，于是不停地大笑。她们无须规划行走的路线，她们只需要跟着两位母亲就可以了。

几个人进入了景山公园。两个孩子想找一块草坪，更加正式地玩“小孩抓坏人”的游戏。但是在这里践踏大草坪不太好，她们就找了两块小的凑合。小恩mo玩游戏时很投入，她看到旁边的大扫把就拿来玩，挥舞着大扫把来显示游戏中的小孩的气势和正义感；并且，她没有因为“坏人”其实是同学的父亲就显得对“坏人”客气，她对“坏人”凶神恶煞的。

小恩mo和小芮mo玩游戏玩得很开心，跑来跑去。天空的颜色没那么均匀了，但比刚才温暖。天空中有一些橘黄色在一角很温柔地闪烁着。附近的建筑披上金色，一动不动，威严地静静地闭着眼睛。傍晚起了小风，孩子因为玩耍，头发零碎地被吹起来。因为玩耍所以觉得累，这也是莫大的快乐。她们满意地走了两步，看见熙熙攘攘的人和夕阳。

现在正是快乐的巅峰时刻，如果家长在此时说，“回家吧，下次再见哦”，一定会很扫兴的！不过这次，家长们也像小天使一样，说要带她们去吃自助餐。

13 春天

春天来了。小恩mo好久没去学校了。出于正常情况的春季开学，小恩mo必须去学校。小恩mo喜欢这个学校，胜过原来任何一个。上学期她根本没参加期末考试，因为她去美国了。说来这学期开学她压力也不小，因为不仅很快要补考，上学期那个哲宏mo的事情也让她对于男生感到有些惧怕，还有厌恶。最近她总是对妈妈嚷嚷着：“我都得了男生恐惧症了！”于是她也并不很兴奋。可是对于小恩mo来说，可以盼望的就是自己班里的一些朋友，还有坐校车。其实她也并不太清楚，为什么想坐校车。

每学期开学时，看着校车驶来，小恩mo就紧张而且兴奋。她的上学就从这个时刻开始了。

开学第一天，小恩mo一如既往跨上了校车。

过了两分钟，校车在北郊际中街——果子城通向海洋城的路口直接拐向花邻城。以前，校车在此路口都会直行。

“沐生mo请假了吗？”

这是小恩mo在心里的疑问。

她觉得这个人应该是请假了吧。

不过第二天和第三天这个人都没来。车子总是在那个路口拐走。一直到第二周，小恩mo都还觉得“可能请假时间比较长吧”。不过，最终她得出结论：沐生mo转学了。

“那个‘小话痨’转学了呢。”小恩mo有一天对妈妈说。

“哦……你是不是不太高兴？”妈妈问。

“也没有。”

然而，事实上不是这样。不是“也没有”。小恩mo不是故意撒谎的那种人，但是她说出来的回答就是这样稀里糊涂。

小恩mo对自己当初从美国回来后没去学校而后悔。是“后悔”这个干净的词而已，没什么“有些后悔”也没什么“非常后悔”。如果她回了学校，那么她就可以再见到沐生mo几次。但是现在局面无法挽回，自己以后就不可能再见到他了。

她在晚上哭了——虽然也搞不清究竟是因为沐生mo转学了她才哭，还是因为担心毛绒玩具或是担心妈妈身体健康而哭。她现在会因为很多事情哭。

说起来，她以前从来没有因为一个同学的转学而这么难过。这次是真的很难过，甚至过了好几年，她也还是能想起当时自己的悲伤感。尽管在他没有转学时，她从未刻意关注过他什么，就连和他待在同一个跆拳道课里，和他每天坐在同一辆校车上，她也都没意识到什么很强烈明显的情绪。顶多就是，如果看到别人捉弄这个有透明感的小孩，她就觉得“这人干什么呀，真差劲”，她也会担心他的情绪。要不然，就是她偶尔会想“他肯定忘记他跟我说过话了吧”。但这些只发生在不经意的几秒钟或几分钟。

最近，小恩mo走到西门等校车时，不会对着那边很期待校车的黄色身影突然出现了。之前的期待之情垮台了。但是她也知道，自己在转学到QZ街的一年之内已经成长了许多……她能感受得到。

如果要小恩mo对当时做出评价，那应该是：从那时起，这个男孩或者说一系列代表了本真的记忆，变成了小恩mo童年时代的梦，且不是那种昙花一现的虚浮的梦，而是你在晚上梦见，早上起来就莫名其妙地被充了电，下楼到郊野公园看见了童年才有的春天，整个生命都能起舞。事实上，小恩mo确实做过这样的梦。

小恩mo在晚上容易哭，但在白天，她基本想不起来那些让她哭的事。她不会把一件事的悲伤迁移到其他事情上去，毕竟她这么幼稚。她还是会继续做一些幼稚的游戏，过着幼稚的生活。

她从小就对玩具厨房非常感兴趣，于是，终于在这个冬末春初，经过一顿“死缠烂打”（就是她和小淥mo闹来闹去想要买玩具），终于得到了那个玩具厨房。玩具厨房是灰色的，十分仿真，出自一个美国品牌。它比小淥mo还要高一点。这个学期，小恩mo每天回家后都会照英语老师的要求读一会儿国本书。然后，她在学习后，就会去看玩具厨房的物流，或者看介绍视频——小恩mo特别喜欢看介绍视频，因为视频看上去很有意思，不容易让人后悔购买，反而会让人越来越期待。这不是一种极好的感觉吗？她晚上坐在校车上，想着自己的玩具厨房，日夜期盼着。

玩具厨房到达的那天飘着春天的淡淡清香。轻轻吸一口，就像在天上飞的感觉（虽然我可没在天上飞过，这只是对在天上飞的刻板印象）。春风吹过脸颊，里面包含了青草和花苞的味道……天空湛蓝，向大地洒满了阳光——春天是一个明光照耀的季节。这一天妈妈和平姨一起去接小恩mo。小区的小径多了一份春意。

“玩具厨房到啦！”

小恩mo跳了起来。“啊！到啦！有多高呢？”

“嗯，还挺高的呢。”妈妈说，“差不多……有这么高呢。”她说着，比画了一下。大概比小恩mo的肩膀矮一点。小恩mo觉得，虽说那么高，但那是最高处，操作台估计比较矮。她对玩具厨房的态度很是心甘情愿的天真，但她确实对制造它的成年人的创造力有所怀疑。如果他们把这厨房弄得更高点就好了。为什么玩这个的一定是幼儿？九岁不能玩吗？大人不能玩吗？

这几天家里在翻新。妈妈订了小恩mo选的蓝色桌布，还有三人蓝色沙发，以及一个可以放东西的玄关柜。妈妈和平姨问了好几户人家和物业，都没人要那个大大的玫红色沙发。那个沙发就是以前小芮mo来家里一起蹦跶的沙发。可是它太大了，人一坐下去就会不自觉往下出溜。于是妈妈就想把它丢掉。这几天客厅显得有点空。

小恩mo到了十七层的门口，她兴奋得心直跳。她闭住了眼睛。

“三、二、一……开门啦。”

她跨了进去，睁开了眼——目光锁定玩具厨房——比想象中矮一点——也不错，毕竟是玩具——还是好看的灰色，很大方——很满意——很惊喜！

小恩mo立刻洗了手，问平姨：“那是不锈钢的吧？真不错。”

“不，还是木头的呢！”

“木头的啊！”她兴奋地摸了摸。好结实啊！但是唯一一点失望的，就是这厨房没有配套的餐具和食物。“为什么没有餐具和食物？”

“当然不会有。”妈妈理所当然地说，“这种东西就是让你自己买的。”

“哦……”

于是，这两天小恩mo一直在忙厨房的事情。妈妈也经常带回家一些玩具蔬菜什么的。小恩mo用过期的茶叶和咖啡泡水（并不会喝），然后拍成靓拍，并时刻关注新手小芮mo的动态。哦，对了，她还为厨房起了个名字，叫“泰迪熊饭庄”。她还做了个菜单。

不久以后，家里的家具也焕然一新。

小恩mo还做了一种玩具。把学校和地铁的大图打印出来，把班里女生的大头照片打印出来，下面画上小身子，制成小棒。小芮mo的那张上面写着“我是小学霸”；圆苑mo的上面则写着“此人在吸烟”（因为那张照片中她叼着一根棒棒糖）……诸如此类。有一天小恩mo、小芸mo和小芋mo去了朝阳公园，她们一起用这个玩具玩了游戏。玩法是：谈论人物，把人物分到不同的场景中。小芋mo说：“你这个都可以出版了！给每个班都定制一份！”几个人在游船上哈哈大笑。

时光飞逝，三月已经过半。

14 绘画课

小恩mo妈妈的同学岳老师和她先生宇老师，在大学里教授美术相关课程。最近，他们计划在云朵图书馆开设绘画课，同时做课题研究。小恩mo妈妈打算带小恩mo去，因为她觉得小恩mo到了这个年纪就可以正式学一学绘画了。她还和岳老师商量：这个课程要先培养孩子对色彩的感知力，不直接教授技法，就不至于破坏孩子的想象力以及对美的感知力。她们还约上小芮mo一家一起去。

小芮mo也很喜欢画画，而且她画的画很可爱，很有个人风格。

云朵图书馆实际上是一个童书馆。它位于学院路附近的一个院子里。走进云朵图书馆，首先是一个换鞋用的门厅，墙上是很多仿真绿叶。往里走，左边是一个类似于舞台的很迷你的平台，平台后边和侧边的墙是彩色的，非常鲜艳。再往里面走，就是许多小书架，还有一个小楼梯可以通往很小的“二层”。“二层”其实就是从一层搭起来的一个台子，并不是真正意义上的二层。云朵图书馆里有很多“水果垫子”，还有一个恐龙形状的垫子。

那个“恐龙”是翠绿色的，张着嘴巴，看起来傻极了。

试听课那天，由于堵车，小恩mo和妈妈有点来晚了。她们走进云朵图书馆，来到了图书区往里的一间屋子。宇老师就在里面授课呢。小恩mo进入这间屋子，看见小芮mo和一些幼小的孩子，还有他们的家长，都已经坐在那矮矮的桌子旁边。小芮mo看到小恩mo来了，就对小恩mo说：“我一来这里就感觉来错了地方。这些孩子都好小。”小恩mo也这么觉得，她觉得有些尴尬。

宇老师事先让孩子们把自己画的一些画带了过来。小恩mo带的是她用彩铅画的狗。她是在一本书里学的，效果还不错。不过，她有点过于自我感觉良好了。她认为，老师看到这些画就一定会对自己的才能刮目相看。

接下来，宇老师发给大家一些彩纸和水果模型，让大家用这些彩纸粘出水果的样子。小恩mo和小芮mo都是按如下思路做的：观察水果不同区域的颜色的不同，用彩纸一片一片地粘。不过后来，宇老师所讲的是打破了她们的固有思维——可以把彩纸分成很小的一块块，在画纸上边洒边粘。这样就可以让颜色的表达更加细腻和缤纷。毕竟图画是由点、线、面组成的，点动成线、线动成面，点是最基础的东西啊。

小恩mo在听老师讲解时，表情有些傲慢，因为她总是觉得自己很可以。这是独属于儿童的“盲目自信”。由于她的态度，妈妈回家后还批评了她。

宇老师和岳老师将绘画课的主题定为“和色彩躲猫猫”，从四月八日开始，每周六上一次。开课那天，小恩mo穿着一个浅蓝色打底、有着鲜花图案的衬衫来到了云朵图书馆。小芮mo也来了。上次见到的那些幼儿并没有来。

小芮mo和小恩mo来得有些早，就先在图书区玩。过了一会儿，绿色的门厅处出现了一个和她们差不多大的女孩。那个女孩穿着绿衣服，绑着两条辫子，比小恩mo高一点点。不知道为什么，小恩mo这时好像没有像在学校时那么内向。她看到那个女孩，就给她打了招呼。那个女孩叫小月mo，小月mo也向小恩mo和小芮mo打了招呼。

小月mo是岳老师的儿子小志mo的同班同学。他们都念四年级。小志mo之前也参加了那个C合唱团，不过他最近也退出了。

绘画课的第一节，宇老师准备了一些花瓣，让三个学生粘在画纸上，表现出春天的自己。在小恩mo的画纸上，是一个一点都不阴沉的雨天，不仅有雨，还有花朵，雨中的自己是笑着的，但“自己”并不是人类呢，而是一个脸蛋由花瓣组成的小熊；小芮mo画中的女孩穿着粉红色的大衣，还有着红彤彤的脸蛋；小月mo的画纸上，女孩子穿了一身连衣裙，头上戴着花环，是被鲜花所环绕的春天。

第一节课轻松愉快。下课后，她们来到图书区玩耍。这时图书馆里没有多少人，只有两个幼小的男孩和一个管理员。小恩mo、小芮mo已经和小月mo一起上了课，彼此之间没有太多陌生感了。她们站在那里，拿出家长带来的罐装葡萄汁喝起来，然后开始“欺负”恐龙坐垫。没过多久，小月mo的爸爸就来接小月mo回家了。她就住在附近的居民区里。小芮mo和小恩mo继续“欺负”恐龙，而且还拍了一个名为“盗版货”的视频。小芮mo是一个“无良商家”，卖那些盗版的水果坐垫，还说那些垫子是高端的正经品牌所生产，并擅自盗取了某知名运动服装品牌的名称；小恩mo是一个被蒙骗的顾客，敲了敲水果坐垫，发现它们很硬，一点都不软，最后揭穿了“无良商家”和盗版货。

她们拍的视频又晃又浮夸。她们还拍了一个续集呢，叫作“盗版麦克风”。所谓“麦克风”就是那个装葡萄汁的罐子。小恩mo说，千万不要买盗版麦克风，无良商家就这样骗取人的钱财，财产就这么被骗没了。她还演示了使用盗版麦克风后中毒的场面，就倒在了图书区的沙发上，一副昏迷的样子。

图书区二层隔断底下的区域，小恩mo和小芮mo钻进去。她们发现小芮mo还可以直起身子，小恩mo就有点顶脑袋了。

绘画课的开端就是这样。后来，小恩mo、小芮mo、小月mo和老师的孩子小志mo四个人成了很好的朋友。他们经常一起去看画展，还发明了一个大型游戏。

这个绘画课最开始的几节是色彩拼贴，或者由孩子们选择自己喜欢画的主题，后来就变成了，老师拿来一些经典油画的图片，让她们照着经典来画。不过，她们可不会油画，她们只是用油画棒。白色的那根油画棒特别抢手，它白白的身上东一块西一块沾着其他颜色……然后，它渐渐变成了一个小矮子。

这样照着油画来画，其实还挺能锻炼人的。因为油画的色彩很丰富，所以大家的眼睛就拼命地盯住，想要把颜色揪出来看个究竟——这样子的话，她们对颜色的感知力自然提高了。

这并非一个很严肃的绘画课。大家不仅仅是在上课，其实更是在玩。这三位同学总是一边画一边聊天，老师也掺和着评说。

宇老师头很圆，总是穿着蓝色的衣服，很好奇似的注视着三个人的画。老师很喜欢用“微妙”这个词。而三个同学词汇量匮乏，先前根本不知道“微妙”这个词。所以她们每次听到这个词，都像耳闻了关于外星文艺领域的事儿一样，哄堂大笑一阵子。上课的时候，小恩mo还播放了一些快节奏的罗马尼亚歌曲——是一个五岁小女孩唱的。那孩子虽然才五岁，但是嘴很快、很灵活。小芮mo和小月mo觉得这气氛很搞笑，就偷偷地傻乎乎地笑，手上还拿着笔，把头往画里低。而小恩mo呢，她倒很得意。

从云朵图书馆的小房间内传出来丁零咣啷的笑声和罗马尼亚歌曲，而且这些孩子每次上完课跑出来，都要尽情地欺负“恐龙”并拍些智障般的视频。图书管理员总是很无语。

不过，小恩mo如果不是课堂上的开心果，那么她就是大哭包了。她的情商有些低，她有时会觉得宇老师一直在指导小芮mo，而对自己不给予帮助。但有时宇老师对她提些建议吧，她又觉得老师不能欣赏她的画，然后不知为什么就坐在地上号啕大哭——总之，她很幼稚、很难对付。

宇老师没有女儿，不知道怎么安慰女孩——他只有个很老实的热爱阅读的儿子。所以小恩mo哭的时候，宇老师都像小孩一样不明所以、束手无策。不过没关系，小恩mo的情绪总是莫名其妙没来头，等她哭够了以后，她就会立刻若无其事。她的情绪走得也很离奇。下次，她还会播放那些罗马尼亚儿童歌曲的。

15 我们是好朋友

最近，小恩mo和小芮mo的关系越来越好了。

很大的原因就是绘画课。平时一起上学，周末一起画画，画画之后会玩很傻的游戏，还会一起去附近的一个商场。通常都是去那个商场吃比萨。比萨店的外面有一个天台，天台上有喷泉和水池，还有来来往往的人，很是热闹。小芮mo自称“吃货”，她特别喜欢吃比萨。她们俩每周末都很疯狂，都很开心。只是有时在等餐时，小芮mo想玩电子游戏，小恩mo想去天台玩，这时小芮mo通常会妥协，然后一起去天台玩的。

她们在学校还报了同一个书法课外班。到了三年级，书法课学习的就是软笔书法了。小恩mo觉得很无聊，但还是报了书法课外班。在课外班时，她和小芮mo坐同桌，小芮mo每次都要和她说两句话，她也觉得小芮mo说话很搞笑。

有一次，她们实在是写得有点烦了，小芮mo就说：“我想到了一个游戏。”她把纸弄湿，揉成一个团，让小恩mo和她一起拿着毛笔玩“踢足球”。老师看到后生气了，说：“兴趣班，就是要有兴趣啊！你们俩要是不想上，还来干什么？”弄得她们两个人很尴尬。

小芮mo坐的校车上有一个比她低两个年级的女孩，那个女孩总是说她长得丑。

小恩mo记得那个女生。上学期的一天，小恩mo和小芮mo从报告厅走出来时，就看见那个女生突然出现在远处的楼梯口，大叫着小芮mo的名字向她们狂奔，一副很疯狂的样子。不过小恩mo当时以为她是个还不错的人，没想到，她居然说别人“丑”啊。

绘画课结束后，小芮mo、小恩mo、芮芮爸还有平姨一起从附近的居民区穿梭过去步行到那个商场时，小芮mo对小恩mo说：“那个人先说‘你好丑陋’，然后笑着躺倒在座位上！”

小恩mo告诉了妈妈那个女生说小芮mo丑的事情。妈妈说道：“那个人是不懂欣赏。”

于是小恩mo对小芮mo说：“那个人是不懂欣赏。我妈还说了，你是江南美人。”

小恩mo总是这么说。渐渐地，她自己也觉得江南女孩应该就是小芮mo这样的长相吧。

也许是因为小恩mo总是鼓励她，所以小芮mo也更加喜欢和小恩mo在一起玩了。那时小恩mo的个子长得很快，而小芮mo的个子却不怎么长，她们就这样形成了“最萌身高差”。最早在小恩mo面前提出这个词的就是小芮mo。小恩mo听了，不禁在食堂的镜子前哈哈大笑。她们两个都在镜子前面看，觉得身高的差距真是好大啊。

每次绘画课结束，她们都想去那个商场吃比萨。如果哪一次去不了，就会非常失望。走路去商场，路过宁静的居民区，一旁的墙上贴着有关小月mo和小志mo所上小学的讯息。老人推着自行车步调缓慢地经过，宁静而稳重。再往前走，是海淀区灯火通明的傍晚，离地铁站近了，有大学生说笑地走过。报刊亭里摆放着各式各样的杂志，在那些杂志中，小恩mo大概只会对“小公主杂志”感兴趣……两个人总有说不完的话，到了商场，话题也不会枯竭。商场里还有一家印度餐厅，叫作“恒河”什么的。芮芮爸说，恒河的水很脏，印度人还在里面洗澡、洗衣服。就算只是听到这样的话题，小芮mo和小恩mo也照样能笑出来。看到别人点的巨型比萨，几乎占满了整张桌子，她们也能一边惊呼一边笑出来。

有一次，在商场的直梯前，小芮mo说自己的手机很小，她看到小恩mo的手机比较大，感到很羡慕。但小恩mo说：“你的手机小但是正合适你用啊，你的手比较小嘛。”

从比萨店出来后，坐着直梯下了楼，已经天黑了。四月的晚上也不是那么寒冷，她们都穿着衬衫，这就足够了。后面闪光的雕塑物发出了鲜艳而没有内涵的光芒。她们的手里都拿着刚刚买的冻酸奶。刚刚吃完比萨，就吃什么冻酸奶，不害怕得胃病吗！但她们不觉得呢，居然还在那里笑。

有一天在学校，小恩mo和小芮mo坐在树屋下的独木桩上休息。她们突然想在地上写点东西。当然不是拿笔写。只要拿脚或别的什么东西在学校的绿色场地上划一下，地上就会出现印记。她们写了些很傻的话，就留在独木桩旁边的地面上。淡绿色的地上有着白色的划痕，杨树叶子在它上方的天空舞动，投下自己的影子，就像叶子在对着地面很欢快地说话。过了几日再去看，那些字还在那里。但过了一两年后，那些字就完全没有了。

以前小恩mo体育课见习时，也这样在操场地面上写过画过。但是有个校工来了，摇了摇头，说小恩mo破坏公物。

二〇一七年的第一场雨，是四月份的时候小恩mo和小芮mo一起经历的。那是个星期六，平姨和芮芮爸带着她们走路到一个路边的饭店去。那天她们没去商场的比萨店。那天她们也没带伞。一开始的时候，并没雨滴落下来。快走上一个天桥时，灰蒙蒙的天空湿润了，在手臂上发现了雨点，头发也感受到了雨滴在轻轻地一跳一跳。走上了天桥，大人叫孩子们把外套盖在头上。桥下的汽车轰隆隆的，和温柔阴沉又爽快的雨混在一起。声音“唰唰唰”的，这不是下雨的声音，而是那天的交通的声音。在孩子的耳朵中，交通的声音也欢快，也热闹，也带来清新悦耳。在那个雨天，两个孩子在餐厅里调制了黑暗料理。她们去到刚刚有客人离开的隔壁桌，把那个人的剩饭倒进一个饮料杯子里去，还要芮芮爸假装去喝，然后假装呕吐中毒——真恶心啊！她们将这些拍摄成一个靓拍视频，配上了油腻的迪斯科特效。

16 生气的时节

在三年级二班，一个很容易惹是生非的活动开始了，那就是写心情日记。所有的同学轮流在一个本子上写，从第一排第一列开始传，传到谁，谁就写。但有的人根本不写。因为他们想把时间花在玩耍上，或者他们没什么可说的话，所以那心情日记的粉红色本子就一直停滞在那种人乱七八糟的位兜里，隔了两三天才有人去催。

班里纪律这么乱，槿老师居然还给这班选了个名叫《奔跑》的班歌。这歌的MV还在班里一遍遍放。听这歌的时候，很多男生都推荐楷纳mo上去唱，说他唱歌好听。小恩mo心想：他唱歌很一般啊，那些人听不出五音不全吗？

“随风奔跑自由是方向，追逐雷和闪电的力量。”如果用这种歌词形容这班里氛围自由自在也挺对的。

这个班里的人际关系本来就没那么和睦，而且大家都玩心重，所以心情日记就好比垃圾一般，还容易有人在上面吐槽。

小恩mo想吐槽的人多了去呢。不过目前，她正处于忍耐的阶段，并不打算立刻骂人。

这学期，圆苑mo从美国回来了。

她虽去美国待过大约半年（就是上学期的时候），但是她的英语一点都没提高。这是很正常的，因为即使去到外国，很可能也只是待在华人区，整天和自己家里人在一起，而不会去和外国人交流。

倒是她现在一看到汉堡和比萨就恶心。有时候体育课因为下雨没法上，体育老师就在班里播放《荒野求生》之类的片子。在片子开始前，出现比萨和汉堡的浮夸的引诱人的广告，引得许多胖男生馋得哇哇大叫……而她则会小声嘀咕："恶心……"

小恩mo认同圆苑mo对汉堡的看法。因为她自己在十二月也刚去过美国，吃了很多快餐，汉堡巨大而且里面夹的肉很多，单调无聊，根本吃不下。妈妈和她一回国就直奔陕西菜馆去了。

不过，她不会因为都讨厌汉堡就对圆苑mo印象变好。她可记得二年级时圆苑mo胡乱用水彩笔、故意发难看杯子以及瞪人。而且她觉得，过了一年了，圆苑mo也还是老样子。

因为小恩mo对圆苑mo有一些固有的成见，所以圆苑mo的任何行为，在她眼中可能都不那么好。

比方说，有一次，圆苑mo看她站在双杠旁边，就过来把身体挂在双杠上，然后说："你看！可以这样玩啊。"然后又立刻表演如何走平衡木。圆苑mo在双杠上晃来晃去的时候，眼睛里和肢体上让人感到一些不稳定的得意，并且，她的脚步在平衡木上似乎很局促。

小恩mo觉得，这个人就是故意在表演，功夫都没有到家就急于展示，简直不能更烦人。她还认为这个人总跟着自己，像个影子一样。

上午，小恩mo问小芮mo："你有讨厌的人吗？"

"圆苑mo算一个。"

据小芮mo说，她是因为圆苑mo在发数学书时暴力地把小恩mo的那本扔到墙边，才讨厌圆苑mo的。

下午，槿老师让小恩mo和善久mo去做绘画板报。小芮mo走过来说："当时选宣传委员时，我只比你少一分，老师说我可以帮助你。"

因为说这话的人是小芮mo，所以小恩mo立刻答应了。

忽然圆苑mo也跑过来要布置海报。小芮mo很机警地回过头："你怎么也来做了？"

"老师让我来的。"

小恩mo觉得这人一副理所应当的神气。

这几个人很不愉快地一起布置海报。做完后，他们发现上面还有空位，还少一张画。圆苑mo提议去美术教室找一张。于是圆苑mo、小恩mo和小芮mo一起出了教学楼，前往美术教室。

现在还是春天，到处都很温暖。在阳光下，美术老师和校长站在跑道上说着什么话。这几个人很没眼力见地冲上去。

"老师，我们要去美术教室选一张我们班的画，可以吗？"

"嗯，这个……"美术老师应了一声，接着和校长说话。

三个人就自己到美术教室去找。

圆苑mo看到国画课外班的画——她参加了这个课外班，于是大声说："呀！我们国画课的！可是我的还没……"

她还没说完，小芮mo就叫着：“不能用你的画了！你的画太多了！”

小芮mo觉得她很自以为是，以为自己画得很不错。

小恩mo觉得她知道自己画得没芮、恩二人好，只是为了自尊心才乱嚷嚷。

她们找到了一张小恩mo二年级时画的长颈鹿，把这张画挂到了板报上。

其实，小恩mo也很够自以为是。

她觉得圆苑mo让人反感的地方多了去了。

在剪纸课外班，老师给每个人都发了蓝色透明文件夹，把纸张、剪刀和胶棒全都放进去，然后在文件夹上贴上自己的姓名。小恩mo在那边捣鼓别的玩意时，小芮mo和圆苑mo站在木桌子前整理那堆乱七八糟的纸和材料。突然她们见一个胶棒上粘了许多碎屑，小芮mo要去清理，圆苑mo却说：“那是小恩mo的，不用管了。”

听了这话，小芮mo憋了一肚子的气。她直奔向小恩mo，压低了声音且眉头紧锁地说：“刚才呀，那儿有个胶棒脏了，圆苑mo说那是你的就不让我清理！”小恩mo的脸简直要拧成一锅粥了。她认为圆苑mo简直就是令人作呕啊。

那时在班里就是这样，几个朋友当中如果有谁讨厌一个人，那么其他几个人极有可能也会讨厌那人。不过她们做不出什么离谱的事，顶多嘀嘀咕咕地议论。

小恩mo近来想起来哲宏mo以前的“恶行”。她尤其想到了上学期的某次集会，他坐在自己后面，无比烦人。她不记得那是什么集会了，就暂且认定那是“大队会”。

她想起哲宏mo，觉得很想吐。对他和对圆苑mo是两种不一样的讨厌。

小芸mo也很讨厌男生。她对男生讨厌的范围比小恩mo更加的广——基本上只要是男的，她都讨厌。她最讨厌善久mo和武强mo。本来小恩mo对这两个人的看法倒还可以，没空对他们愤怒，但是自己朋友总说讨厌他们，她渐渐也觉得那俩人不太好。渐渐地，她和她的朋友觉得班里的男生都很差劲。

她们也都讨厌圆苑mo。

最近，小恩mo忍无可忍，不管不顾地在心情日记里“骂”了圆苑mo。她没在里面编造莫须有的事情，也不会使用脏字。她把圆苑mo做的一些幼稚的事一股脑写了上去，然后觉得很爽。她知道这心情日记连老师都会看，但她已经快要气疯了嘛，所以她也管不了那么多了。

四月二十日，学校的全体学生要去翱翔营地春游。

大家对春游时的乘车位置也很在意。他们想和朋友高高兴兴坐在一起，说说话、偷吃东西，而不愿和自己不喜欢的人挨着。

“我可不想和圆苑mo坐一起。”小恩mo对小芮mo说。

“我也是，但是我可以和你坐一起。但愿吧！”

一边的圆苑mo没注意她们在说什么，她在和一些别人炫耀她带的东西。

小恩mo她们听说圆苑mo要坐别的车了，都很高兴。不过，或许她们的表情太显眼了，所以老师把小芮mo和小芋mo都调到了圆苑mo的那辆车上。

老师问还有谁是坐那辆车的。圆苑mo一直嚷嚷说是小恩

mo。小芸mo生气地对她大叫："你已经抢走了小芮mo和小芋mo了！别再抢走我的小恩mo了！"然后伸出手拦住小恩mo。

她们没意识到圆苑mo并没有调动人的权利。

到了营地，每个班都被分配到一位导师。导师会带领大家游玩。

第一个环节是上卫生间。女卫生间排了好长的队伍，小恩mo最不会抢座位或抢厕所了——只要是抢的她都脸皮薄，都抢不到。所以当她好不容易进入洗手间然后走出来时……发现大家居然已经走了，把她给忘了！洗手间就在停车场旁边，外面都是野草，还没进入正式的营地。她走出来时虽然惊了一下，但立刻就平静下来，不慌不忙找到工作人员。工作人员于是用对讲机联系到了三年级二班的导师，然后领着她去找他们。

同学们和那个导师正在一条小道上走着。小道的旁边生长着紫色的小野花。小恩mo步步逼近他们。

"小恩mo，下次你可要快一点啊。"

圆苑mo回过头说。

这话听起来本没什么毛病，但在小恩mo稀奇古怪的耳朵里却听出来毛病。她觉得圆苑mo之前就知道自己还在洗手间里而选择不去报告老师，是很不善良的一个人。她认为圆苑mo肯定知道，否则她怎么会那么淡定像是早就预知一般说"下次你可要快一点啊"。

真是服了这个小恩mo的思维了。

其他同学走在这小路上，兴奋极了。"这些紫色的小花太美了！我真应该带个照相机拍照！"曙乐mo大叫。他是个很天真幼稚的人。之前体检时就他一个人哇哇大哭，老师还派了几个男生去安慰他。

还是有人为开营仪式而担忧。他们听说开营仪式需要一个小时，还全都是讲话……实际上，开营仪式是有一个讲话的环节，但时间不长。

不过就在这短短十分钟内，小恩mo坐在位子上打开“妈妈爱我”酸奶喝的时候，酸奶哗啦一下子洒在她的校服上，很是狼狈。弄得旁边的小芮mo和小芸mo也“哎哟，哎哟”地连忙掏纸巾。

讲话过后，是一个叫作“桃花朵朵开”的游戏环节。规则是：导师说“今年桃花朵朵开”，学生们问“今年桃花开几朵”，导师答“今年桃花开两朵”，于是就两个人抱在一起……没想到，他们以前的班主任余老师现在的班也来和他们一起玩。在小芮mo坐的校车上打她的那位小孩就是余老师班里的。

“你看啊，这都是以前我们班的大乖女生。”余老师对那位小孩说。然后，她又对小芮mo、小恩mo和小芋mo说：“你们教教她，一个女生事儿太多、太唠，怎么办？”

余老师带着一种半开玩笑的语气，几个“大乖女生”都不知怎么回答。那小孩却很高兴，熟络地蹲在小芮mo旁边，大叫——

“我认识她！”

——烦死了，你认识她，但你对她很好吗？

小恩mo在心里说。

玩完“桃花朵朵开”，导师带大家进到一个小柳树林子玩“穿越雷阵”。本来有好多男生期待这个听起来有些刺激、很冒险的游戏，不过了解规则以后，他们就完全失望了。这其实就是一个单脚在格子里跳来跳去、试图避雷的游戏。

“我不能跳。”小恩mo这个疝气患者赶忙说。

“好，那你可以走，不用跳。”导师说。

大家一个一个进行这个游戏，由班长善久mo来喊人出来玩。过了好久，他都没叫小恩mo。小恩mo以为他是觉得她不能跳，才不叫她的，就觉得很不满。终于，班长叫她了。她刚要去玩，上学期新转来的楷纳mo就大叫起来：

“她脚崴了！不能跳！”

很多人虽是小恩mo的同班同学，但并不知道她不跑不跳的真实原因。

“谁脚崴了？”圆苑mo也大叫，“你神经病吧！”

“你说我神经病是吧！那我还说你脑残呢！”楷纳mo也气势更强地对圆苑mo大吼。

插播：楷纳mo在国画课外班上认识了隔壁一班的之敏mo——一个长得软萌可爱的土家族女孩。小恩mo曾在课间操时发现他们互相看，之敏mo还一个劲地对楷纳mo笑，然后武强mo和一些知情人在旁边围观，呵呵呵地傻乐。

这是题外话了。

午饭在一个大厅里吃。那个大厅里泛着一种绿幽幽的光。大家排队去领盒饭。尽管是盒饭，小芸mo还是觉得比学校的饭好吃。

下午，大家去玩了攀岩游戏。攀岩架子下面是防摔垫，掉下去不会受伤。有些同学想故意摔下去。

小恩mo一开始觉得有点犯难。不过这种逼迫人“冒险”的刺激游戏就是会令人上瘾，所以攀岩居然成了她那天最喜欢的环节。

春游过后，小恩mo和圆苑mo的关系还是很一言难尽。小恩mo的心里已经牢牢记住了那次“公共厕所事件”。

不过她讨厌人的功夫绝不会只花在圆苑mo身上的。她最近对哲宏mo真的很气恼，尽管哲宏mo近来和她交集不多。

她尤其想到去年秋天在“大队会”上发生的事。她认为，哲宏mo从后面碰了她后腰一下应该被称作是“抠尾巴骨”——这当然是个不恰当的描述，她也根本不了解这种描述的可怕含义！（这件事其实是误会，当时正在生气的小恩mo并不知道。真相到底是怎样呢？大家慢慢读，接下来不久就会知道的。）不过她当时就是这么夸张地形容了，并且对朋友们哇啦哇啦地讲述。

小恩mo为何对这件事这么生气呢？首先，她觉得这是一种极其没礼貌、没素质且不尊重女性的行为。虽然她才九岁，但妈妈已经对她进行了很多安全教育。而且除了学校里的那帮人，她身边都没有几个男的。反之，她身边有个自信的母亲和快乐的保姆……所以，说不好这孩子那时候还有点儿“重女轻男”。

其次，她把哲宏mo以前的“踢椅子”和“手枪手”也想了一遍，气得简直要跳起来。她觉得没人比他更差了。在学校里，只要一想起这些事，她的五官就拧到一块去，眉头舒展不开。

有一回在体舞课上，冯老师要让两人一组跳双人舞。小恩mo那天想起很多哲宏mo可恨的事，满脑子都是那些可恨行径。冯老师要她和善久mo一组，她就机械化地移动着。和善久mo面对面站着，但她的五官依旧拧在一起。

“怎么，你嫌弃他啊？”冯老师突然对她说。

“不是他！”小恩mo说，“是因为别人。”

“哦，别人。别人就是哲宏mo呗……”一些男生在后面说。

小恩mo总在想，那些男生也太维护哲宏mo了。他们根本不知道哲宏mo是多么“坏”！

17 草林

小恩mo和小芮mo发明了一种叫“芮恩国”的游戏。这种游戏的前身实际上就是二〇一六年四月在郊野公园玩的“小孩抓坏人”游戏。只不过，这次小孩和坏人都有了自己所谓的“国家”了。

她们两个的国家就是“芮恩国”。芮芮爸的国家叫作“大人国”。

游戏规则大致是：“大人国”与“芮恩国”的人们各自找到一个地盘，划分好界限。也有一些不属于任何“国家”的领土。两个“国家”都有自己的“宝物”（可能是碎砖烂瓦，也可能是野草），宝物当然藏在自己的领土里。游戏开始后，两个“国家”的人可以留在领土里看守“宝物”，也可以走出领土试图去偷别人的“宝物”，如果进入别人领土时被发现了，就有可能被囚禁，这时你们“国家”自然功力大减，别人也更容易偷到你的“宝物”。如果你的“宝物”和“人”被盗取或囚禁得太多也就是“国家”损失太大，其他“国家”就获胜。在偷盗过程中当然会追跑、被别人追，或者追别人，如果被别人抓到就可能被送去囚禁。

这个游戏一听就很耗损体力吧。所以通常会分为好几局进行。不过每一局怎么划分嘛，还是比较自由的。视情况而定。

玩这个游戏的最佳场所是一些公园，而且最好不要是太整齐的那种，最好多点杂草什么的。这也是为什么这个游戏会起源于郊野公园了。

在小恩mo的印象中，小芮mo和她爸爸好像总是玩什么“打架”游戏。所以她猜测，类似于“芮恩国”的游戏，小芮mo家或许已经玩了很久。不过小恩mo加盟以后，这些游戏的规则才逐渐成熟。

说起来，这个游戏正式成型还是二〇一七年五月六日，在绘画课结束后的燕园。小恩mo和小芮mo的家长们带她们到燕园里去玩。一进去，她们就从平时看起来很老实的“乖孩子”变成了“野人”，爬到未名湖旁边的山上，不知不觉就开始玩这种游戏了。可能正好这里的环境树木丛生，符合她们的趣味，所以她们情绪高涨起来，逐渐讨论出了“芮恩国”和“大人国”的概念以及相关游戏规则等。

学校里有一门课叫“国际理解”，每讲一个国家，就会先讲国旗、国歌、国徽和首都等，甚至还有国花、国树。所以小恩mo和小芮mo也自然想起了这些概念，开始考虑应该给“芮恩国”设计设计。

小恩mo首先推荐了“国歌”。那时她们正在前往燕园里的一家咖啡馆。她推荐的是《小马宝莉》里的一首歌（对对对没错，那时的小恩mo是该动画片的铁粉，放学第一件事就是看看《小马宝莉》有没有更新）。小芮mo也觉得这首歌不错，她们试着唱，但英语不太好，所以唱不出来。

那一天，她们还确定了“芮恩国”在燕园的秘密基地。那是在一个雕塑后面，有一条小小的隐秘的山路，走进去，虽然杂草丛生，但也是很好的“花园”。她们给这个秘密基地起名为“草林”。

对于她们来说，燕园里最值得看的不是未名湖，不是众人打卡的石舫船，而是那些不被发现的山上小路和从小路进去的花园。去那些地方，当然要冒着被蚊子咬和被树枝刮的风险，所以没什么大人会去那里。小恩mo和小芮mo才不在乎那些风险。在游戏中汗流浃背，感受一种很快乐的疲劳，是她们的向往。

在这个游戏里，你可以尽情地挥洒，不用考虑那些烦人的事。总之，这是个很减压的好游戏，强烈推荐！

等小恩mo到了十几岁，虽然还没变成大人，但是走进燕园的时候，看见那些小土路和野草，她好像没有力气进去玩了。明明也没有劳动，但好像肩膀和背都黏住了，抬不起来。大概，她也知道就算把那些童年玩伴再请过来一起玩，就算大家心里还想着“那个游戏多好玩啊”，却不知何故再也没法做到那样欢脱了。

如果此时有个不管不顾的、十岁以下的小孩冲过来，说：“怎么样？我们一起去那里面玩吧，把土放到矿泉水瓶里搅一搅怎样？”小恩mo应该会说“好的”（不过她经常到了儿童面前就嗯嗯啊啊的，明明很想和他们说话的啊，却不好意思说，哦，简直比见了暗恋的人还那个什么），因为她其实特别想这样做，只是需要有个借口和机会。平时总是想着，算了算了，写写作业吧，那些美丽的蓝绿色时光就被挤掉了，真够没心灵。

总归是有什么抽象的东西默认了，年龄数字和日益增长的庞大身躯将我们隔开。也可能是自己脸皮太薄。其实只要下定决心，我也可以在树林里玩这个玩那个吧。

小月mo和小志mo也加入了这个游戏。他们的“国家”分别叫“乐艺国”和“志者国”。小恩mo、小芮mo和他们一起去清华大学看画展的时候，小恩mo郑重介绍了“芮恩国”游戏，让他们加入，并且想想“国家”的名字。

其实小月mo的“国家”名字根本就是小恩mo帮她起的。因为小恩mo很急躁，着急想一个名字。小志mo的“国家”名字是他自己起的，不过也是在小恩mo的一再逼迫下。

明明小月mo和小志mo是两个有个性的、水瓶座的家伙，但他们和小恩mo、小芮mo一起玩时，十分好说话。甚至他们两个人说的话加在一起也就是小恩mo说的话的二分之一——这还是较为保守的统计呢。很多时候，他们只是憨笑一下。

“芮恩国”“乐艺国”和“志者国”合称：小人洲。“大人国”是大人洲的。小人洲里的人名都带着后缀“mo”；大人洲的人名后缀是“Yo”。在芮恩国和大人国之间，小恩mo硬加进去一个“甸野国”。据说“甸野国”国土面积很小，且里面全是原始人。在游戏中，若有需要，时不时也会有人扮演个原始人来吓吓人，或者充当个救星。

在清华美术馆外吃意大利面时，小芮mo突然抬头说："我喜欢云天mo，云天mo也喜欢我。"

小恩mo嘴里的面条差点喷出来。

——小芮mo是怎么知道云天mo也喜欢她的呢？而且她居然能直接说出来！

不过小恩mo稍微一想，觉得这两个人互相喜欢也是很有可能的。

云天mo很喜欢帮助人，就连小恩mo在二年级时，也觉得他真是个好人呢。上三年级之后，作为住宿生的云天mo经常从家里带一大箱子零食到学校。那箱子是个行李箱。他把行李箱推进班里，课间时分零食给好多人。有"吃货"之名的小芮mo自然很喜欢他带的各种零食啦。有时，云天mo也问小恩mo要不要吃，她却总是回绝——当这个男孩蹲在地上，将行李箱的零食分给大家时，她却总是独自坐在座位上，对零食并没什么兴趣。

这主要是因为小恩mo家长从不禁止她吃零食。她家还有一个五层的零食柜——这个引发了一些孩子"偷拿行为"的零食柜。以前住在郊区时，妈妈的两位同学是去美国留学的看起来很高级的人，他们的孩子平日被严禁吃零食，所以到了小恩mo家看到零食柜就欣喜至极，悄悄揣了一些零食在兜里，后来被她妈妈发现了。嗯。

虽然云天mo通过他的零食和他的高情商获得了许多女生的好评，但小恩mo觉得他带零食的行为多少带点套路性。

在小恩mo的眼里，云天mo可能也对小芮mo有好感的原因，也很简单。首先看他们二人平日的相处就很其乐融融。他们科学课的时候是同桌，坐在教室东侧的窗户边，随时可以望见杨树的绿叶子。当然，杨树什么的都无所谓啦。主要的是他们经常上课聊天说话。况且，小芮mo本来就是个可爱风格的女孩，她性格好，并且欣赏云天mo的零食。她的欣赏会让云天mo觉得自己的零食很受重视，这叫价值感。

此时小恩mo就看着正在吃意面的小芮mo，心想着小芮mo刚才说的话也不无道理。

而小月mo并没有多询问什么，只是以一副有些蒙的表情，继续吃着面。

“芮恩国”游戏越来越完善，小恩mo兴致高涨地制作了“国家地图”。为了让这地图显得古朴，她把没用的作业本的淡棕色外皮扯下来，作为地图的封皮，还用红色的马克笔写了地图的标题。

她把地图带到学校让小芮mo看。

小芸mo、小芋mo和珊琳mo也看见了地图，小恩mo很快就让她们也加入了“芮恩国”。这个游戏逐渐变得更加立体了。

18 波澜的一周

五月八日星期一，距离运动会越来越近了。体育课时训练队形，槿老师说这一次的手持物是花环。

圆苑mo去发花环了。

女生们的花环都是粉色的。但是圆苑mo给了小恩mo一个蓝色的花环。

——她肯定是觉得女生都喜欢粉色的才故意给我蓝色的。但是我恰恰喜欢蓝色。

不久，圆苑mo又听说小恩mo真的喜欢蓝色，于是她又跑过来非要把蓝色换成粉色。

最近小恩mo总是很生气。她不仅因为圆苑mo生气，还因为哲宏mo生气。其实哲宏mo和她的矛盾都是在二年级和上个学期发生的，但是由于她在前一段时间突然回忆起了上学期集会时的不愉快事件，所以她非常气恼。她把那件事跟朋友们说了，也跟槿老师说了。

“都是上学期的事情了，你怎么不早点说呢？你应该当时就说啊。”槿老师哭笑不得。

“当时……忘了。”小恩mo很无语地说。

她对于哲宏mo的所作所为越想越生气，觉得他比圆苑mo更加烦人更加可恨。所以当她气急败坏、无法遏制的时候，她甚至对圆苑mo说了哲宏mo的“可恨事迹”。圆苑mo也很恼火地说：“是啊！他这个人也太差了吧！”此时，这两个女孩的关系好像突然和睦了。

星期二的国学课上，国学老师突然开始批评哲宏mo。他把哲宏mo的名字写在黑板上，开始絮絮叨叨。本来这个老师脾气挺好的，不知道为什么今天就成了这样子。

这一天的小恩mo也很躁狂。她根本不想听老师说了什么。她和小芸mo一起低头拼命写着语文作业。这是因为心里面非常讨厌某个人，负面情绪太多，于是产生了逆反心理，最后的行为就是故意在一堂课上写另一堂课的作业。

“谁还在那儿写！再写我给你把作业本扔下去，信不信？”突然，国学老师大吼。

这周，小恩mo的位子正好距离窗户比较近，这让她更加觉得，把作业本扔下去好像是十分容易的事。于是她很不满地把抄词本塞到了位兜里。小芸mo也一样。

接下来，她们两个开始传小纸条。这当然也是一种逆反行为。小恩mo先开始说了：

——哲宏mo就应该叫这个名字——“坏哲”。

——对！而且善久mo就应该叫“娘久”。

——那武强mo应该叫什么？

——“臭武”。

——那现在给圆苑mo起一个名字吧。你觉得她应该叫什么？

——不知道。就是她很小心眼。

——那就叫“小心眼苑”。

——什么？小心谁？

小芸mo居然没听懂。小恩mo说的是“小心眼”，而不是小心什么人。

国学老师看见了。但他只是睁一只眼闭一只眼，毕竟他还在批评别人，没空管传小纸条的人们。

小恩mo和小芸mo又拿出抄词本。

写字的时候，小恩mo听见了国学老师对哲宏mo的谩骂声。听着听着，她自己也越来越生气。她突然举手，然后站起来指着坐在最后一排、快要颓废的哲宏mo大声说：“他抠我尾巴骨！”（看过三年级第十六章的人是知道的，这是个误会，事实不是如小恩mo所说。）

班里一下子就炸开了！拥护哲宏mo的男生们当然不相信她说的话，但国学老师已经快要气晕过去，一句话都说不出。坐在第一排的芬弛mo回头大声叫喊：“怎么能这样啊？！”

接下来发生了什么，小恩mo漠不关心，她继续写着其他科目的作业，继续生气。

下课后，小恩mo看见国学老师拿着他的教案站在门口非常激动地对槿老师说着什么。他一边说着，一边拿笔敲着教案。小恩mo感到他浑身颤抖，嘴还像机关枪一样在说着。槿老师应该早就知道了他说的事情，她依然带着那副哭笑不得的表情站在门框旁边。

下节课是信息课。这学期的信息课主要讲“我们的城市”。这节课，同学们几个人一组做项目。但小恩mo是完全没有这个心思的。她现在气得头发都要竖起来了，并且嘴角抽搐。现在只剩下小芋mo和小芸mo在做项目了。小芋mo虽然也讨厌男生，但是她比较温和，不会因此把自己气得要死。

小恩mo站在哲宏mo的书包面前，说道：“我真想踩了他的书包！”

一大堆男生自动组成一个团队，把书包抬走，大声说：“保护哲宏mo的书包团队！”小恩mo瞪着他们，等他们把书包放下时，一脚踩了上去，小芮mo也踩了上去，使男生们都很惊讶。不仅如此，小恩mo和小芮mo还拿黑色油笔把他的书包划了一遍。

其实小恩mo没什么胆量。因为哲宏mo的书包本来就是黑色的，所以她才敢划——就算划了也看不出什么。

“神经病吧！”萧潇mo看着小恩mo说。她虽然是个女生，但是此时她并不和女生一伙儿。

信息课下了，小恩mo和小芮mo来到了剪纸课外班上。小恩mo一脸不满，对小芮mo说：“她说我神经病，那我还说她神经病呢！”

就在这时，萧潇mo来了，一脸冷淡和鄙夷。“槿老师叫你们下去一趟。”

到了班里，只见槿老师坐在前面，倒也没有显得很愤怒。哲宏mo在这个乱七八糟的教室里拿着扫把，表情很忧郁地扫着地。

——萧潇mo肯定把刚才踩书包的事告诉了老师！

“嗯，你们先在这里和他一起打扫卫生。我去办公室拿点纸。”槿老师说。

槿老师一走，小恩mo就拉着小芮mo走出教室，鬼鬼祟祟地说：“哎，不行，我们得出来。因为我妈说不能单独和男生待在一个屋子里。”

“哦，为什么呀？”

“嗯……好像是怕出危险。”

不久，槿老师回来了。她看见这两个人在班外面站着，就问：“你们怎么出来了？”

“我妈说不能单独和男生待在一个屋里。”小恩mo回答。

“行行，”槿老师哭笑不得，“那现在进去吧。”

哲宏mo还在那里扫着地，看起来很像一个可怜人。

槿老师坐到了讲台旁边的小桌子那儿，把小恩mo和小芮mo叫过来，叹了口气，说：“有人说，你们踩了他的书包？”

小恩mo先说：“对。因为我太讨厌他了！”

“那你呢？”槿老师问小芮mo。

“我看她说‘我真想踩他的书包’，然后我就踩了。”

“哟，”槿老师说，“那可不好呀。你们想一下怎么办？”

班里安静了几分钟，终于有一个人开口了。小芮mo说：“洗一下？”

“不！不用了，反正那书包也不贵，又是黑的，也看不出来。”不知怎么，哲宏mo很平静。

小恩mo心想，幸好不用去洗了。因为只是自己和哲宏mo有矛盾，如果还连累小芮mo，那就太不好了。

“好了，小芮mo，你可以走了。”槿老师这样说。于是小芮mo走了。小恩mo想逃走，可是不行。

现在只剩下小恩mo、老师和哲宏mo了。

“你们二位到底怎么了？”槿老师问。她只知道小恩mo经常语无伦次地说着什么，却不知道究竟有什么事让人如此愤怒。

小恩mo一口气说出一大堆：“二年级他踢我椅子，没完没了；他给我比画手枪手；还有大队会上，更可气！……”

“不——”

“不什么啊，你这样做坏事一年了，你怎么不对别人这样？我怎么了？！”小恩mo大叫。

“咱们一个一个说啊。你说他踢你椅子，怎么回事呢？”槿老师说。

“我刚来时，她老往我这边看。”哲宏mo突然这么说。

他说这句话时，小恩mo很不开心，她真后悔往他那边看。

哲宏mo又说：“但是我做什么她又老不理我，总低着头，不看我！”

“谁会没事老看你啊！再说我从不主动找人说话，好多人都不理！”

“对，她就是那种性格啊。”槿老师表示赞同。

“还有！你总做怪表情，对我很坏的样子！”小恩mo冲哲宏mo大声说。

“我就是想让她开心！可她就是不理我！在操场……在班里……”

“你说的什么乱七八糟的！我都不记得了！再说了，你又是踢椅子又是怪表情，谁知道你是在让人开心？！”

槿老师说："哦……看来宏宏还是很关心你的。"

"谁知道呢？还有那个手枪手……"小恩mo嘀咕道。

"那进入下一个问题：手枪手！"槿老师赶紧说——成年人在不理智的小学生面前会显得存在感很低下，"你为什么要对她手枪手？"

"因为我生气了！"哲宏mo答道。

小恩mo大叫："你生什么气啊？你对我那么坏！而且生气的理由真可笑！"说完她大口呼气。

"我还是很能理解小恩mo现在的心情的。"槿老师说。

后面小恩mo越说越生气，开门要走好几次，可槿老师都说："不行，你不能走！"所以她只好又回来。

对于"手枪手"，哲宏mo又说出另一个理由："舞蹈的手势就是那样。"而且还不忘做了一下舞蹈动作。

"什么舞蹈是那样啊？"小恩mo很愤怒，也很迷惑，"有舞蹈是那样的吗？"

"有啊。我妈带我报的课外班。"

"那也不是你刚才做的那样的啊！根本就不是这样！上学期你做的是手枪手不是刚才那个东西！"

槿老师的表情好像有点想笑。"啊，他说那是舞蹈手势？"

"可是根本不是！"小恩mo觉得背着书包站着很累，于是她把书包卸下来，放在门口的地板上。紧接着她说：

"你就找一堆借口吧！现在你听好了，我要说最让我生气的：大队会上你做的事！"

"大队会你坐在前面，我不可能在你后面！"哲宏mo看起来真的快哭了。

“我因为阳光太晒，移到了后面。你还坐在我椅子上，问我：‘你为什么不坐？’”

“真的没有！大队会的时候你坐在前面，我根本就没坐在你后面！”

“我也记得啊。大队会的时候你们俩好像没挨着。还是你说的是二年级的大队会？二年级的时候我就不知道了。”槿老师说。

“二年级的时候我也坐在后面啊。二年级的时候也没有挨着。”哲宏mo抢占先机。

“不是。就是三年级的大队会。”小恩mo固执己见。

“那是不是不是大队会啊？是不是别的活动？”槿老师问。

“队列广播操比赛的时候你好像是坐在我前面。”哲宏mo说。

小恩mo现在也开始怀疑了。她回忆了一下，队列广播操比赛时，她走在队伍里，感到心情很差，好像就是因为哲宏mo。好像确实不是大队会，而是队列广播操比赛！

“我好像记错了，的确是队列广播操比赛。”但她还是认为“抠尾巴骨”是真的。

“我真的没有！还有踢椅子，都是因为我得了多动症！”哲宏mo大声说。

“你得了多动症？都是什么理由？你有证据吗？”小恩mo大叫。

“有！我妈带我去检查过了，我就是得了多动症！”

小恩mo觉得他说的话有些可疑，但是“多动症”是听上去稍微靠谱一点的回答，就没有再深究。但是她还是坚持要哲宏

mo道歉。因为她清楚地记得，那时候他踢椅子和做“手枪手”的表情就像是在挑衅，而且队列广播操比赛时他确实说了很可疑的话，还和自己坐在一个椅子上。

不过，“抠尾巴骨”的确是搞错了：他只是不小心碰着，而且那的确不是尾巴骨，而是后腰。

哲宏mo鞠躬道歉，看上去很涣散。

“不行，你很不真诚。”小恩mo真的觉得他很不真诚，而且她觉得道歉一定要真诚。

“啊行，那你再道歉一遍吧，真诚一点。”槿老师放松一点了，她这样对哲宏mo说道。

哲宏mo鞠躬九十度道歉了。

然后，这场“谈判”就散会了。小恩mo背上书包走了。她走在只有自己一个人的楼梯上，感到四周的空气都凉凉的。忐忑不安但居然隐隐约约地觉得自己刚才的行为有些英勇。

到了剪纸课外班，圆苑mo立刻过来，很好奇地问小恩mo：“刚才槿老师对你说了什么呀？”

“没什么。”小恩mo不想跟她说话。

那天晚上，小恩mo的妈妈就接到了槿老师的电话。电话那一头是槿老师激动的声音，她说她觉得小恩mo太勇敢了，从来没见到她说那么多话，而且气场非常强大，竟然让班里最难管理的男生都鞠躬九十度道歉了！

第二天中午，槿老师在班里说：“我觉得我们班只有班长善久mo管理班级，他太累了，应该再选一个人当副班长帮助他。可以选一个女生。”

——肯定是小芋mo吧。

这是小恩mo低头写字时的想法，在窗子边上，抬头看到的教室笼罩着黄晕的光线。

其他人也这么想。因为小芋mo是班里学习最好的女生，也不会胡搅蛮缠或者不公正（众所周知，小学低年级时的女干部很多都情商离谱，胡搅蛮缠是常见的）。

结果，槿老师却说，她想到的合适人选是小恩mo。小恩mo大吃一惊！很多人也很吃惊。

有些男生不同意。但槿老师把小恩mo叫到黑板前，让她放胆说。

槿老师还把善久mo叫到前面，让他和小恩mo面对面，希望他们两个能好好合作。

只见这两个人很无语地面对面站着，完全没什么话可说的，还都有点驼背。

小恩mo在槿老师的要求下写了“副班长感言”以及“对同学们的期望和要求”。然而，“副班长感言”事实上只有一行，那就是“不可思议、兴奋”；而“对同学们的期望和要求”却很长。当她把那张纸放到老师面前时，老师尴尬地笑着说：“这么多呀。”

小恩mo把纸翻过来，说：“不是，还有。”她一副淡定的样子。

槿老师吓了一大跳。她可没见过这样的学生。

小恩mo的“对同学们的期望和要求”全文如下：

学习方面：1.认真、按时完成作业和任务

2.上课认真听讲

3.作业书面干净工整

4.心态积极向上，有自信

5.上课不说话（跟同学），不玩文具

卫生方面：1.认真、按时做值日

2.自己地面尽量干净

3.不乱扔垃圾

4.不损坏班级公务，不乱写乱画

5.不在点心、水果盆里乱摸

品格方面：1.尊重他人

2.不嘲笑、不戏弄他人

3.不与老师、同学顶嘴，不找借口

4.不说脏话

5.不戏弄他人

6.不故意伤人、害人

7.不要看不起人

8.包容别人、有团结精神

9.不骂人、不伤人

10.不伤害别人心灵、身体

11.不乱说话，不说错的话

——致全体三（2）班同学

19 运动会

五月十二日，终于到了运动会的这一天。

早上天空很蓝，初夏在操场上织成浓密的绿荫。很多家长都到了，学生们也从教学楼走出来，拿着各式各样的手持物，穿的服装也不一样。体育老师搬着音响走出来，拿着麦克风在主席台前主持纪律。报告厅的一些桌子也搬了出来，放在主席台上，等待着校领导的光临。教育庙会用的大伞也放在靠近教学楼的那棵杨树之下，可以帮助家长们遮阴的。

同学们按照年级和班级的顺序在跑道上站好。这时候皮肤能感觉到凉意，或许很多男孩觉得这样的凉爽刚刚好吧。即使此时被支配着入场和表演，心里也会有很多憧憬。因为过一会儿就可以坐在观众席上和朋友聊天，中午的面包和玉米香肠等零食应该也已经进入了学校，在等待着大家了。

“喂喂——”是体育老师拍打麦克风的声音。

入场的音乐开始断断续续地响起来了。又听到别的班的老师整顿纪律的声音。“站好啦！”

入场式终于要开始了。当那个音乐响起，小恩mo还是遗憾它不是去年的《运动员进行曲》。

首先入场的肯定是国旗队和校旗队。来自四五年级的四个姐姐在举着旗。

后面是人很少的六年级。一些高大的男生举着大旗杆。前面有一个略显肥胖的白衣男孩在挥舞校旗。

紧接着是学前班。小恩mo真的很烦他们。

最后还有家委会的队伍和教师代表团。

入场式结束，就是学生代表、教师代表和校长的讲话。然后就到了表演时间。

这时候，各个社团的人都大显身手。

跆拳道社团的人上场了。他们果真穿着白色道服呢，可真是厉害啊。小恩mo早就放弃了，所以她肯定永远得不到白色道服。白色的身影和绿色的操场以及树木呼应着，显得这些人更加厉害，好像他们是密林里的高手一样。他们还拿出了木板，把木板踢成两半。

篮球社的人在后面等待着。穿道服的人一下场，这些人就冲了上来。他们虽然穿着篮球服，但篮球服里面其实不过就是校服。而且操场上根本没有篮球架子，他们只是拿着球拍来拍去，以及拿着球在腿下绕来绕去，不知道有什么意义。

接下来是中华武术社团。这个社团里很多都是一些低年级的小孩。他们穿着蓝色的武术服装。他们的表情看起来充满激情。最厉害的还是前面的那个黑衣服的人。不知道他是老师还是学生。他跳起来在空中滞留，而且脑袋还朝着地面！

这期间，一直有些家长站在树屋底下看着他们。

小恩mo参加的节目就比较无聊了。这个节目基本上全体三、四年级的学生都要参加，那就是《最炫民族风》的广场舞。这中间当然不乏有些人跳得像是肢体要散架了。

然后就到了比赛的环节。这大概是很多运动健将喜欢的环节，也是很多家长出丑的环节。因为有很多亲子接力的项目，平时不太运动的一些家长由于太过奋勇当先，竟然摔倒在了操场上。

小恩mo只报名了一个项目，那就是去年就报名过的“赶猪跑”。因为她去年就做过这个项目，而且完成得不错，所以她并不怎么担心。现在她只是在观众席上和小芮mo说话。观众席在南侧靠近居民楼的杨树之下。很多家长也在那里晃来晃去。台阶上铺着沾上灰尘的坐垫，五颜六色。家长拿着手机围绕在周围，抓紧记录着孩子的一举一动。小恩mo的妈妈就是这样的家长。“赶猪跑”之前，她拍了好几张小恩mo、小芸mo和小芮mo站在一起的很快乐的照片。

小芮mo举起手，开玩笑地挡着镜头，说：“不许拍！”

她们都笑得好开心啊。

“赶猪跑”是班级接力的团体项目。一个年级一个年级的比。当然也不是所有年级都有这个项目。三年级的一、二、三、四班每个班占据一列。其实小恩mo也有一点紧张的，不过她觉得，反正去年不都比过了吗，没什么的。比完了就回到观众席继续玩啊。

比赛开始后，却发生了意想不到的事情。场地都是绿色的，虽然有白色的圆点，但是如果只是看着地面和那个球及棒子，是不太容易分辨东西南北的。总之对于三年级的小恩mo是不太容易，所以她赶着球不知道闯到了哪个班。一抬头，发现自己遇到的是四班的学生，才知道自己已经走偏了。即使内心很焦急，但也没什么用了，因为早已晕头转向，又得大费周章地回到二班，退回去，下一个人才能接着比赛。

小恩mo觉得，在旁观者看来，自己从二班一直走着斜线绕远跑到了四班，是多么无语的事情。她内心也很焦虑和尴尬，只是没有表现出来。妈妈觉得她脸上还是那么淡定。其实那是痴呆的表现吧。

——好吧。只能这样了。

本来小恩mo是这么想的。结果，班长善久mo突然出现了。他在一旁显得更加焦虑和恼怒，不断地大声嘟囔：“哎呀！都跑到四班了！现在我们班肯定输了！……怎么回事！都完蛋了，现在可没办法了。都是你搞的！都跑到四班了……”

小恩mo看着他说出这些话，本来还比较平静的内心现在变得非常不平静。已经有怒火要喷发出来了。

当然，她没有本事直接冲到善久mo面前对他破口大骂。她走到观众席后面的狭窄的杨树小道上，脸上的愤怒已经难以遏制，在熟悉的人面前说：“他怎么这样！我走错了又怎么样！……”然后突然就哭了。被气哭真的很可怕，脸上不仅全是泪水，而且还带着很可怕的表情。

“什么人！我走错了又怎么样啊！他这种人还做班长，他就和彩迎mo是一种人，而且比彩迎mo还差劲！神经病！我走错了又怎么了！”这些话来回重复，说着说着又开始大哭。

她以前在学校里都没有哭过，现在真是忍不住了。

妈妈和小芮mo都在旁边安慰她。她还捡起来地上的杨树叶子撕碎，以此来发泄情绪。小芮mo甚至从地上捡了很多叶子让她去撕。

小恩mo一旦哭泣就很难停止，而且表情特别夸张。她现在很难控制。妈妈带着她、搬着椅子来到了美术教室的小楼下。她还在哭，但没有继续骂人。梁师傅从这里路过，说："啊，怎么哭了？"

"没事，刚才运动会的项目没做好。"妈妈回答。

"没关系的，谁都可能没做好。"梁师傅说。

——梁师傅一直认为我是个淑女，其实我是现在这样任性而且喜欢大哭的人。

小恩mo在心里尴尬地想着。

过了一会儿，她终于不再哭了。她目前一定不想和善久mo再有任何的交集，看到他就觉得恶心。

善久mo看起来也满不在意。他看到别人哭了，也是挂着一副"哎怎么回事"的毫无共情能力的表情。

小恩mo和朋友们以及家长回到了教学楼的班里。她们都没有比赛项目了，也想远离操场上烦人的竞技氛围。

现在回到教学楼看到的三年级二班的教室可不是供人学习的场所。现在又没有老师，想怎么样就怎么样。

她们把刚刚发放的零食包随便放在桌子上。小芮mo把红领巾给她爸爸系上。小恩mo的妈妈和平姨也在场。

小恩mo举着班牌在班里走来走去。芮芮爸戴着红领巾担任了打扫卫生的工作。而小恩mo的妈妈关注到了这个班里一些男生的位兜，里面充满了几乎被撕烂的作业本，黑乎乎的，甚至还有吃了一半的快要腐烂的苹果。她还饶有兴趣地给这些东西拍了照片。

然后，小恩mo、小芮mo和小芋mo在黑板上写了几个大字——“芮恩芋课堂”。还在黑板上写了些乱七八糟的东西，比如：“比赛第一，友谊第二？”“女一恩恩；女二芮芮；女三平平（当然是平姨了）”……她们知道三年级一班的文老师很凶，所以故意在黑板上写：“三（1）文老师，来！”真大胆。

槿老师到了班里，她看到了黑板上写的东西，不过也没批评她们。

槿老师好像知道了刚才“赶猪跑”后小恩mo和善久mo发生了冲突。可能槿老师知道小恩mo是个很难缠的人吧，把她惹生气了却不道歉是不可能的，所以老师让小恩mo先到对面那个班级去待着，然后让善久mo去给她道歉。

小恩mo到了对面那个班，欣赏着墙上的儿童画。其实，她觉得道歉与否已经无关紧要了。毕竟得到善久mo那种人的道歉也没什么价值。

过了两分钟，善久mo来了。他显得很尴尬，并且嬉皮笑脸，进来以后说了一句“对不起啊”，然后立刻就走掉了。小恩mo就猜到会是这样子。所以更印证了他的道歉没有价值，因为他根本就不认真。

那一天，小恩mo、小芋mo、小芮mo她们还去了学校对面的居民区小巷，那是一条非常狭窄的路，旁边的房子矮矮的，夏天的中午，白茫茫的牛奶倾泻到灰色墙面，轻抚着太阳光，慢吞吞随风摇曳。有一间小小的卖部，她们从那里买了零食。她们还从学校大门左侧保安室后面走到了教学楼后面，那些地方平时都没有孩子经过，堆满了垃圾袋，杂乱无章。从中穿行而过好像奇遇。传说萧潇mo和一帮人也曾逃课到犄角旮旯里冒险，还发现了什么大红门和QZ街墓地……但愿这是假的吧。

三个女孩从后院停车场旁边的小缝隙之路走到了美术教学楼后面。哦，这后面的场景更让人震惊，居然放着一些废弃的马桶。小恩mo想起以前止一mo就带着沐生mo在这个缝隙之路里貌似很兴奋地站着，梁师傅大叫说让他们别在那儿乱窜。那时的自己站在后院停车场的路上傻看着。原来这里面是这样子。她和小芮mo、小芋mo都嗤笑学校不为人知的地方的奇怪设施。

运动会结束后，小恩mo、妈妈和平姨一起去了柳荫公园，还去看了电影《摔跤吧爸爸》。

她们在街上走着。那一带是小恩mo不经常去的地方，种的树也很不一样。在北京就是这样，可以通过街上的树判断现在是在哪一区域。小恩mo喜欢这样有点老的树木，喜欢老的树木在人来人往的热闹的大街上，大街在傍晚太阳即将西沉的天空下，天空又被五月初的老树遮挡住……

她们走进一家餐馆。妈妈说："那时候我妈妈很喜欢这家餐馆。"

——是这样啊。

一种温暖惆怅的感觉在小恩mo心里滋生了。

这家餐馆不大，墙是黄色的，灯光是暖色调的。记得那一天点了白菜豆腐汤。小恩mo喜欢这样的平凡和温暖。

20 这本书的起源

如果一个时空在人的生命里真的扮演了重要的角色，也许当时你的脑子里并不会具体地刻下几个字——“这里真棒啊，这段时光真美好啊”；但会有一种感觉，好像温暖的河水流入心中，让整个生命都有安全感，慢慢地升腾……升腾……

教学楼的门厅里有一小面绿色的墙，墙上有一行字“人生在这里启航”。

不过，这种感觉不是因为新学校，不是因为任何有形之物。

只是你知道那种归属的感觉吗？那时候的小恩mo，走进学校，不是为了应付，只是自然而然地走进去，就算躺在任何一棵杨树下也不会害怕，不用担心突然狂风暴雨、老师说的话、鸟飞下来啄人……这些不知道是什么的事一件都不用考虑。只是安静躺在那里，闭上眼睛就好。可以听见风和树叶的交谈。只是闭上眼睛躺着就好。同伴欢笑的声音跑到你耳朵里了。这可不是天上掉馅饼或者躺着也能赢。要不然为何九岁的小恩mo会如此迫切地想要记录这么“幼稚”的一切?

不是为了逗你笑或者简单地叙述好玩的生活。就算她当时乃至现在都找不到所谓高级的词语来讲述这一切的意义。只知道那个时候是生命中第一次品尝温暖日光以及感到“这是我的人生”的时候。

“我的人生”只是小学生活里的童话吗?不是的。这些看似童话的镜头，是孤独行走世间的宝物，是小恩mo心里的光束，也是握在手中的武器。这里有我被授予的使命。

当然，这本书对于小恩mo的意义一直在变化。它并非用来怀念童年，而是用来坚守生命与心灵。书中的人渐渐模糊，就像曾经演一出戏的演员，演完后走上不同的人生道路，变得陌生。但那时我们演得多么投入。他们在小恩mo的心灵里慢慢地变成非具体的人，而柔和成透明的一团，放进梦想与生命价值。小恩mo要保护这本书、这片净土，即使它显得孩子气、幼稚、小众，不被人理解，我也要维护它纯净、勇敢、不屈服。

在杨树下抱着可爱的花草与小熊的小女孩，会变成勇敢的战士吗?我想会的。欢迎来到这片孤独的园林，我希望在其中馈赠给读者爱，不管读者能走进多少。

话说这本书开始书写的时候，小恩mo念三年级第二学期。

平姨带小恩mo下楼去超市买东西。

下楼，走在小区里。虽然已经是夏天，但小恩mo不觉得怎么热。小区里的草木在随风摆动。

“我一会儿要买一个本子。就是那种线圈的，不是黏在一起的那种。”

“又买本子？”

“我要写一本书，”小恩mo很认真地说，“名字叫《小恩mo的新学校》。”

她觉得自己的考虑很周全。因为她感觉，自己这次会写得很长，所以想尽量买方便手写的本子。线圈的本子一般都容易摊开，不会很别扭。

到了超市，她直奔文具区。平姨去看蔬菜和肉了。这个超市很小，肉在最里面。中年人举着大刀劈肉，有的鱼在水箱里游，咕噜咕噜的。说不清楚，但总之超市里卖海鲜的区域都有类似“咕噜咕噜”和“吱吱”这种奇特的声音吧。

小恩mo在文具区看来看去，最终选了一个玫红色和天蓝色交织的线圈本子。

她总是在意一些莫名其妙的事。她觉得现在选择什么本子非常关键，而且她认为自己写的书一定能出版。

平姨拎着菜肉，小恩mo拿着本子，一起来到了结账区。一般在结账的地方，还会放一些糖果和巧克力，来诱惑孩子去买。一般小恩mo连同她家的大人，都会被诱惑。

“哇，来来，买个这个吧。”

她家的大人可能会说这样的话。

小恩mo兴奋极了，回到家后，立刻做了一个人物介绍表。这个表上画着她在学校认识的那群人，而且给每个人都加了个标签（可笑极了）。比如“江南女孩——小芮mo”“魅力女孩——阿韵mo”“心机女孩——圆苑mo”……

哦，真想问问她，圆苑mo有任何心机吗？

而且，还有像是“发小女孩——小典mo”这种。“发小女孩”是什么形容？

在学校的信息课，小恩mo因为头晕而不能看电脑，信息老师也知道这件事。

不过小恩mo虽然看电脑头晕，但她的信息技术课外班“动画设计”依然继续着，没有退课。每次，她就在电脑前拿着本子一顿狂写。在她的旁边，是隔壁一班的男孩叶觉mo。叶觉mo总拿着蓝胶在玩，还把蓝胶分给小恩mo一起玩。

坐在那边的，还有两个和小恩mo同年级的女孩。她们已经两次都看见小恩mo不看电脑但却写着莫名其妙的东西了。

“你怎么不看电脑呢？”

“我一看电脑就头晕。”

“哦……”

然后那两个女孩嘀咕起来，“真奇怪啊！写那么多！平时写作文就烦死了，她还写那么多！”

小恩mo写东西的时候总是很“疯狂”。大概不是头脑经常发热的人也不会选择写作。她写了几章之后，把书拿给小芮mo和小芸mo看。所以她们都知道了“小话痨”这个人，以及小恩mo的校车上其他奇怪的人。

有一次，小恩mo和小芸mo坐在廊柱前的台阶上，无所事事地看着前面。主席台前的阳光慢悠悠地晃眼睛，所以孩子们会选择在绿荫下躲避太阳。

二年级一班的孩子们走了过来，他们好像正在练习队形。

小恩mo忽然对小芸mo说：

“这个就是我书里写的‘小话痨’的班。”

“他是哪个人？”

“他已经转学了。”

小恩mo显得很不在乎（其实她更想用“不Care”这种表达，因为这更能显出不屑一顾和洒脱的气质）。虽然其实她挺在乎的。

星期六在云朵图书馆，小恩mo很兴奋地对小芮mo说:“你也写一个《小芮mo的旧学校》吧。”

“《小芮mo的旧学校》？”

“对呀！就用你的视角来写在学校里的事，你一年级就在这里，所以叫‘旧学校’；我二年级才来，所以叫‘新学校’。我们还可以做成一个系列呢。”

小芮mo的手里拿着水果垫子，只是露出尴尬的笑。谁会闲得没事去写这些？不过她的朋友小恩mo居然对此充满激情。

21 夏天

三年级二班的纪律太差了，所以这个班总是得不到流动红旗。

为了让自己的班级得到流动红旗，小恩mo和小芸mo打算在校工和老师看得见的地方捡垃圾和扫地。

运动会结束后的星期一，体育课上，小恩mo和小芸mo从角落里找来了扫地的工具，在操场边上的廊柱附近扫地。她们之所以能这么做，是因为小恩mo本来就见习，而小芸mo在这一天有点不舒服，体育课请假了。

她们在廊柱后面的杨树小径发现了很多校车司机扔的烟头。她们还把那些烟头都捡起来拿在手里，然后扔到垃圾桶里。其实这种行为很不卫生。

“这样子应该就能被老师看见，然后得到流动红旗了吧。”

“希望可以。”

在五月的杨树下，她们说道。

但是学校的大人可没有闲工夫去看她们，就算看到了，也只会觉得她们拿着扫帚在玩耍。所以，这次三年级二班还是没有得到流动红旗。

放学后，小恩mo在小区里吃了冰糕。

小时候，由于得了疝气，她只能吃一点点的冰糕，有时只能舔舔妈妈吃的雪糕边儿。现在，她在一个夏天里也只能吃一两个。

小芸mo听说得了疝气就不能吃凉的，感到很可怕。她说如果她不能吃冰激凌，就会死的。她觉得小恩mo好可怜。

小恩mo很喜欢在小区里吃廉价的食品。校车停靠的西门边上有一个路边小卖部，里面有卖干脆面的。小恩mo总是哄骗平姨给自己买，还说，“先用你的钱嘛，回家后我会把压岁钱给你的。”很是狡猾。

她还会把平姨从家里带出来的山楂条分给地上的蚂蚁。二年级的时候，她每天都这么做。如果哪天不这么做，她就会觉得对不起蚂蚁。

小恩mo当上了副班长。因为有这个职位，她就觉得自己好像挺了不起。朋友们也这么觉得。珊琳mo和小芸mo还认为小恩mo应该在班级排队下楼时去前面带队。

实际上，这应该是体委的活。善久mo既是班长又是体委。他一个人身兼数职，还总是说着英语和学校里的外国人勾肩搭背。

槿老师让小恩mo管理这个班的纪律，让她去制定了一个纪律表。

“上面都要有什么呢？”

“你就画一些标志符号，三角什么的，表示谁谁违反纪律了，画在他名字后面就行了。”

小恩mo深深地听进去了这句话，而且把这句话过度解读。她设计出了非常多奇形怪状的符号。那些符号长得真的很奇怪，它们的内容包括“骂人”“打人”“踢人”“嘲笑”“讽刺”“上课玩”“搞乱”等，差不多有二十种左右。“搞乱”其实是想说“捣乱”，但不会写，就写成了这么个东西。

槿老师看了这张表，再次露出了那种哭笑不得的表情。

小恩mo的纪律表发布不久，就引起了很多人的不满。

这天早上，小恩mo一进班，就看见男生们在打闹，互相说着“讽刺”的话。女生们一看小恩mo来了，好像看到了希望，连忙告状，七嘴八舌。小恩mo还没放下书包，就在她们的促使下记录了很多人的“恶行”。

结果，竟然有男生哭了。他们跑到槿老师那里，说小恩mo胡乱记录。

槿老师说：“怎么可能胡记呢？”

小恩mo记录的时候简直是不遗余力，而且她不徇私情，连小芮mo都被记了。小芮mo被记的原因是在科学课上和云天mo一起玩，所以被记了“上课玩”。不过，小芮mo只被记录了一两次。有的人的名字后面已经被画了一长串奇形怪状的符号。

这个班的新版值日表也是小恩mo设计的。她在分配职务的时候仔细问了每个人的意愿。不过，卫生规则就很严苛很可怕了。

三（2）班所有值日生应该做到以下要求：

扫地：无纸，无灰

擦地：地面无颜色，表面干净

打水：地面、桌面不洒水，水位准确

倒垃圾：过程中不洒垃圾，往垃圾桶里倒

摆桌椅：对齐，每排桌椅一致对齐，工整

擦黑板：黑板无灰，课下准时擦

所有：认真按时值日

毕竟小恩mo自己总是很费心地在打扫卫生。她直接从柜子里拿出“八四消毒剂”使用，倒在地砖上，致使地砖上留下了白印子，根本无法还原。

小恩mo在写值日表时，不小心把“哲宏mo”写成了“哲货mo”。槿老师看了以后很是吃惊，她以为小恩mo还是很讨厌哲宏mo而在故意骂他。

有了小恩mo的这些表，善久mo这个班长几乎形同虚设了。

还有半个月就是小恩mo的生日了。这一次，她就要十岁了。妈妈认为十岁很重要，所以想要给小恩mo办一个生日派对。妈妈在五道口选了一个咖啡馆做场地，而且联系了派对公司和摄影师。她还想在派对现场给小恩mo办一个画展。

小恩mo在学校的朋友也知道了这次派对的消息，都很期待。

小恩mo为了她的生日派对，也很繁忙地在准备。她想在派对上放自己唱的歌，每天放学回家后都得抓紧时间练歌。她在软件上录了好几次，但总是不满意。

妈妈还想让小恩mo和小薇mo在派对现场演唱，所以还要练习那首歌。

小恩mo每天都觉得很忙。她在学校的木柜子放东西时，絮絮叨叨地对旁边的珊琳mo说着，“哎呀，我每天都太忙了，回家之后要写作业，要读英语书，还要练歌，还要准备画展的画……我都要疯了！”

“嗯，是啊。”珊琳mo很善解人意地说。

在这段时间的一个中午，大家正坐在班里上午自习时，班级门口突然出现了大队部的几个人。他们在班门口，把头伸进来，礼貌地对老师说：“打扰了，我们找个人。”

“那个蓝色衣服的女生，你出来一下。”说这句话的是四年级的大队长勤晏mo。

小恩mo就穿着一件蓝色的短袖，但是她并不觉得那几个人在叫自己。

“小恩mo！快去！”旁边有同学说。

她很吃惊地走到门口，和那些人一同走了。

那些人走向报告厅的方向，很和蔼的样子。小恩mo总是觉得大队部的人都很厉害，所以她现在怀疑，难道自己也蛮不错的吗？

走进报告厅中，原来是要筹备大队会的事情。

——我不是大队委，也可以参与吗？

他们想要小恩mo当护旗手。另外一个护旗手是四年级的阿韵mo，她对小恩mo一直很友善。

小恩mo认为他们其他人根本就不认识自己，只是在班门口临时查看，觉得自己的身高比较合适。而阿韵mo本来就是大队委，所以她应该早就被选定了。

才刚到那里，她就被吩咐说："好了，你们一起走走吧。"小恩mo毫无头绪，她不知道护旗手应该怎么当。倒是这时候，从她的嘴里突然冒出来一句"下周二是我生日"，就像那种自来熟的人一样。

"我也是下周二生日！"阿韵mo很惊讶地说，"你的生日是五月三十日吗？"

"是。"

"我也是哎。"

这时更加惊讶的应该是小恩mo。她只是随便说说，没想到旁边人的生日和自己同一天。而且她清楚地知道，阿韵mo和自己应该是同年同月同日生。阿韵mo就不知道这件事了，小恩mo也不想告诉她。

过了几天，大队会又要举行彩排活动。地点在楼下的主席台。小恩mo怀着忐忑的心情到了那里。那里不仅有大队会的人，还有各班的中队长。中队长们一个接一个跑向大队长勤晏mo报告，应到多少人，实到多少人。那些人说话那么快，就像嘴上安装了机关枪一样。他们脸上的表情很严肃，动作也很干练。小恩mo站在荫凉处，惊呆了似的看着他们。

这一次的时间比较紧，没有让护旗手彩排。

过了几天，再一次彩排，是在中午的时候。这次主要就是针对护旗手了。小恩mo本以为自己要和阿韵mo一起练习，但事实却不是这样。另一个护旗手换成了校车上的小未mo。

小恩mo心想，算了，这也无所谓，反正自己和这两个人的关系都差不多。

其实谁做护旗手更好的评价标准可不是谁和小恩mo更加熟络。

她们被带到树荫下练习。没有起到什么荫凉作用的树荫，五月份的中午也是很热很热的。小恩mo穿着一个牛仔印花的裤子，这件裤子看上去倒是十分凉爽。她还穿着粉红色的短袖。她低头看那件牛仔裤子，有光斑在跳跃。

大队长勤晏mo总是那么和蔼的样子。而旗手——一个五年级的男生——就没有那么可亲了。他看起来有些傲慢，举着大旗子在操场上走着。并且，他觉得应该换掉小恩mo。小恩mo总是走不好。小恩mo其实也很不明白，为什么大队部的人会选自己做护旗手，自己连大队委都不是。练习的时候，她问旁边的小未mo："哎，这个应该怎么走啊。"对方却回答："那是你的事情，我只管我这边。"

勤晏mo否认了那位五年级旗手的想法，她觉得还可以让小恩mo再试试。

22 快到六月

护旗手

五月二十七日那天早上，小恩mo上了校车。校车上的新晴mo问小未mo："为什么你们两个都穿着西装校服？不是说要穿夏季校服吗？""因为我和小恩mo是护旗手，今天活动要求穿西装校服。"

到了学校，小恩mo不知道是要先练习，还是先吃早餐。她站在主席台上看见小未mo没有去大树食堂，而是留在了操场上，她就也走向了操场。她的手里拎着袋子，袋子里是夏季校服。因为现在的天气很热，一直穿西装的话，会让人受不了，就要在大队会结束后立刻去换成夏季校服。她的袋子里还装着二道杠。

大队长勤晏mo和那个傲慢的旗手也在那里。勤晏mo看见小恩mo的胳膊上什么也没有，就说："你的三道杠呢？赶紧戴上吧。""我不是大队委。""什么？你不是大队委？""我是中队委。”“你是中队委啊。那你有二道杠吗？没有的话我给你去拿。”“我有我有。”小恩mo赶紧从袋子里取出了二道杠，在别人的帮助下戴上了。

她真不明白，为何他们连自己是大队委还是中队委都不知道。她差点以为勤晏mo要弄虚作假。

场地上，那些绿色的小板凳已经现身，在东侧操场摆成U字形。看来护旗手也要走U字形的路线了。明明昨天练习的时候，还是围着操场在走的。小恩mo觉得，这可不容易了。勤晏mo他们拿来了音响，开始放伴奏音乐。想要卡点走出去，很不容易。但是对于那个傲慢的旗手和小未mo来说好像轻而易举，对于小恩mo来说就不行。已经到了这个时候，天真的大队部居然还在用一个动作不协调的人做护旗手。不协调的小恩mo也知道时间紧迫，所以居然走了几次就能够和他们同步走出去了。他们又沿着U字走了几次，护旗手站在那里举着旗子的环节也练习过了。小恩mo也逐渐有了信心。现在的表现，又变得像昨天走红色跑道时一样的正常。

她的袋子一直放在树屋下的单杠旁边。

其他班的同学们来了。到这时，小恩mo和其他练习的人都没有吃一口早饭。不过没关系，反正食堂的早饭也不多，吃不吃区别不大。

先是看到那些嘴皮子很溜的中队委在报告各班人数。“他们可真酷。”小恩mo还是这般觉得。今天的天气有些阴沉。大队长勤晏mo发表讲话，她的话音落下，没有人鼓掌，只有从天上经过的黑色乌鸦“阿——阿——阿——阿——”。校长的表情管理很好，一点都没笑，但很尴尬似的。

快要出旗了。全校同学们站起来，看着旗手和护旗手。音乐响起来。听到这声音，小恩mo就觉得紧张。突然，到了那个要走的点，冷静的五年级旗手和小未mo面不改色地走了出去，小恩mo却慢了半拍。或许她心里还想着乌鸦的叫声。总之，她为了跟上那两个人，腿来回倒腾。她觉得小未mo一定很无语，她甚至觉得那些观看的同学们心里也在嘀咕。而五年级旗手的后脑勺没长眼睛，他淡定如初。小恩mo已经变成了一个顺拐的人，顺拐地走完了煎熬的U字。

然后，轮到她用手扶着红旗的一角，听校长慷慨陈词。不过她心里想的是，刚才真是太尴尬了。那感觉就如同，一个顺拐的人不能在家里待着，还要上街游行，让人们知道“哦，这就是顺拐”。

她也思索了如何在走回去的那一个U字形里不再犯相同的错误。因为人都好面子，所以她当然也没有再走错。但她觉得很抱歉。在大队会结束后，她对勤晏mo说：“对不起，我走错了。”“没关系，你们走得很好啊。”

——什么，她还觉得走得很好?

小恩mo这么想着，就向教学楼走去，打算回班。她看到了自己班级的队伍，就赶紧过去问珊琳mo：“我刚才走错了，你看见了吗？”“没有啊。”“啊？”

“不行，还得搬椅子呢！”这时，后面的勤晏mo对她大叫。人家的和蔼也不是盲目和蔼。

后来小恩mo换了夏季校服。但她发现小未mo没换夏季校服。“她真的不嫌热？”

大队会结束后，大家都在操场上玩一些贴鼻子之类的游戏。这就是学校的“六一”游园会。小恩mo觉得没意思。

生日会

五月三十日那天早上，下了小雨。小恩mo穿着一个浅蓝色的新裙子，外面套着极其不搭的运动外套。她和妈妈、平姨坐在车里，准备去五道口的派对会场。她现在感受不到很快乐。其实在比较大型的生日聚会中，最不快乐的往往就是过生日的本人。

小恩mo五岁时过生日是很嚣张的。在幼儿园流行着一些很怪的事，比如，别人吃完饭了，自己没吃完，就会向别人炫耀自己还有饭吃。当然小恩mo没做过这种事，因为她觉得幼儿园的集体吃饭很让人头疼。曾有人在嘴巴里含了米饭，张大嘴给她看，说，“我还有！你没有！”很让人无语。但小恩mo五岁生日那天，她故意对着一个小朋友嘟嘴，假装很生气，挑衅人家也生气。这时，她又趁机说：“我可是寿星！你不能这样。”

现在十岁了，就完全没这么嚣张。

昨天，她和小薇mo一起布置会场。小薇mo和她父亲在东北待了四个月，上个月刚回来。回来后，小薇mo发现小恩mo和同班同学小芮mo变得关系很好。她不是那么爽。昨天布置会场时，小薇mo总是提出很多很多“好点子”。小恩mo觉得她的“好点子”太多了，自己才是过生日的人吧。所以昨天并不那么愉快。

只记得一件愉快的事：生日的气球有很多，在咖啡屋二楼，那些气球顶在天花板上，看上去很梦幻。用手一次攥起几个气球的细绳，大笑着往前跑，气球鼓鼓的就一个碰一个地发出响声，声音似打雷。本来天空就阴阴的，这时更叫人怀疑，是下雨了吗？真像打雷啊。

这次的生日会画展中，不仅有小恩mo一个人的画，还有小淏mo的小蜜蜂蜡笔画和小薇mo的猫头鹰素描画。

妈妈邀请来了很多人。当然有小芮mo和小薇mo，还有QZ街的同学以及小月mo和小志mo。本来发小小典mo也要来，但是她有事来不了，只有她妈妈带着她弟弟来了。

妈妈请的摄影公司的人非常认真。他们早早就来到了派对现场。

小薇mo来得也比较早。她大概也是派对的策划人之一吧。她是所有来宾中小恩mo最早的朋友，所以她觉得自己也应该有点权利，就忙着一起张罗。昨天，她就和小恩mo制作了一大张十分烦琐的游戏图。她们制定了好几个游戏，还列出了很多规则。

生日派对开在咖啡屋的二楼。在二楼的楼梯口摆了一张小桌子作为迎宾台，上面放着给来宾的礼物——绘画本。小薇mo来的时候送给小恩mo一个尤克里里作为生日礼物，她们在那张小桌子上把浅绿色的包装拆开了。

不久，小芮mo来了。她和家人穿的是亲子装——黑色的T恤上印着棕熊和小白兔。其实，棕熊和小白兔象征着小恩mo和小芮mo。小芮mo画了很多棕熊和小白兔的画。

显然小芮mo和小薇mo之间的氛围有些奇怪。她们二位分别是小恩mo最好的朋友和很久且很好的朋友。

摄影师给小恩mo和小芮mo、小恩mo和小薇mo分别拍了合影。

陆续又有来宾了。小恩mo、小薇mo、小芮mo和小芸mo她们都坐着，画画和吃东西。其中，小恩mo小芮mo画画和吃东西最豪爽；小芸mo总是笑笑，和善而且矜持；小薇mo则拿出一种主人翁气度。

摄影师一边拍摄，一边和孩子们说话。画画的桌子上放着樱桃。摄影阿姨对小恩mo说:“你画这个吧？”“我不想画这个。”小恩mo语气很淡地回答。她不喜欢照着物品画。随即她立刻拿起笔开始画熊。

别人盯着她画画，她就不容易画好。所以这次她画的效果就像那次“蓝蜜蜂”活动时的海报似的。

小芮mo沉着多了。她动笔不紧不慢地画着棕熊和小白兔。

小薇mo对小恩mo说:“你可以照着我那只鹰画。……哈哈，会画鹰吗？”

小月mo和小志mo来了。他们和小恩mo的同学都不熟悉——其实根本不认识。他们就自己坐在那里画画。尤其是小志mo，他好像本来就很享受独处，总是自己默默地画着欧洲伯爵什么的。他读了很多历史书籍，对宗教也很感兴趣。他拒绝使用手机，觉得那样很不浪漫。

小恩mo的妈妈忙着四处张罗，脸上挂着社交化的亲和笑容，还为别人介绍着墙上的画。至于小恩mo，她也努力顾及大家的感受。她本来就情商不太高，平时也不擅交际，所以这次的派对很考验她的心理和能力。

人都来齐后，大家聚集在一起。小薇mo的爸爸帮忙打开了香槟，大家听小恩mo和小薇mo唱赞美歌。大部分人对歌词没什么共鸣，所以只是很温和但略显尴尬地站在那里。小芮mo不紧不慢地抿着茶水。紧接着，小薇mo的爸爸拿出手鼓，开始击鼓唱歌。珊琳mo的小弟弟才学前班，他听到手鼓有节奏的声音，觉得很兴奋，跟着韵律开始晃动。至于其他人的父亲，都对这位艺术派的父亲投去羡慕的眼光。

芮芮爸也起到了重要作用。他这次依然陪着孩子们玩。玩的游戏都是小恩mo和小薇mo事先定好的那些。她们两个人把其他孩子按照身高排了个队，带到了咖啡屋旁边的一个广场。玩的时候，小恩mo很爱笑，她还跳了一段学校《最炫民族风》的广场舞。她的同学们看了，都一边大笑一边叫着，“我恨！我恨！”——这个广场舞让她们想到在学校跳操，所以才故意说“我恨”。

在阳光之下，孩子们领到了一些气球，在气球上写上自己的愿望或者说是梦想。

小芮mo写：“成为有钱的吃货。”

小芸mo写：“养小狗！”

小恩mo写：“平安、幸福。”

本来，她在前两年还是有些“远大”理想的。譬如从小听到世界上的人说争名逐利，于是她曾经想开办一个大酒店，还羡慕站在舞台中央唱歌的人。现在再也不想了。虽然自己喜欢画画、喜欢写作，但是也不想为此发誓说出什么话。十岁的小恩mo突然只想要平安和幸福。

在摄影师镜头的记录之下，孩子们把气球放飞到蓝天上去。“呼——”白色的日光四射的光线，在镜头前闪耀着，大家的眼睛都快睁不开了。

“啊！”小恩mo对小芸mo大叫，“我的气球和你的小狗气球缠到一块去了。”

“是不是这说明你以后会给我买小狗？”

与此同时，家长们正在接受采访。

这些原本素不相识的人在这两年相识了，他们都表达了对小恩mo的祝福。

小恩mo的妈妈说：“我希望你能牢记自己名字的含义，‘感恩’和‘包容’是能够让你幸福一生的秘密。”

小芋mo的妈妈说：“我们小芋mo永远都是她的好朋友，不管在任何地方。”

小芮mo的妈妈说:“希望小芮mo和小恩mo可以长得像棵植物，向着阳光健康地成长。可以长成一棵很大很美的百合，也可以长成一棵很小很香的茉莉，也可以长成一棵很大很美的大树……但总之，她们要健康快乐地成长。”

岳老师说：“小恩mo很可爱，她学画画的过程中我们有一些接触。我觉得把自己的生日做成一个‘一起画’的画展，就像大家会说‘画里有话’，一个十岁的孩子愿意把自己的画拿出来让大家来看，其实很难得，这是让我们听见她心里想说的话。对我来说还蛮感动的，一个懂得感恩的孩子嘛。我会很希望一个孩子的成长可以永远停留在她十岁之前的真人阶段。但是我们也知道十岁之后，其实她也就会进入更复杂的一个世俗社会。所以我希望这份真心、真情的东西，就像她妈妈所期待的，十岁之前的东西能够一直留在她的一生里。我也希望她长大之后懂得陪伴、懂得爱。”

幸运的是，十岁以前的东西的确一直伴随着小恩mo。她也的确懂得了爱。

带着十岁以前的东西成为大人，是我对九岁的自己的交代。

也是对未来的自己的祝福。

23 从后海到河边公园

之前有提到，“和色彩躲猫猫”绘画课在上了一段时间后，作品的形式就变成用油画棒临摹经典油画了。其实这种方法在网络上挺常见的，但是当时小恩mo、小芮mo、小月mo她们认为这种方法很独特。

六月二十四日那天，她们三个都画出了很满意的作品。小恩mo和小月mo是分别临摹维亚尔的两张不同的画。小芮mo是临摹莫奈，她画的那幅效果非常好。不过小恩mo总是在心里怀疑宇老师是不是偏心眼，或者认为小芮mo天赋更好，因为小芮mo画那幅画的时候宇老师总帮她。（后来小恩mo的妈妈解释说可能因为小芮mo年龄小一点，宇老师才帮她。不过小恩mo还是将信将疑，因为她觉得都长这么大了，小个一岁也体现不出来什么啊。）

那天画完画之后，小恩mo小芮mo两家一起去后海小王府餐厅吃饭。途中路过一条河，本来小恩mo没看见，但小芮mo看见了，而且还说：“好眼熟啊，之前我们好像在一个公园里走过。”“玉渊潭吗？”“好像是。”

还路过了二〇一五年时一起看过儿童剧的一个地方。

“我们都认识两年了呀！”小芮mo说。

“是吗！”那时小恩mo觉得两年很长，也认为在这两年中自己的变化有点大。不过要严格说和小芮mo认识的时间，此时应该还不到两年整。

“那个时候你和我说什么白化病。”

“啊？！在哪里啊？”

“在托管班吧。说什么指甲是白的，眼珠子也是白的。”

小恩mo想了想，觉得可能也是。白化病这种话题像是自己会说的。

这次，她们都挺期待后海小王府餐厅：靠着湖，像有玩的地方似的，应该很适合玩“芮恩国”游戏。

可事实不是那样。湖边反而人来人往，蚊子也多。但风景真的好，一湖的翠绿荷叶。

小恩mo穿着一个蓝色的无袖裙子，小芮mo穿着一个印着菠萝图案的白色短袖（是她绘画课专属服装，喷了颜色上去不洗，很有艺术感）和一条粉裤子。她们的衣服上还都贴着一张小恩mo制作的荧光色小卡，上面写着“芮恩”二字。这代表她们随时随地处于“芮恩国”游戏中。就算在街上乱走也像是怀有使命感的跋涉。

吃完饭后，她们打算找环湖的地方玩“芮恩国”（这游戏需要开阔一点的地方，所以其实后海这种地方并不适合）。走啊走啊，不但没找到好地方，还被蚊子咬的都是包，天也黑了，这感觉就像“白来了，这么好的傍晚浪费了，玩就该玩得尽兴，这样子怎么可以！”她们都快哭了。

走出了环湖的地方，来到了街边。家长们那天也正好没事，就在手机上查找附近有没有什么适合的地方。查到一个不知名的临河小公园，就打了一辆车赶去那里。那时天已黑得不得了了！

到了那公园门口，看着确实不大。

因为天太黑了，不适合玩追跑打闹版“芮恩国”（总是与“大人国”战斗），所以改成了“友好相处版‘芮恩国’与‘大人国’”。

这个游戏分为三轮。

第一轮：准备。准备什么？准备礼物，因为要友好相处嘛。公园很黑，草很长，全是松树，对面的长廊发出幽暗和黑绿的光，有几个老年人练习乐器，发出神神秘秘的声音。小恩mo和小芮mo都不太自在。小恩mo总感觉好像在“不正常”地玩。

第二轮：互换礼物。小芮mo和小恩mo站在石头上，那样子并没有活力。芮芮爸很入戏，送了一株“罕见植物”。可小芮mo和小恩mo很随意地把它扔到了草丛里，并胡乱抓了一把花作为礼物。（这样好像不太友好。其实“友好相处”的游戏主题也是胡编的，而扔掉罕见植物和乱抓花的举动就是为了装酷。）

刚才的两轮在小恩mo眼里可一点也不冒险！接下来的一轮才让她觉得冒险。

第三轮：上山（其实就是一个小山包），并扔钥匙，对准哪一边就往哪一边走。山上阴森森，还有一扇大红门，钥匙对准了那儿！因为过于害怕，所以没往大红门那边走就下山了。到了一个草丛里，那里草很长，上面有个绿色的电表箱。芮芮爸还说：“多好玩啊！”小芮mo却说：“哦……咦……你有没有觉得，那个像……棺材……”她说完，不慎绊住了小恩mo的脚。小恩

mo本来就觉得她说的话可怕，加之突然脚下有东西，因此大叫起来。二人一起倒地，又立刻爬起来，逃跑了！或许是天太黑，又阴森森吧，她们就成了这样子。

往前走了一段，在又一扇红门前停下扔钥匙：红门！小芮mo实在害怕那些红门，就结束了游戏。她吓哭了，对她爸爸说："你能不能别老吓我啊？"她爸爸一副手足无措的样子，可能他在想："我也没吓啊，只是扔了钥匙。"

三人转换了游戏：默契游戏。这个游戏是考验小芮mo和小恩mo的默契程度。芮芮爸会问关于班里同学的问题，句式一般如此："最……的同学是哪位？"芮、恩二人会同时大叫出心中所想之人的名字。

对同班同学评头论足很让人愉快和兴奋。而且芮芮爸还会对那些同学的情况也发表一些见解和疑问。他是个大人，居然还能显得对儿童的事那么感兴趣，真厉害。

他们玩默契游戏时蹲在地上，四周黑咕隆咚。小恩mo的妈妈来给他们趁机拍了照。由于是晚上有些画质不清，照片中人的表情也严肃而疲惫。回家后小恩mo看见那张照片，却觉得很满意。从照片就可以看出，那荧光色的"芮恩国"小卡没白带——她们的行为也没辜负那小卡。因为她们严肃疲惫的表情让她们看起来真的像是在野外跋涉求生，而且和"大人国"都暂时和好了，说明情况十分危急。蹲下来在杂草丛生中商量机密，很有使命感的样子。

24 再见

有一天早上坐校车的时候，小恩mo拿着一张用蓝色画框框好的哈士奇幼犬的画。这是她照着彩铅绘画书画的。这学期她画了很多这样的东西，虽然她自己是一个怕狗人士。这次她画的这张是要送给数学橙老师的。

橙老师知道她画画不错，所以专门管她要的。这其实称得上是鼓励孩子吧。不过我觉得小恩mo应该画原创的东西更有诚意呢。尽管她当时正处于那么一个勇于探索的年龄段。

世界上的街景看起来没有高大到令人害怕的地步，它们只是大小刚刚好地屹立在那里。在夏天，老城区的咖啡厅和它的窗帘放射着迷蒙的光，但也很耀眼。树荫和地面的对比度多么强啊，但并不造成压迫感。它们有一种童真、热烈而拥有广大未来的气质。空气是爱着人类的，让人从风的气息中嗅到生命。我描述的都是小恩mo大概九岁十岁时候的图景。那个时候的夏天傍晚也很凉快。淡淡的宝蓝色非常凉爽。

那个夏天的早上，小恩mo坐在校车第二排的双人座上。车开着开着，她突然觉得胃里非常恶心，然后带着一种试探又强撑着的表情忍耐着，想再观察一下情况。不一会儿，车子开到了接学前班小孩的那条小街道。观察结束了，她直接吐到了地板上。一直都很关照她的梁师傅赶紧拿来纸巾和塑料袋，后排那些“聚堆”聊天者也疑惑地探头看。

只要小恩mo回忆起校车上有人从后排探头看的场景，就会想起若言mo的脸。其实小恩mo有些很愚蠢的恐惧症，她总觉得若言mo那些人有种很成熟的气质，他们看自己或者对自己说话都会产生很尴尬的效果。

刚一下车，她就又吐了。吐在了后院停车场的石子路上。梁师傅来拍她的背，然后又把她送到了班里。班里有些人问：“刚才那是你爸吗？”

“不是。”小恩mo觉得很无语。每次有人问她关于她父亲的事，她都会觉得那些人很可笑。

她和小芸mo一起把那幅准备好的画送到了橙老师的办公室。

槿老师联系了小恩mo的家人，过了一会儿平姨就来把她接走了。

在回家的车上，悠远的夏日在车窗框中飞驰向后。小恩mo躺在后座上，看着深绿色的杨树在窗外很飘逸地映衬着蓝天。

体舞课的期末考试，三年级二班的同学全都考得一塌糊涂。

考试的时候，很多人态度不认真。尤其是男生，他们好像觉得跳舞是一件极为“丑陋”“见不得人”“妖娆”“不符合身份”的事，于是像虫子一样蠕动着，浑身无力。冯老师虽然早就知道他们是这样，但这次还是气疯了，大声呵斥，说全班都零分。

这下大家都不敢再说什么了，几个人一堆地缩在柱子边上。

小芮mo突然从地上捡起一张破破烂烂的废纸，对小恩mo小声说：“你得了一百分。”

“啊？什么什么——”圆苑mo大叫。

小恩mo也不明白。她觉得这不可能吧。事实的确如她所想：一百分是小芮mo编出来，似乎是用以安慰她的。

其实小恩mo早知道自己跳舞不好了，就算被人说“你跳舞不好”，也是听了一耳朵确切的事实，不会因此沮丧。虽然在去年，她还得意地心想，“我可是‘出身’体舞班，一定跳得比他们好。”但人终会认清真相。

现在，在这个班里没有任何一个人是体舞班成员。所以这班里也没有跳舞好的人来带动大家。

国学课的期末考试很容易蒙混过关。因为这个“考试”只是叫大家一组一组站起来背诵。平时读了那么多遍，多少也能背一点了吧。就算实在不会背，也可以动一动嘴巴，跟着同组会背的人一起说。

所有科目的期末考试结束后，小恩mo、小芮mo和小芸mo前往了小芋mo家。

她家在一个日本人居多的公寓的二十七层，这个高度真的很高了。屋内的装潢与家具，全都是她爸爸的公司安排的。她妈妈也很会收拾打扫，所以家里非常干净整洁。

小芮mo之前就来过小芋mo家。当时小芮mo看见她家的整洁程度，大受震撼，回到家立即要求大扫除。小恩mo也觉得小芋mo家很不错，尤其是那几个沙发又大又柔软，太舒服了。

这次对小芋mo的造访，其实也是在告别小芋mo。她马上要搬家去广州，下学期就在广州上学了。她妈妈也很无奈，说全家都得随着小芋mo父亲工作地点的变化而搬迁。而且每次通知都很突然，完全不知道下次要去哪里，说不定忽然就得去非洲了呢。

小恩mo带了很多“芮恩国”的资料去给她们看，还送给她们“密码本”，一同书写“芮恩国”的故事。这是她们和小芋mo第一次一起玩“芮恩国”的游戏，也是最后一次一起玩“芮恩国”的游戏。

但这可不是煽情的时候啊。她们玩的时候多么快乐！小恩mo也没觉得感伤。

只是，每次她听见小芋mo弹钢琴，而且弹得很好，她就会呆滞地坐在沙发上，产生一些惆怅的思绪。可能是她觉得自己的钢琴学习总是不认真，至今也弹不出太像样的曲子。只有《从前》《溜冰女孩》《会跳舞的熊》这三首弹得熟练。

因为小恩mo真的很喜欢这三首曲子。尤其是《从前》这一首。书页上，一个小熊和一个穿睡衣、绑着麻花辫的小姑娘面对面坐在地上。小熊认真讲着什么故事，小姑娘则认真聆听。这一看就是个有岁月感、故事感的图景啊。喜欢怀旧的小恩mo立刻被吸引了，她让钢琴老师先演奏一下。在旋律中，她再次发现了那种岁月感和故事感。而且，老师的弹奏那么流畅。

那时八岁的小恩mo决心，以后自己也要把这首歌弹得很好。

那种欢乐的旋律里夹杂着的暗暗忧伤非常美丽。

今天也照旧这么过去。大家吃着海苔卷和大麦茶，讨论着刚过去的期末考试。她们还下楼到地下车库一起玩了游戏。

最后，小恩mo、小芮mo和小芸mo要回家时，她们一同坐电梯到了一层的门厅，家长们准备在手机上打车。忽然小恩mo看见小芮mo哭了。而小恩mo心中不禁想，为什么她很重感情地哭了呢？为什么我却没有"以后很难见到小芋mo"的实感呢？或许是已经说过"我们以后会去广州找你的"，所以可能还可以见到吧。而且，小芮mo和小芋mo同班三年，她们的感情应该更深吧。

回家的车上，小恩mo看着暑气之下路边灰色的高架，也依旧这样思考着。

这不是什么深刻而悲痛的离别，只是小学三年级结束后一个明确说了"再见"的离别，甚至根本谈不上是难过的事。只是"我们以后会去广州找你的"这句话没有应验，微信上的联系也逐渐薄弱，然后只剩一个没有变化的头像安放在那里。

并不会因为当时我们才十岁，我们就轻视这次离别。甚至看到十年前婴儿时期的自己和婴儿时期的朋友的合影，也会感叹："这位婴儿时期的朋友现在如何了呢？"或许已经迎接了虚空且不断被捆绑的迷茫人生？这样的话，那时婴儿的我们眼里的暖意只是一种幻影？那又如何，那时的我们还是存在的，只不过时间与现在不一致，不能插一脚进去破坏。就算是在婴幼儿时期，我们相遇了，也是作为人类的相遇，这和大人时期我们的相遇本质上是一样的。

有时候小恩mo想起来小学操场上朋友面对面的笑脸，连阳光都像是被净化过的，闪耀着一种分外纯真的光感。但不仅如此。为何想起你们的时候，我一点都没有想去联系你们的欲望，只是觉得生命比公园门口的气球还饱足？那时我和台湾小男孩面对面站着，我从他眼睛里看到一种无须努力和粉饰也能被看好的东西，那时我们没有成年人的躯壳，外表低幼，所以恐怕吸引彼此的就是接近灵魂的东西。谁说儿童的友情只是搭子玩伴呢。

时间渐渐向前推移之后，小恩mo才想起来：那时怎么不问问小芋mo以前住在日本的哪里，珊琳mo来自委内瑞拉的哪里呢？她很后悔没有这么问问。

25 低存在感的科任课

在学校里，存在感最低的就是那些科任课了。老师总是非常好脾气，不管有没有人在听，都我行我素地上课。不过有时候，好脾气的老师也会突然大发雷霆的。这个时候一定要注意。

连科任课的教室，都是在一些很偏僻的地方。像是美术课和音乐课的教室，都直接放在教学楼之外的地方。走进那些小楼的屋子里面，就给人一种“真古董啊”的感觉。科学教室虽然不在那种地方，但也在教学楼三层最东侧一个容易漏风的地方。那个屋子里有很多实验台和洗手池。洗手池被禁止使用，几乎成了废品。只能看见里面的灰尘和学生随便丢在里面的“垃圾”。实验台的位兜里，有一些学生刻的字，不知道是多少年前留下的作品。

科学教室的左边和后边都有窗户。窗户前的架子上摆着一些稀奇古怪的模型。有人的脑子和大肠模型之类的，不知道有何用处。学生们从来不用它们。小恩mo有时候想，科学老师平时都在这间教室里做什么呢。他该不会在偷偷地玩那些模型吧？

小恩mo科学课的时候坐在第一排左侧的实验台。其实她这种对科学丧失兴趣的人根本不该坐这么方便听讲的位置。毕竟她对科学没有兴趣，所以不听讲。她旁边的曙乐mo好像也不听讲。曙乐mo总是坐在那里嘀嘀咕咕地玩着自己喜欢玩的一些游戏。

左边的窗户有时候大开着。夏天的时候，看外面棕红色的居民楼和随风飘动的杨树叶子，悠闲美丽。科学老师讲着课，小恩mo却在看窗外。她觉得自己从来没有住过像外面棕红色的楼那样的老小区。不知道住在那里的人都是什么样呢？家里面什么样呢？电视是像以前小姨家的那样吗？盖着浅黄色的布吗？

没错，科学课对于有些人来说，就是虚度光阴的时候。看看小恩mo的后桌——小芮mo和云天mo，他们两个总是在科学课忘我地玩耍，而且比胡思乱想的小恩mo高调多了。小恩mo有时回过头去看他们，也和他们一起玩。

每学年都发的科学报告手册对于小恩mo而言，也没有什么用处。她觉得里面的内容很无聊。她没事找事，在这个手册封皮的背面写上三个大字——“明天见！”然后举起来给后面的小芮mo看。这三个字是那时她们两个的友谊最值得炫耀的资本，那就是一周能见面六次，不仅一起上学五天，而且周六还一起画画，所以在大部分时候，都可以说出这句“明天见”。看到调皮的小恩mo，小芮mo和云天mo也哈哈大笑起来。有一天，小恩mo的涂改带坏掉了。她在科学教室的时候一直在修涂改带，最后还是没修好。由于云天mo很喜欢帮助人，也善于做手工，她就把涂改带扔到后面，交给云天mo和小芮mo，“拜托你们啦。”科学老师看见了他们的行为，并没有去管。小芮mo和云天mo卖力地修着涂改带，甚至拿笔去砸，在小恩mo的身后“哐当哐当”

发出巨响。他们好像把涂改带当成玩具了，还总是在笑。

科学老师是一个有些年老的男士。这个老师大部分时候穿着一个又黑又灰的夹克。小恩mo觉得这个老师这么瘦，穿得这么黑，每天在这个冷呼呼的教室里，不会感到很瑟缩吗？科学柏老师上课的时候应该已经想好了吧，只给听他课的人讲，不跟不听课的人计较。不过他有时一边慢条斯理地讲着，一边缓慢地在教室里踱步，这是最可怕的。因为他平静的眼神时而坚毅地望向正在玩耍的你，你也会停止玩耍几分钟吧。这就是这所学校的科任老师共同拥有的独特威严。

当然也有人听他的课。是一些男生，他们还会踊跃地回答问题。小恩mo在分神的时候突然听见他们发言的声音，心里会想："天呐，怎么还能思路跟着老师走呢？这些话题的话茬是怎么接得下去的呢。"然后继续分神。

小恩mo也曾认真听过一节科学课。那节课是关于毒品和禁毒。几乎所有人都认真听了。屏幕上播放着一些吸毒人的视频。还有记者到吸毒的人家里去拍。同学们聚精会神地看。科学老师表情严肃，但有男生说，那些人吃了摇头丸。黑乎乎的屏幕上，有迷离的光线闪烁着，一个头发不长不短的人疯狂地甩着他的头发。

做实验的时候，科学柏老师的存在感有所提高。因为有很多人把做实验当作玩耍。

有一次，做关于种子的实验。那些种子里面有蚕豆。小恩mo对老师说道："老师，我蚕豆过敏，不能做这个实验。"科学老师一副很理解的样子，立马说小恩mo可以不做了。

小恩mo确实是蚕豆过敏。但是用手碰一下那个蚕豆，会不会就身体出现问题呢？这就不清楚了。她这个人看起来就不会撒谎，而且老师们都觉得她体弱，所以当然不会质疑这位“老实人”的话。

下楼给玉兰树浇水的科学课，当然是科学柏老师最具有存在感的课。大家欢欢喜喜地下楼，觉得老师真是“好人”。毕竟老师让我们玩了嘛。

国学课是更让小恩mo绝望的一门课。在科学课上，起码还可以看看窗外，修修涂改带之类的；而在国学课上，就只能老实地坐在位子上。而且，国学课是在自己班里上的，没什么新奇。三年级二班的教室是朝北的，不仅阴湿，窗户外的景致也很无聊。

在国学课上，由于老师会讲一些故事，所以还有人愿意听。可不知为何，小恩mo还是无法集中注意力。她有时在想：“修身、齐家、治国、平天下……真了不起，我现在是什么层次呢？啊，我应该很低层次吧。”就这样无聊地想着，想着想着就再次分神。尽管睁着眼睛，但整个人似乎已经进入了梦乡。如果是老师讲故事，那就更不用说了，肯定是严重地分神。又没有人揪着你的耳朵说：“给我听！”

然而，就像在科学课一样，偶尔碰到很有刺激性的内容，小恩mo还是会听讲的。有一次，国学课讲了孙膑的故事。老师说孙膑的膝盖都没有了，他好像还到别的诸侯国流浪了。那一堂课上，小恩mo的思路跟着老师走了。虽然她不清楚孙膑是谁，她只是觉得孙膑是个没有膝盖却很坚强的人。

国学老师看起来比科学老师年轻一些。他平时讲故事的时候，让人感觉到，他好像很喜欢那些故事，他自己精神很亢奋，学生怎么样都无所谓。由于他很亢奋很激动，所以他讲故事的语速变得很快。即使很快，但也有种异常催眠的效果。小恩mo觉得自己听力不太好，总觉得国学老师说话含混不清，听着听着就要“晕倒”了。

国学老师的微信昵称是“见贤思齐”。他真的是一个很正经的人。之前有写过，这个正经人在课上批评哲宏mo，小恩mo突然起身说的话更是让这位正经人气得差点晕过去。他拿着书和笔在班主任面前控诉时那种正气凛然并且脸都气变形了的样子，那个定格在门框中的国学老师和班主任的画面……不管什么时候都是那么鲜活。

科学课是因为没有兴趣、不懂科学知识不想听；国学课是因为那时候还对文言文不感兴趣、对古人不感兴趣不想听……这些其实都还好，因为老师说的起码是中国话。最难以对付的其实是外教课。因为那是外语，即便很想听懂也无济于事，只能像痴呆了一样坐在那里。

三年级的外教老师是个有点年老的女老师。她给人一种有涵养的感觉，但是没什么小孩缘。小恩mo觉得她很瘦，每天面对这么一群不听自己说话的小孩，还得硬着头皮上课，让人觉得有点可怜。这位老师在前方尽力地讲着，同学们在座位上，脑子里想着各自的事。更值得关注的是坐在教室最后一排的英语林老师。她坐在那儿看着手机，脸上写满了无奈。她应该感受到这些孩子对英语是多么没兴趣了吧。

在外教课上，最吓人的事是被叫起来回答问题。因为根本就不会说。有一次，小恩mo被叫起来，她磕磕巴巴地回答了。

然后这位外教对她说："You can speak loudly, loudly. Actually your pronunciation is very good, you can speak louder."她的表情很有耐心，一副想鼓励人、让人有自信的样子。但小恩mo心里想的其实是："我说得怎么样都无所谓啊。要是我能大声说英语，还用等到这时候吗？"

小恩mo从学前班开始，就不喜欢外教课。学前班的时候，她一点英语都不会。英语课也不认真听讲。那个学前班的外教可不像这个三年级的外教这么"卑微"。那个外教可"声势浩大"了呢。六岁的小恩mo听不懂她在说什么，只知道她的动作很浮夸，每过几分钟，就会有同学的桌子被她踢倒在地，连同位兜里的书也掉了出来。那个同学慌慌张张地在地上捡书。从那时起，恐惧就在小恩mo心中滋生。她不知道外教说了什么，所以不知道外教为什么要踢桌子。她很害怕自己的桌子被踢翻。

这学期的音乐老师不是二年级下学期的那个教人"打杯子"的音乐老师；"打杯子"的老师也不是二年级上学期那个校内合唱团的音乐老师。总之，音乐老师几乎每个学期都换。这学期的音乐老师是一个看起来三十多岁的女老师。她的孩子刚刚转学到这所学校，是个女孩，比小恩mo高一级。她的孩子刚来就当上了大队委，所以大家对这位音乐老师也是议论纷纷。

这位音乐老师长得很有威严，而且好像自己觉得自己蛮不错的，看上去是那种很没小孩缘的类型。她大概已经接受了科任老师就是存在感低的事实。每次音乐课，她就拿着录音机放音乐，放了一遍又一遍，然后说："好了，你们唱吧。"不过，小恩mo觉得这样子也挺好的，反正就是听听歌，又不累人。

夏季的一天，外面很热，音乐课的那栋小楼里却很清凉。小恩mo坐在凳子上，看见阳光从墙上的小窗户照进来，照在木地板上，和室内的昏暗形成反差。另一边的大窗子外的树变绿了。收音机里传来了声音："手拿小刀枪，冲锋到战场！不怕年纪小……"

这首歌充满英雄气概。但是无知的小恩mo却只关注了它高昂的曲调和节奏。伴随着高昂的曲调，她的脑海中却有其他的毫无关系的事在一遍一遍地过。她想起了一年前的沐生mo和止一mo，想到了他们故意捉弄自己，还有很多别的……还有，他们扔小纸团，非要问，"小恩mo讨厌我们吗？"……这些事情过了一遍又一遍。歪着脑袋看着木地板上的阳光继续想。为什么呢？这是为什么呢，居然有点怀念他们？！怎么还有点怀念他们……小恩mo现在觉得头昏脑涨。

下了音乐课，要去吃午饭。排着队出了这栋小楼，一溜烟地就从夏天的操场上跑过去。很蓝很蓝的天在头顶上。

这篇文章叫作"低存在感的科任课"，而且是小恩mo觉得低存在感的，所以就不写美术课了。因为美术课在她眼里很有存在感。尽管在哲宏mo等男生的眼里，美术课就是乱玩。他们在后面一边拿着废纸画着脏兮兮的铅笔画，一边开怀大笑。